怪談人恋坂

赤川次郎

角川文庫 12304

怪談人恋坂

目次

〈序〉

1 包帯 八
2 お通夜 二四
3 絆 四〇
4 暑い坂 六一

〈破〉

1 十六歳 八四
2 家族 一〇〇
3 秘書 一一九
4 警報 一三五
5 雨 一五三
6 誕生日 一六九
7 夜の熱 一八六
8 人恋坂の場 二一三

〈急〉

1 秋の予感　二三
2 歌声　二四五
3 平和　二六三
4 青い死　二八〇
5 棚の中　二九九
6 岐路　三一三
7 追う影　三三八
8 背信　三五七
9 破局　三七七
10 告白　四〇一
人恋坂、後日――　四一七
解説　瀬名秀明　四二五

〈序〉

1　包帯

その日、郁子が小学校から帰ると、お姉ちゃんが死んでいた。

——何となくおかしい、と感じたのは、門が目に入った辺りで、タクシーがちょうどその前に停って、中から叔母さん——「八幡の叔母さん」といつも郁子は呼んでいる——がいつになくせかせかと出て来て玄関へと入って行くのが見えたからだ。

あの叔母さんは、いつも落ちつかなくてせかせかしてはいるけれども、今日はどこか違ってる、と郁子は思った。

いつもなら胸をそらし、少し空の方へ顔を向けて「これが私の歩き方よ」と言わんばかりに歩いていく。もし誰かが向うからやって来ても、当然相手がよけるものと信じ切っているから、全く構わずに歩き続ける。

でも、今日は同じ「せかせか」でも、いつもとは違って、気ばかりが焦っているように、「前のめりになって」中へ入って行ったのである。

もちろん、九つの郁子にそこまでの意識があったわけではないにしても、「いつもと違であるしるし、いう」ということだけは分った。そしてそれは何か「とんでもないこと」が起ったしるし、であるということも。

「――ただいま」

玄関の引き戸を、少しためらいがちにガラガラと開ける。同時に、奥の話し声がピタリと止んだのが分る。

広い屋敷だが、もう大昔から（と郁子は教えられて来た）建っているので、数え切れないくらいの障子や襖がある。

そして、いつも絶えずどこからともなく人の話し声が聞こえているのである。

それが――今、郁子が引き戸を開けたことで一斉に静まり、何の物音もしなくなった。

「ただいま……」

少し気味が悪くなり、囁くような声になって、玄関を上る。いつもなら、土間にポンと脱ぎ捨ててしまう通学用の革靴を、今日は上り口に膝をついて、きちんと揃えておいた。

ギッ、と廊下が鳴って、

「郁子ちゃん、お帰り」

八幡の叔母さんが和服姿でやって来た。

「今日は」

と、郁子は言った。

「お腹が空いた？　ママが何かおやつを用意しといてくれるといいわね」

ママだなんて。――郁子は、いつも「お母さん」である。

「お母さん、いないの？」

郁子が訊くと、返事を聞くより早く、当のお母さんが廊下へ顔を出した。

「お部屋へ行って、手を洗ってらっしゃい」

お母さんは不機嫌だった。眉の間に深くしわが寄るのは、何かとてもいやなことが起ったときだ。

そういうときは言われた通りにするのが一番、と郁子はよく知っている。

「――あ、これ」

階段を上りかけて、逆戻り、ランドセルを下ろし、中のポケットからクシャクシャになった封筒を取り出して、「先生が……」

「後で読んどくわ」

と、お母さんは気もそぞろの様子で受け取って、トントンと階段を上る郁子の背中へ、

「離れに行っちゃだめよ！」

と、叫ぶように言った。

郁子は、

「はい」

と、二、三段は勢いで上り、何が起ったのか、察した。

母——藤沢早苗も、自分の言葉が郁子にどう受け取られたか、気付いたようで、

「今……お医者さんが——笹倉先生がみえてるからね」

「お母さん」

郁子は、階段を下りて来た。「お姉ちゃんが……」

「郁子ちゃん」

と、八幡の叔母さんが、少し身をかがめて——本当はそんなに背丈も違わないのだけれど——肩に手をかけ、「裕美子ちゃんはずっと具合が悪かった。知ってるわね」

郁子は母に答えてほしかったのだ。しかし、母は障子の奥へふいと消えてしまった。

「——ともかく、先生がお帰りにならないと」

奥から若い男の声がした。郁子も知っている、父にいつもついて歩いている男で、若いのか年とってるのか、よく分らない人だ。

「でも、明日になるわ。国際電話が……」

「連絡さえ取れれば、パリですから」

「圭介はあてにならないから、小野さん、お願いね」

「はい、一切は——」

「さ、上に……」

と、叔母さんが郁子を促す。

階段を、郁子はほとんど駆け上るような勢いで上って、

「──まあ、そんなに急がないで。叔母さん、死んじゃう」

と、息を切らして上って来た叔母さんが、自分の言ってしまったことにハッと引っかかって、胸もとへ手をやる。

「──お姉ちゃん、死んだ?」

郁子が訊くと、叔母さんは少しホッとした様子。

「ええ。でも、少しも苦しまなかったのよ。眠るみたいに静かで──」

と言いかけて、何も言わない方がいいと思い直したのか、「さ、着替えてらっしゃい。お葬式でも、きちんとしてあげないと、お姉ちゃんが可哀(かわい)そうね」

郁子は黙って叔母の手から逃れると、二階の廊下を小走りに自分の部屋へと急いだ。

中へ入って襖を閉めると、ランドセルを投げ出し、窓へ寄る。

窓からは庭と、緑色の屋根の離れが見下ろせた。離れとはいっても、母屋(おもや)と渡り廊下でつながっている。

その渡り廊下を、今、母と話していた小野が急いで離れへと向うのが見えた。

お姉ちゃんは死んだ……。

郁子は、なぜだかずっと前からその日のことを知っていたような気がした。一度、思い

出せないくらい昔に、この日を経験したことがあるような気がした。

でも、もちろんそんなことはないのだ。九歳の郁子にとって、「遠い昔」なんて、まだ存在しないのだから。

離れから、小野と、笹倉が出て来た。――TVの時代劇でいつも悪役をやる役者とよく似た医者である。いつも酒くさかったりして、郁子はほとんど近寄ったことがない。

二人は、何やらしゃべりながら母屋へと戻ってくる。

郁子は窓から離れた。


離れの戸は細く開いていた。

――郁子はそっと戸を引いて、中へ入って行く。

少しも怖くはない。だって――死んでしまったとしても、ここが「お姉ちゃんの部屋」であることには変りない。

入って、すぐにおかしいと思った。

足の感触が……。ここは、父の仕事場だった所で、洋間になっている。床に古くて色のあせたカーペットが敷きつめてあった。

それが……。今は、床がむき出しで、カーペットは外されてしまっていた。

あんなに大きな物を、どうしたんだろう？

郁子は、いつものベッドにお姉ちゃんが寝ているのを見た。いつもなら、郁子が入ってくると、嬉しそうに頭を枕の上でゆっくり動かして、

「お帰り」

と、言ってくれた。

郁子は、ベッドへ近寄ってみた。

自分でも、涙一つ出て来ないのがふしぎで、といって、お姉ちゃんが死んだということは、きちんと受け止めていたのである。

カーテンが引かれているので、部屋の中はやや薄暗く、お姉ちゃんの顔は柔らかい薄闇に包まれていた。

白い顔色も、もともとのものだったから、いつもと変らない。

お姉ちゃん――裕美子は、郁子の知っている限り、ずっとこうして寝たきりの生活をしていたのだ。

髪は大分白くなっていた。乾いて、水気をすっかり失っている。

郁子は、ちょっと眉をひそめた。

お姉ちゃんの首に、びっしりと包帯が巻かれているのである。

何だろう? 郁子はそっと顔を近付けて、目をこらした。

もちろん、寝たきりの裕美子の首は細くて、若いのに――まだやっと二十五だった――

そこだけが年寄りのようにしわだらけになっていた。郁子は、いつも裕美子と話すとき、首の辺りを見ないようにしていたものだ。

でも今はそこに分厚く白い包帯が巻かれている。——一体何の意味なんだろう？

ともかく「お姉ちゃん」はいつもと少しも変りなく、美しかった。いや、生きているころ以上に、肌がつややかで滑らかに見える。そんなことはあるはずがないのかもしれないけれども、事実、郁子の目には、裕美子が「手を触れることもできない」くらいに滑らかで美しい人に見えたのだ。

「お姉ちゃん……」

そっと指先で裕美子の頰に触れる。くすぐったがって、目を覚ましそうだ。

郁子と十六も年齢の離れた裕美子は、姉というにはあまりに特別な存在だった。でも、小さいころから、郁子はどこかで思っていた。

私と一番似ているのは、お母さんでもお父さんでもなくて——もちろん、お兄ちゃんでもなく、お姉ちゃんなのだ、と。

でも——もうお姉ちゃんは、学校であったことを楽しそうに聞いてはくれない。困ったときに、その微笑みで助けてはくれない。

不意に、郁子の目から涙が溢れて来た。そして一旦溢れ出すと、しばらくは止りそうもなかった……。

しゃがれた怒鳴り声に、郁子は全身ですくみ上った。

笹倉医師が戻って来ていたのだ。

「入っちゃいかんと言われとるだろう!」

と、笹倉は不機嫌な目つきで郁子をにらみつけ、「触るんじゃない!」

郁子は、手の甲で涙を拭うと、じっとこの年寄りの医者を見返した。怖くなんかない。

「何だ、その目つきは」

笹倉は離れの中へ入って来ると、「可愛げのない奴だ」

と言った。

お酒を飲んでいる。プンと匂った。郁子は匂いに敏感なのだ。

「さ、出てけ! 子供のいる所じゃない」

郁子は、黙って出て行く気にはなれなかった。

「お姉ちゃんは、酔っ払った人が嫌いだよ」

と、郁子は真直ぐに笹倉を見つめて言ってやった。

老いた酔っ払いは、反応が鈍い。郁子がそこまで見越していたかどうかはともかく、笹倉が怒りで顔を真赤にするころには、もう郁子は渡り廊下を母屋へと渡り切ってしまっていたのである。

「――雨か」

と、タバコを灰皿へ押し潰し、「あいつのときはいつも雨だ」

ひっそりと、人気の失せた居間に、その小さな呟きはしみ通るようによく聞こえた。

「お帰り」

と、郁子が言うと、

「何だ。――黙って突っ立ってるなよ」

兄、圭介は、まだ背広姿である。

「もう会社、終ったの」

と、郁子は居間に入ると、ソファに腰をおろした。

「電話で帰って来たのさ。――妹が死んだんだからな」

郁子は、何となく冷ややかに兄を眺めていた。――兄、圭介のことが嫌いというわけじゃない。何しろ九歳の郁子から見れば、もう今年三十になる圭介は「どこかの大人」でしかない。

それに、圭介はまるで感情というもののないような人間で（少なくとも、郁子から見れば）、郁子の憶えている限り、圭介が怒ったり泣いたりしているのを見たことがない。

笑うことはあるけれど、それはたいてい酔っ払っているときだった。

妙なことだが、寝たきりで一歩も動けなかった裕美子の方が、圭介よりもずっと「活き活きとして」見えたのだ。

「――何が『いつも雨』なの？」

雨……。秋の雨というよりは、真夏の夕立に近い雨だった。

少し前から、まるで何時間もくり上げて夜になったように辺りが暗くなり、やがて大粒の雨が叩きつけるように降り始めた。雷も鳴った。風も吹きつけて、窓ガラスを揺らしている。

それでいて、居間の中は静かで、郁子の問いにギクリとした圭介の息づかいさえ聞こえたのだった。

「何だって？」

「今、言ったじゃない。『あいつのときはいつも雨だ』って」

圭介は一旦妹へ向けた目をまた窓の方へそらして、

「そんなこと、言ったか？」

「言ったよ」

「そうか」

圭介は、上着のポケットからタバコを出して、「――これきりか」

最後の一本に使い捨てのライターで火を点け、パッケージをギュッと握り潰す。

「何が『いつも』なの」

「何でもないよ。お前――泣きわめいているかと思ったぞ」

「泣いたよ。でも、ちゃんとしなきゃ。お葬式があるでしょ」

「そうだな」

　圭介はふと思い付いたように、「親父(おやじ)はどうしたって？」

「小野さんがパリに電話してたよ」

「連絡ついたのか」

「じゃないの？　お母さんに訊(き)いて」

　と、郁子は言った。「――ね、どうして『いつも』なの？」

「しつこい奴だな」

　圭介は笑った。――妹が死んだというのに、笑ったのである。

「あいつが大けがしたときも……凄(すご)い雨だったのさ」

　圭介はそう言って立ち上ると、窓の方へと歩いて行った。「――雷が見える。な、見ろよ」

　部屋を揺るがすような雷鳴が空を満たした。

　郁子は窓の所まで行ってみた。

「今見えたんだ。ギザギザの光が。――あの辺にさ」

灰色の分厚い雲の合間を、一瞬、白い光が裂け目のように走った。そして、何秒かの間を置いて、這うような低い轟き。

——お姉ちゃんが死んで、空が嘆き悲しんでる。

郁子はそう思った。信じているわけでなくても、そう思うことはできる。それが郁子をわずかに慰めた。

「——お姉ちゃん、どうして死んだの？」

郁子の問いに、圭介は初めて戸惑った様子を見せた。

「ずっと悪かったんだぜ、知ってるだろ、お前だって。いつどうなっても——」

「首に包帯してた」

圭介は、しばらく何も言わなかった。

「——包帯？」

「それに、どうしてカーペット外しちゃったのかな」

圭介は黙っていた。分らなくて何も言えないんだろう、と郁子は思った。

「——そうだったか？　さっきチラッと見たけど……忘れたな」

忙しげに、足音が階段を上り下りして行く。けれども、居間は忘れられたように、ポツリと取り残されているのだった。

「誰か来たか」

と、圭介は言った。

「八幡の叔母さん」

「ああ、そりゃ分る。あの声なら、百メートルも家から離れたって聞こえるぜ」

圭介は、何かと意見したがるあの叔母が苦手なのだ。

「あと、あのお医者さん、お酒飲んで、酔っ払ってる」

「――笹倉？　そうか。自分だって、もう葬式の日取りでも決めて予約した方が良さそうなのにな」

郁子も、こういう圭介の言い方は時に面白いと思うことがある。

「――お帰りでした？」

居間を、少し頰の赤い丸顔が覗く。

「ああ、今帰って来た。お袋にそう言ってくれ」

「もしお帰りになったら、離れにおいで下さい、って奥様が」

「俺も？　小野がいるんだろ？　俺なんか用ないじゃねえか」

と言いつつ、タバコを消す。

郁子は、圭介が裕美子のことを「さっき見た」と言ったのが嘘だったと知った。離れに入りたくないのだ。

「お前も長いことご苦労さんだったな」

圭介は、和代に言った。

和代は、ずっと裕美子の面倒をみて来たお手伝いさんだ。太い腕、がっしりした腰つき、どっしり踏みしめる足……。

寝たきりの裕美子を入浴させたりするのに、和代は誰の力も借りないでやってのけていた。確かに大変な仕事ではあっただろう。

「いいえ」

いつも、あまり表情というものを見せない和代である。

圭介が離れへと気が進まない様子で行ってしまうと、和代は郁子を見て、

「お腹、空きませんか?」

と言った。

郁子はそんなこと、考えてもいなかった。

「少し空いたかな」

お姉ちゃんが死んだのに、お腹が空いたなんて言って……。郁子は胸が痛んだ。

すると、和代は、

「親が死んでも、お腹は空くもんですよ」

と言ったのである。

郁子は、自分の気持を和代が分ってくれているという驚きと、その言葉に少しホッとして、

「何か食べたい」

と、素直に言った。

「そうそう」

和代は、郁子の頭をその大きな手で軽くつかむと、「九つの女の子なら、どんなときでもお腹が空いて当り前」

「和代さん。辞めるの？」

別に深い意味があって訊いたわけではない。和代は裕美子の世話だけをしていて、それ以外の家事は、通いの家政婦と母がしていたから——それは和代の労働の大変さを思えば当然のことだ——その仕事がなくなって、辞めるのかしら、と郁子は思ったのである。

だが、郁子の問いは和代にとって単なる質問以上のものを持っていたようで、

「——さあ、どうなるかしら」

と、何か考え込みながら言ったのである。

「どうなるかしらね」

和代はくり返して言った。それから、

「さ、台所で何かサッと食べちゃいましょ。奥様に呼ばれたら、しばらくは何も食べられませんよ」

と、郁子を促したのだった。

2　お通夜

こういうとき、大人たちはそれぞれ色んなことを言うものだ。

「疲れただろう。郁子ちゃんはもう寝なさい」

と言う人がいるかと思えば、

「郁子ちゃんも、そんなに小さな子供ってわけじゃないんだから、お客さんたちがみんな帰ってしまうまでは、寝ちゃいけないよ」

と言う人もいて――。

郁子としては、母に訊くのが一番確かだと思うのだが（何が正しいということではなくて、今、さし当りどうしたらいいか、という点で）、母の早苗は来客の応接に追われて、とても郁子が話しかけたりできる雰囲気ではない。

兄の圭介は、親戚たちと飲んでいて、すっかり酔っ払ってしまっている。――もうずいぶん早い内から飲んでいるのだ。当り前である。

郁子は、これは一体誰のためのお通夜なんだろう、と思った。

和室の、二間をつなげて通夜の席ができている。いつもはあまり使わない部屋だが、今は、郁子の目に少しまぶしいほど明るい。

眠気がさしているせいだけでなく、一つは香が立ちこめて目にしみるせいでもあるし、白木の明るさ、白い菊の花の明るさが、部屋の照明をさらに明るくはね返しているからでもある。

それにしても——まるで魔法のようなスピードでこの大がかりな祭壇が出来上るのを見たときは、郁子も裕美子を失った悲しさをしばし忘れて唖然としてしまったものだ。

正面では、モノクロの写真の中で裕美子が笑っている。——いつの写真なのか、ともかく十六のとき、事故に遭ってから寝たきりだった裕美子である。元気で起きている写真はそれ以前のものしかない。

郁子も初めて見る、その裕美子の笑顔は、ふっくらとして、もうじき自分を待ち受けている辛い運命など全く予感することもない明るさに満ちている。

郁子は、座布団の上でお尻をモゾモゾと動かした。今の子供としては、郁子は正座することに慣れているが、それでも長くなると辛い。

八幡の叔母さん——柳田靖江に言われて着た、グレーのワンピースが少し小さくてきついせいもあっただろう。

弔問の客はあらかた終って、今は七、八人の親族だけが固まっておしゃべりをしていた。

郁子は、ちょっと立って台所へ行った。

「――和代さん」

と覗(のぞ)くと、椅子(いす)にかけてタバコをふかしていた和代が、

「あら。――見られちゃいましたね」

と、少しあわてた様子で灰皿にタバコを押し潰(つぶ)した。

「和代さん、タバコ喫(す)うんだ」

「時々ね。内証ですよ。奥様、いやがられますからね」

「喉(のど)がかわいたの。何かちょうだい」

「はいはい。――ずいぶんお酒も出たわ。酒屋さんが何回も配達してくれて……」

郁子は、タバコの匂(にお)いの漂っているのをちょっとかいで、

「お兄ちゃんと同じタバコね」

と言った。「匂いで分る」

「同じのにしとけば、圭介さんが喫ったんだって思われるでしょ。――はい、冷たいお茶の方がいいでしょ」

「ありがとう!」

コップを受け取って、飲み始めると、どんなに喉がかわいていたかよく分って、一気にほとんど飲み干してしまった。

「――おい、もう少しビール、あるか?」

と、圭介が顔を出し、「何だ、郁子も逃げて来たのか」

「逃げたんじゃないわ、飲みものがほしかっただけ」

と言い返すと、和代が、

「逃げたくもなりますよね。男の人たちは飲んでばっかり」

「いいから、何本か持って来てくれよ」

「はい、すぐに」

圭介は、少し足もとも危なっかしい感じで戻って行く。

「――郁子さん、もう寝た方が。どうせあの人たち、夜中まで飲むんですよ」

和代が盆にビールを三本のせて出て行く。

郁子は、広い台所の中で、一人になってホッと息をついた。

考えてみれば、何だかくたびれちゃったのは、今日一日一人になる時間がほとんどなかったからかもしれない。

郁子は一人でいるのが少しも苦にならない。いや、むしろ一人でいる方が楽――といっては子供らしくない言い方かもしれない。

電話が鳴り出して、郁子はびっくりした。

ともかく静かな中に甲高く鳴り響く電話の音は、飛び上るほどのショックである。

誰かが出てくれるかと思ったが――お通夜の席は、普段あまり使わない部屋なので電話から離れている。

郁子は、鳴っているのが家族や特に親しい人間しか知らない番号の電話だと気付いて、放っておくわけにもいかなくなった。

立って行って、受話器を取る。

「はい、藤沢です」

と言うと、どこか表からららしい、ザワザワした気配。

「――郁子か？」

少し遠い声だったが、

「お父さん？　今、どこ？」

「成田だ」

と、父は言った。「小野が迎えに来てない、何か聞いてるか」

九つの子に、そんなことを誰も言うわけがない。

「誰か呼んでくる？」

「ああ、今来た！――おい！　こっちだ！」

と、怒鳴っている。

「お母さんと代る？」

「今から帰る。そう言っとけ」

「はい」

電話が切れる前に、

「何やってるんだ！」

と、文句を言う父の声が聞こえて来た。

父の声はよく通るのだ。何しろ大学の教授として、もう何十年もやって来ている。

でも——お姉ちゃんのことを、ひと言も言わなかった。

さほど驚きはしないが、寂しかった。

ともかく、母に伝えなくては、と歩きかけたとき、また電話が鳴り出した。

お父さんかな？　言い忘れたことでもあるんだろうか。

「——はい」

と出て、すぐに、父でないことは分った。

電話口の向うは、静まり返っていたのである。

「もしもし？」

と言うと、

「郁子ちゃんか」

ホッとしたような声音で、「梶原(かじわら)だよ」

「あ……」

「仕事で出かけててね。今、まだ外なんだけど」

「聞きました」

「裕美子君が……」

「うん」

「伝言を聞いてね。——すぐ駆けつけたいが、今、どうしても出られないんで……。告別式には必ず行く」

「うん」

「残念だね」

「うん」

しばらく、梶原は黙っていたが、郁子には、その沈黙は互いに慰め合う言葉そのもののように聞こえていた。

「お姉ちゃんは、何か言い遺(のこ)したかい？」

と、梶原は訊(き)いた。

「私……学校から帰ったら、もう……」

「そうか。きれいな顔してたかい」

「——うん」

包帯のことを話したかったが、今は誰が台所へ入ってくるか分らない。

「じゃ、あまり苦しまなかったんだろう。——明日、できるだけ早く戻るからね」

「うん」

「郁子ちゃんのことを、彼女は一番好きだったからな」

梶原の言葉は、郁子にとっても嬉しかった。

「じゃあ……」

電話を切って、郁子は少し頭の痛みが取れた気がした。

「——郁子さん、お電話、出て下さったんですか」

と、和代が戻ってくる。

「あ。——お父さんから電話。今、成田だって」

と、郁子は言った。

梶原からの電話のことは、言わなくてもいいだろう、と思った。言いたくなかった、という方が正確かもしれない。

「あら。じゃ、奥様にそうお伝えしなきゃ」

と、和代が言ったところへ、当の早苗がやって来た。

「和代さん、明日は朝六時から手伝いの人が来てくれるから——。郁子、ここにいたの。もう寝たのかと思った」

お母さんに何も言わないで寝るわけがない。

「今、先生からお電話で、成田だということで……」

「そう。他に何か言ってた？」

「私が出たの」

と、郁子は言った。「今から帰るって、それだけよ」

「じゃあ、あと——何時間かかるわね。郁子はもう寝ていいわよ。明日も早く起きなきゃいけないから、そのつもりでね」

「うん」

「和代さん、大変だと思うけど——」

「いいえ、これが最後ですから、裕美子さんのことは私がやらせていただきます」

「よろしくね」

「ちょっとウトウトすれば充分で——。奥様も少しお休みになったら？　先生が帰られたら、お起こしします」

「ありがとう。でも、そうもいかないわ」

郁子は、母と和代が明日の細かい打ち合せを椅子にかけて始めたので、黙って台所を出て二階へ行くことにした。

廊下は少し明りが落としてあって、通夜の席の話し声が響いている。酔っているせいで、声が大きくなっているのだ。

お兄ちゃんたら……。自分の妹が死んだというのに、悲しくないんだろうか。どうしてあんな風にお酒を飲んで酔っ払えるんだろう。

階段の方へ行きかけた郁子は、玄関の方へ目をやって、誰かが話しているのに気付いた。

「――夜分にどうも」

と、八幡の叔母さんが礼を言っている。

「いえいえ、いつもお世話になっておりますから」

玄関に下りて、頭を下げているのは……。誰だっけ？

ちょっと首を伸してみて、時々家に来ている銀行の偉い人だと知った。――普通なら、郁子などが顔を憶(おぼ)える相手ではないが、父と話しているときには、いつもニコニコとして愛想のいいその人が、一歩表に出たとたん、ついて来ていた若い部下に、

「貴様のおかげで恥をかいたぞ！」

と、怒鳴りつけるのを、偶然見てびっくりしたことがあったので、憶えているのである。

「では、確かに――」

叔母の前には、紙包みが置かれていた。

四角く包んだ、ちょうど両手で持てるくらいの大きさで、叔母は大事そうにそれを持つと、足早に奥へ入って行く。

あれは何だろう？――その包み紙の模様には見憶えがあった。そう、あの銀行のくれる

ティシュペーパーとかメモ用紙とかに印刷してあるのと同じ模様だ。

でも――あの包みは何だろう？

郁子は、母が、

「じゃ、和代さん、よろしく」

と言っているのを聞いて、急いで階段を上って行った。

眠りの途中で目を覚ますことは滅多にないとはいっても、「特別な夜」である。

郁子が寝返りを打った拍子に目を覚ましたとしても、そう驚くほどのことはない。

もう……朝？

郁子はベッドの傍の時計に目をやった。――三時。

もちろん、夜中の三時に違いない。

もう、父も帰って来ているだろうし、みんな床に入っているのではないだろうか、と郁子は思った。

眠らなきゃ。――眠らないと、明日が辛い。明日……。今日、と言う方が正しいのかな。

でも郁子は、たとえ今夜一睡もしなかったとしても、姉、裕美子のお葬式の間、きちんとしている自信ぐらいはあった。

「きちんとして」

と言われれば、その通りにできる。それなら……。それなら、お姉ちゃんのことを考えていたところで構わないわけだ。

暗い天井をじっと見上げていると、小さいころからのお姉ちゃんの思い出が次々に取り止めもなく浮んでは消えた。

「――お姉ちゃん」

　フッと思い付いた。

まだお姉ちゃんの棺はあの部屋にある。――誰か起きているだろうか。

郁子は、お姉ちゃんの顔を、もう一度ゆっくり見たいと思った。――離れで、あの酔っ払いの医者に邪魔されたことで、腹を立てていたのである。

あの医者は、今日は早々と帰って行った。もし、あそこに誰か残っているとしても……。郁子は、こういうときには何かやっても大して叱られないものだと分かっていた。――そうだ。行ってみよう。もし誰かと会ってしまったら、ちょっと寝ぼけたふりをすればいい。

　パジャマ姿で、郁子はベッドからスルリと出た。

音がするから、スリッパははかず、裸足でヒタヒタと廊下を急ぎ、階段を下りて行く。下り切る前に、ちょっと足を止めて様子をうかがうと、明りの洩れているのは居間らしい。

「――ともかく、俺がいないと話にならん」

父の、よく通る声が聞こえて来た。

母が何か言っている。

父の声だけが、はっきりと聞こえて、「発つのは夜だ。時差があるからな。何とか間に合う」

「――心配するな」

娘が死んだというのに、明日、お葬式の日にまた外国へ行ってしまうというのだ。――もともと、郁子にしたところで、もう今年六十にもなる父を、普通の子供にとっての「父」のように見たことはない。

相手をして遊んでくれたこともないし、ゆっくり話した記憶もない。郁子は初めから、父親とはそういうものだと思っていた。

幼稚園や、小学校に入ってからも、他の子のお父さんが運動会などにやって来て一緒にかけっこしたりするのを見て、羨しいよりもびっくりしたものだ。

それを不満に思ったことは、ほとんどない。ただ――郁子が父に対して持っていた不満といえば、姉の裕美子にも、父がひどくよそよそしい態度を取っていたことだろう。

それを思えば、父が明日外国へ仕事で行ってしまうというのも、驚くには当らなかった。

――郁子は、父と母の話が、まだしばらく続きそうなので、思い切ってお通夜の席へと歩いて行った。

障子は開いていて、中を覗(のぞ)くと、兄、圭介と親戚(しんせき)の男の人が二人、残っていた。といっても、三人とも、その場で横になって眠りこけている。

いびきと寝息の盛大な三重唱は、こんなときなのに郁子を笑わせてしまいそうだった……。

これなら大丈夫。

郁子は祭壇へと近寄って、香をたいていた台をわきへ押しやると、裕美子の棺を覗き込んだ。

蓋(ふた)は閉めてあるが、顔の辺りに窓が開いていて、そこから裕美子の白く化粧された顔が見える。ただ、ちょうど窓の部分のガラスに明りが映って、見にくい。

郁子は、ちょっとためらったが、これがもう最後と思うと、思い切って両手を棺の蓋にかけ、力を入れて動かした。

ズズ……。板のこすれる音がして、相当重かったけれど（こっそりやっているので、余計にそう思ったのだろう）、何とか蓋をずらして、裕美子の顔が覗くまで動かすことができた。

「――お姉ちゃん」

と、郁子は小さく呟(つぶや)いた。

首には、まだ包帯が巻かれたままだ。顔から首の辺りにかけて、うっすらと化粧してあるので、少し目立たなくはなっているが、誰が見ても不自然だ。

一体何だったのだろう？——お姉ちゃんはなぜ死んだんだろう？

郁子は、すでに見抜いていた。あの酔っ払いの笹倉という医者をわざわざ呼んだというのは、姉の死因に何か隠したいことがあったからだということ。笹倉は、いわばこの家の「弱味」を握ったわけで、だからあんな風に好き勝手をしてお酒を飲んでいたりしたのだ。

そうまでして隠さなくてはならなかったことというのは、何だろう？

——今は、あまりに子供で、大人たちに訊いたところで誰も相手にしてくれまい。でも、きっといつか——もっと大きくなるまで、このことはしっかり憶えておいて、必ず調べ出そう。姉の死に隠されていたことは何なのだろう？

——誰か来るといけない。

郁子は、いつの間にか頰を伝っていた涙を手の甲で拭うと、蓋を元の通りに戻そうとした。すると、サーッという音が遠く、包み込むように聞こえて来た。

また雨だ。

夕方には上って、お通夜の客にとっては良かったのだけれど、また降り始めた。

一旦、天井の方へ上げた目を棺に戻すと、姉、裕美子が目を開けて郁子を見ていた。

——夢？　私、夢を見てる？

郁子は、しかし裕美子がうっすらと化粧したその顔に微笑を浮かべて、

「また降り出したのね」

と言うのを、はっきり聞いたのだった。

3　絆

どうして気絶したり、悲鳴を上げたりしなかったのか……。

それでも、郁子はストンと尻もちをついて、立てなくなってしまった。腰が抜けた、ということなのだろう。

座ってしまったことで、郁子の目には棺の中が見えなくなった。郁子が気を取り直すことができたのは、たぶんそのせいだろう。

私……夢を見たんだ。きっとそうだ。

でも——棺を見上げると、白い指がそっとその縁にかかるのが目に入った。

違う！　夢じゃない。これは……夢なんかじゃない。

郁子が、よろけそうになりながら立ち上ると、同時に、棺の中の裕美子が見えない糸に引かれたように起き上ったのである。

一瞬、郁子は裕美子が本当は死んでいなくて、眠っていただけなのかと——そして今目覚めたのかと思ったが、しかしそんなわけはない、と思い直した。

生きていたときですら、裕美子は自分で起き上ることなどできなかったのだ。今、裕美子は少し背を丸めた格好で棺の中にいて、懐しい目で郁子を見ていた。

「——怖い？」

と、裕美子は何となく力のない声で言った。

「少し」

と、郁子は正直に答えて、「でも……話ができて嬉しい。お姉ちゃんに『さよなら』も言わなかったもん」

「ありがとう」

裕美子は、穏やかに肯いて、「郁子——」

「待って」

こんなときに、と自分でもびっくりした。郁子は駆けて行って障子を閉めると、

「——お父さん、帰って来て、まだ起きてるから」

と、戻って来て、「お兄ちゃんたちは酔っ払ってるから、大丈夫」

「そう……。郁子はしっかりしてるわね。私なんかよりも、ずっと……」

「お姉ちゃん」

郁子は、裕美子の手を両手で挟んだ。冷たい。生命の息吹は、そこには感じられなかった。

「——聞いて、郁子」

と、裕美子は言った。「話しておきたいことがあるの。生きている間に、郁子にいつか話さなくてはと思っていたことが」

郁子は黙って肯いた。

「私はそのために、ほんのわずかの間だけ、こうしてあなたに会っているの……。あんまり時間がない。言いたいこと、言わなきゃならないことはいくらもあるのに――。聞いて、そして、憶えていてね。今夜、私の話したことを、大人になっても忘れないで」

「うん……」

「郁子」

裕美子の冷たい指先が、悲しげに郁子の髪に触れた。「――あなたは私の妹じゃないの。あなたは、私が十六のときに産んだ、私の娘なのよ」

郁子は、相手が誰なのかも忘れて、思わず、

「――嘘だ」

と、言ってしまった。「お姉ちゃん……」

「私は郁子の『お姉ちゃん』じゃない。『お母さん』なの」

郁子は、言葉を失ったまま、立ちすくんでいた。十六という年齢の差が珍しいということは、自分でも分っていた。けれども、ずっと「お姉ちゃん」だった人を、突然「お母さん」と呼ぶことなどできない。

「――あなたには辛い話かもしれない。でも、聞いて。もう、話す機会は二度と来ないだろうから……」

雨の音が高くなる。裕美子が言った。

「あの日も、雨だった……」

その坂道に、見憶えのある傘が前後にゆっくりと揺らぎながら上って来るのを認めると、もう雨のことなどちっとも気にならなくなった。

裕美子は二階の廊下を靴下でスーッと滑って階段の所まで行きついた（これは、いつもやっているので、力の入れ具合をどれくらいにしたらちょうどいい所で止るか、よく分っていた）。

階段を下りて行くときは、ちょっと慎重でなくてはならない。何しろ古い家で、二階が高い。この長い階段を転り落ちたら、少々のけがではすまないかもしれなかったのだ。

それでも、十五歳の少女の、バネのようにしなやかな膝は、巧みにバランスを取って下まで下り切った。

「何なの、急いで？」

と、母、早苗がお出かけの和服姿で現われる。

「お母さん、出かけるの？」

つい、声に嬉しそうな気配がにじんだらしい。

「梶原先生ね？　どうせお母さんはいない方がいいのよね」

と、早苗は笑って言った。「お芝居見て、九時ごろには帰るわ。靖江さんのお誘いなの」

「八幡の叔母さんの？　好きね、あの人も」

と、玄関で母が何をはいて行こうかと迷っているのを眺め、「楽屋まで押しかけてくんだって？　お母さん、一緒になって騒がない方がいいわよ」

「お母さんは、お付合いで行くだけよ」

と言いながら、裕美子から見れば、母の方がよっぽど「嬉しそうにいやがって（？）」見える。

ガラリと戸が開いて、

「あ、どうも」

ヒョロリとノッポの大学生が、傘を手に頭を下げる。

「ま、先生、ご苦労さまです」

と、早苗は微笑一杯の愛想の良さで、「私、ちょっと用がございまして失礼いたしますが――」

「お芝居見物ですって」

「裕美子！」

と、早苗がにらむ。「先生、大分降っておりましょうか？」

「ええ、本降りですね。タクシー、停めましょうか」

「先生！　いいのよ、そんなことしなくたって」

「いや、その通りから拾って、一旦こっちへ入ってもらわないと大変だよ。この前はまず空車なんか通らないし、といって、坂を下りて行くのはもっときつい」

梶原は本を入れた重い鞄を裕美子へ渡し、「これ、二階へ持ってっといて。待ってて下さい。すぐ拾って来ます」

もう一度傘を広げて、ザッと落ちる水滴に肩先を濡らしながら、人の好いこと。ポンポンと水たまりを飛び越えて門から出て行く。

「先生って、いい方ね」

と、早苗は何でも人にやってもらうのは慣れっこで、「ちゃんとお勉強してる？　だめよ、ポーッと見とれてちゃ」

「濡れちゃって！　風邪でもひいたら、お母さんのせいよ」

裕美子は口を尖らしてむくれている。

「貞子さんに何か出してもらって。今日は五時で帰ると言ってたから、あんた、自分で運びなさい」

「はい。——お父さんは？」

「講演会ですって。終ってから食事が出るってことだから、どうせ飲んでくるでしょ。電話でもあったら聞いといて」

「うん」

と、裕美子は梶原の鞄を抱えて上り口に立っている。

じき、梶原が乗ったタクシーが門の前に着く。

「——良かった。これでそう濡れなくってすむわ」

早苗は傘を持って、「じゃ、行ってくるわね」

「行ってらっしゃい」

裕美子は、母と入れ替りに家庭教師の梶原が入って来ると、まだ傘から雨の滴を振り落としている間に、さっさと戸を閉めて鍵をかけてしまった。

「先生、大丈夫？　濡れちゃって！　お母さんのことなんか放っときゃいいのよ」

「おいおい」

と、梶原は笑って、「僕の鞄を持って、部屋へ行ってろと言っただろ」

「行ってるわ。気持だけ先に」

と、口は達者で、そこへやって来た、もう六十近い家政婦に、「貞子さん。先生にお茶をね」

と、声をかける。

「はいはい」

人は悪くないのだけれど、何しろ動きがもう鈍くなっていて、若い裕美子など、見ていて苛々(いらいら)することもある。

「先生、足、濡れた？　雑巾(ぞうきん)持って来ようか」

「ああ、いや大丈夫。——靴下、脱いどくかな」

「ほら！　何か持って来るから」

裕美子が駆け出して行く。

——梶原秀一(しゅういち)は大学二年生である。

裕美子の父、藤沢隆介(りゅうすけ)は、大学教授だが、娘の教育にはとんと構わない。家庭教師などいくらでも捜して来られそうだが、散々妻の早苗にせっつかれて大学の学生部に話をしたのだった。

しかし、その結果やって来た「先生」は、裕美子の十五歳の胸をときめかせるに充分だった。格別二枚目というわけではないにしても、誠実そのものという印象の若者である。

「——本当、ふしぎだわ」

と、机に向って、きちんと勉強はこなしながら裕美子は言った。

「何が？　どこか分らない所があるかい？」

と、梶原は少し眠そうな目で裕美子のノートを覗(のぞ)き込む。

「そうじゃないの！　先生、大学生でしょ。うちの兄も大学生。でも、同じ大学生でこんなに違う人がいるってことがふしぎなの」

「兄さん——圭介さん、だっけ？」

「会ったことないわよね、先生。会ってほしくもないけど」

と、裕美子は眉を上げる。「もう二十歳。大学なんて、本当に行ってるんだかどうだか……」

梶原は、ちょっと笑った。

「ま、色々いるのさ。僕のように、あれこれバイトで稼がないと通えない学生と、そういう心配の全くない学生とじゃ、大学ってものの意味が違う。お兄さんだって、大学へ行かなくても、何か自分のしたいことを捜してるのかもしれないよ」

裕美子には兄のことがよく分っている。といって、兄のことを梶原にこきおろして聞かせるのも気が進まなかった。

「何といったって、藤沢隆介先生の息子だからな。何かとプレッシャーもかかるさ」

父。——そう、父にしたところで……。

梶原が父を尊敬していることは、裕美子も知っている。父が、梶原の思っているような人間ではないということを、裕美子はやはりあえて口にするつもりもなかった。

それに人間、誰しも「外の顔と内の顔」というものがあるということ。——裕美子にはそれもよく分っていた。

「——お先に失礼いたします」

と、貞子が顔を出して、「お盆は台所へ置いといて下さいな」

「はい、ご苦労様」

と、裕美子は言った。

五時に少し間があった。——梶原は電話を借りると言って廊下へ出て行き、裕美子は窓辺から表を眺めた。

雨はもう上って、青空が雲間に覗いている。しかし、灰色の雲がまだつながってゆっくり移動しており、また降り出すかもしれないと思えた。

「——また降りそうかな」

梶原が入って来ていた。

「もしかするとね」

「何を見てるんだ？」

「別に——。ここから眺めると、坂道がよく見えて」

「ああ……。夏はかなりきつそうだな、あの坂は」

梶原は、裕美子と並んで窓から表を見た。

「——〈人恋坂〉っていうんだろ？」

「本当の名前は〈一越坂〉なの。一番下にそう書いた柱が立ってるでしょ」

「そうか？　気付かなかった」

藤沢家は、高台の一番端に位置している。そして、裕美子の部屋は角になっているので、窓から外を見ると、視界は眼下に大きく広がって、まるで雲の上から見下ろしているかのようだった。

そして、藤沢家の前から下っている坂道が、この窓からはよく見えた。ゆるやかに曲線を描くその坂は、下界へ続くらせん状の滑り台のようにも見える。

「一つこの坂を上ると、一番高い所を越えたってことになるからでしょうね」

と、裕美子は言った。

「じゃ、〈人恋坂〉ってのはあだ名か」

「そう。ずっといいわね、〈人恋坂〉の方が」

「どうして〈人恋坂〉なんだろう？」

「私も本当かどうか知らないけど……。ほら、あの坂って、ずっとゆるく曲ってるでしょ。だから、上る人も下る人も、少し行くと前にも後にも坂しか見えなくなっちゃうの。両側はほとんど石垣だしね。だから、心細くなって、誰か通りかかってくれないかなって思うんですって。それで人が恋しくなるから〈人恋坂〉」

「そうか。何か、恋人たちの伝説でもあるのかと思った」

裕美子は笑って、

「先生、女の子みたいなこと言ってる」

「何だ、男だってロマンチックな恋に憧れるんだぞ」

と、梶原は言って、「さ、もう少しやっておこう。来週は来られないかもしれない」

「何だ、つまんない」

と、裕美子は口を尖らした。

――六時ごろまで勉強して、梶原は、

「用があるから、これで帰るよ。お母さんによろしく」

と、本を束ねた。

「うん……。先生、私と二人だから遠慮してるの？」

裕美子にそう訊かれて、梶原は思いがけず赤くなった。

「大人をからかうもんじゃない！」

と、にらむと、「もう来てやらないぞ」

「ちゃんと来るわ。お月謝もらっておいて来ないなんて、先生にはできないでしょ」

「しょうのない奴だな」

と、梶原は苦笑いした。

玄関で見送っていると、電話が鳴っているのが聞こえ、

「じゃ、先生！　また来週！」

と手を振って駆け出す。

そして受話器を取りながら、

「坂を下るとき、こっち見てね！」

と呼びかける。「――はい、藤沢です。――何だ、お兄さんか」

「でかい声出して、誰かいるのか」

と、圭介の声の背景には騒がしい音楽がかかっていた。

「先生よ。お兄さん、どこにいるの？」

「あの家庭教師か？　とんでもないこと教わってんじゃねえだろうな」

「どういう意味よ」

「俺は、じき一旦帰るけど、また出かけるからな。お袋、いるか？」

「お芝居。八幡の叔母さんと」

「またか」

「お母さんのこと、言えないでしょ。晩ご飯は？」

「どこかで食うよ。じゃあな」

「お兄さん――」

と言いかけたときは、もう切れている。

一体何のためにかけて来たんだろう？　裕美子は首をかしげて、

「――そうだ！」

と、急いで二階へと駆け上った。

自分の部屋へ飛び込み、窓をガラッと開ける。

坂道を、ヒョロリとした人影が下って行く。

「先生！」

と、呼んでみると、梶原が立ち止って、裕美子の方を振り仰いで手を振った。

力一杯手を振り返して――梶原の姿が坂を下り、石垣に隠れて見えなくなるまで見送った。

窓を閉めると、欠伸が出た。――ゆうべ、遅くまで起きていて、眠気がさして来たのである。

すぐにはお腹も空いていない。

裕美子は、ベッドにゴロリと横になった。――六時を過ぎて、外も薄暗くなっていた。明りを消した部屋の中は、沈み込むように暗さを増し、横になった裕美子の眠気をさらに誘った。

そして――憶えているのは、また雨の音が聞こえて来て、あ、降り出したんだ、と思ったこと。

一段と暗くなったのは、夜になったからか、それとも雨のせいか、どっちとも分からなかった。

寝返りを打って、お腹を冷やしては、と思って軽い毛布を引張って腰の辺りにかけた……。たぶん、それも事実だったろう。

しかし、そのまま眠り込んだ裕美子は、恐ろしい「悪夢」を、現実に体験することになる。

——何？　どうしたの？

地震でも来たのか、と思った。真暗で、体が揺さぶられている。

うつ伏せにされて、何かが上にのしかかっている。息が苦しかった。胸を圧迫されているだけではない。

やっと、自分が目覚めていることに気付いた。何も見えず、吐く息が熱く顔に当るのは、頭ごとスッポリと毛布で包まれているからだった。

誰？　何してるの？

足が割られて誰かの体が入り込んでいた。

突然、裕美子ははっきりと意識が戻り、同時に全身の血の気がひいた。

スカートがまくり上げられ、下半身を誰かが荒々しくまさぐっている。

裕美子は、起き上ろうとした。毛布がさらに首に巻きついて、締めつけられた。恐怖に、凍りついた。――殺される！

冗談や遊びではない。

助けて！　やめて！　やめて！

声は出なかった。たとえ出たとしても、毛布が遮って部屋の外までも洩れなかったろう。

下着が引き裂かれた。――雨音が聞こえた。

そんなはずはなかったろうに、裕美子は、はっきりと雨が屋根を叩く音を聞いていた。

苦痛が裕美子を引き裂いた瞬間にも、雨音は聞こえていた。


雨音は、今も聞こえていた。

――もちろん、そのときの雨音とは違うだろう。けれども、郁子にとっては裕美子の話がそのまま自分を包み込んでいるように思えた。

「こんなお話を聞かせるのは辛かったけど……」

と、裕美子は言った。「でも、郁子の『お姉ちゃん』のままで死んでしまうのはいやだった。郁子――」

郁子は青ざめた顔で、畳に座ったまま、立てた両膝を抱え込んでじっとしていた。

「ごめんね、郁子」

と、裕美子はじっと郁子を見下ろしながら言った。「――分るよね。そうやってあなたが産まれたんだってこと」

郁子も、どうして子供ができるのか、学校で習って知っている。郁子はまだだが、クラスでも体の発育の早い子はもう生理が始まっていた。

しかし――知識があるということと、今の姉の話を理解することとは別だ。姉の話？

いや、「母の話」を。

「――誰だったの」

と、郁子は訊いた。「そんなひどいことしたの、誰だったの」

裕美子はゆっくり首を振った。

「分らないの。私はしばらく半分死んだようになって動けなかった……。その男は、すぐに逃げるように行ってしまって――。頭にかぶせられていた毛布を外して、真暗な部屋の中を見回したのは、たぶん何時間もたってからだった……」

裕美子は、ふっと我に返ると、「まだ話しておかなきゃいけないことがあるの」

「まだ？」

郁子が怯えたような表情を浮かべる。

「大丈夫よ。もうこんなひどい話は出てこないわ」

と、裕美子が微笑んだ。「――郁子」

「うん……」

「あなたに、一度だけでも、『お母さん』って呼ばれてみたかったわ」

と、裕美子は言って、「さあ、後は手短かに話しましょうね」

――雨の音はずっと聞こえていた。

郁子は、眠っている兄の圭介たちが目を覚まさないこと、父や母がここへやって来ないことがふしぎだった。もしかすると、裕美子と郁子の二人以外にとって、時間は止っていたのかもしれない。

雨音が、魔法のカーテンのように、二人のことを包み隠しているようで、その夢のような平和の中で、裕美子の悲惨な運命の物語は、まるで毎夜おばあさんが子供たちに話して聞かせてくれる、「ちょっと怖いおとぎ話」のように続いた。それは、ある意味では、もっともっと「ひどい話」だったが、郁子は逃げ出そうとも耳をふさごうともせずに、聞いていた。

特に注意して聞いていたわけではないにしても、裕美子の言葉は一旦郁子の耳から入ると、決して出て行こうとしなかったのである。

そして――どれくらい時間がたったのだろう。

「――朝だわ」

と、裕美子が目を上げて、まるで天井や壁を透かして表の気配が見える、とでもいうように、「明るくなる。郁子」

郁子は立ち上った。立て膝のままだったので、足はしびれなかったのだが、お尻が少し痛かった。

「お姉ちゃん！」

「今の話を——私のことを、憶えていてね」

裕美子が白い手を伸した。郁子はその冷たい手を包むように両手で取って、そっとこすった。力を入れると壊れてしまうガラス細工でもあるかのように。

「忘れないよ」

と、郁子は言った。

裕美子が何か言いかけたとき、廊下に声がした。

「郁子——」

郁子はハッと振り向いた。

「——圭介の奴は何してるんだ」

父の声が響いた。こっちへ来る！

「お姉ちゃん——」

と、棺の方へ向いて……。

そこには、もう蓋で蔽われた棺が、音もなく、横たわっているだけだった。

郁子の手から、いつ裕美子の手が逃げて行ったのか、記憶がない。——どうしちゃったんだろう？

ガラッと障子が開いて、

「――郁子。何してるんだ」

と、父、藤沢隆介が言った。

郁子は、小さな窓から見える姉の白い顔をじっと見つめた。もうその瞼（まぶた）は開く様子がなかった。――姉の？　そうではないのだ。

それとも、何もかも夢だったということ……。そんなことがあり得るのだろうか。

「郁子」

と、父が言った。

「お姉ちゃんの顔、見ときたくて」

と、郁子は言った。

「そうか。明日もまた見られる」

父の大きな手が郁子の肩をつかんだ。

「――まあ、起きてたの？」

と、母の早苗が覗（のぞ）いてびっくりしている。「もう朝になるわよ」

「平気だよ」

と、郁子は言うと「おやすみ！」

と、投げるように言って、部屋を出た。

「——何だ、みっともない！」

父が怒っている声が聞こえた。圭介を起こしているのだろう。

郁子は階段を上って行った。

4　暑い坂

「葬式ってのは、暑いか寒いか、どっちかだな」

と、誰かが言っているのが聞こえて、郁子はおかしくなってしまった。

もう今日、これで何人目だろう、同じことを言った人は？

確かに——明け方まで降っていた雨は、夜明けと共に止んで、まるでひと月も気候が戻ったように、まぶしい夏の日射しが照りつけていた。

前日の雨が残した湿気と、強い日射しで、耐えがたいほど蒸し暑い一日になったのである。

じっと座っていると、郁子の背中を時々汗の滴がくすぐったく滑り落ちていく。

兄の圭介は、二日酔で頭が痛いと言ってバファリンをのんだせいか、眠気がさすのとも闘わねばならないようだった。いくら何でも、妹の葬儀に居眠りするわけにもいかない。汗っかきでもあるので（しかも黒い背広だ）、ほとんどひっきりなしにハンカチで汗を拭いていた。

父、藤沢隆介は、そう汗も見せず、しかもほとんどゆうべは眠っていないのに、どっしりと座って動じる様子がない。母、早苗の方が疲れているようだった。

まさか、とは思ったが、郁子の目には母の白髪が一夜でふえたように思えた。

「この度はどうも……」

見も知らない人たちが、そう言って郁子の前を通り過ぎて行く。たぶん、大部分は父の関係の知人たちで、裕美子自身は会ったこともあるまい。

郁子は、あの医師の笹倉がフラッと入って来たのに気付いた。——一応黒い背広は着ているが、誰かからの借り物か、サイズが小さく、袖口から骨ばった手首がみっともないほどはみ出ている。

しかも、酔っている！ 目の周りが赤らんでいるのを見なくても、焼香に進んだだけで酒くさい息が匂った。

腹が立った。あんな奴に来てほしくない！ しかし、口に出してそう言うわけにはいかない……。

郁子は、じっと身じろぎもせずに座っていた。こめかみを汗が伝い、ハンカチで拭いたくなることもあるが、じっと堪えることが裕美子への真心を示すことだ、と思っていた。

それに——郁子は昨日の郁子ではなかった。

裕美子の話は、郁子の記憶に刻まれていたものの、その意味することを受け容れるのには、長い時間がかかるだろう。しかし、それが今までの自分を根こそぎ引っくり返してしまうような、とんでもないことだというのは、郁子にもよく分っていた……。

「先生。——先生、ちょっと」

八幡の叔母さん——柳田靖江が、笹倉を呼んでいる。そして笹倉に何か耳打ちした。

何だろう？

郁子は、笹倉が肯いて、叔母の後について行くのを目の端で捉えていたが、母の方へそっと、

「お手洗いに行っていい？」

と、言った。

「ええ。何か冷たいものでも飲んどいで」

母は、郁子があまりにじっとしているので、却って心配だったらしい。少しホッとした表情だった。

席を立って、焼香に訪れる人たちの間を抜け、廊下を行く笹倉の後ろ姿を見付けた。

叔母と笹倉は小さな応接室へ入った。

「ちょっとお待ち下さいね」

と、叔母はすぐ出て来て奥へ入って行く。

郁子は、階段の辺りで少し息抜きしている感じに立っていた。——妙なもので、あの祭壇の前を離れると、汗を拭きたくなる。

真新しくたたまれたハンカチを取り出して、軽く顔を叩くと、汗がしみ込んで広がっていった。兄のハンカチなど、もうクシャクシャで雑巾のようになっている。

叔母がタッタッと戻って来て——。手に紙袋をさげている。そして応接室へ入って、ドアを閉めた。

郁子は、足を滑らせるようにしてドアの前に行くと、鍵穴に目を当てた。古い家なので、鍵穴も充分中を覗けるくらい大きい。

「——どうぞよろしく」

と、叔母が頭を下げている。「世間の口に戸は立てられませんからね。ここはひとつ先生にお口を閉じておいていただくしかありませんの」

「分った、分った」

笹倉は面倒くさそうに、「悪いようにゃせん。大丈夫だ」

「ええ、そりゃもうよく存じておりますけども……」

「これで全部かね？」

「お確かめ下さい」

「ま、大丈夫だろう」

「いえ、こういうことはちゃんとしておきませんと。私も兄から任された身ですから、後で何かあると困りますのでね」

「そりゃあそうか」

体を少しずらして、郁子にはやっとテーブルの上が見えた。

ゆうべ見た、銀行の包み。それがテーブルに置かれて、そこから笹倉が取り出している
のは、帯をかけた札束だった。

一体いくらあるのだろう？　積み上げられる札束を、郁子は七つまで数えたが、人の声
が近付いて、ドアから離れた。

「――あら、郁子さん、どうしました？」

和代が黒のワンピースでやって来た。

「冷たいもの、飲んでおいで、ってお母さんが」

「はい、はい、とんでもなく暑いですもんね」

和代は台所へ郁子を連れて行き、氷を入れた麦茶をグラスに入れてくれた。

「ありがとう」

郁子は、すぐ一気に半分ほど飲み、口に氷を含んで転がした。チクチクと刺すような、
痛みに近い冷たさが快適だ。

「――私、向うに行ってますから、空のグラス、テーブルの上でいいですよ」

と、和代が行ってしまうと、郁子は流しに行って水道を出し、顔を洗った。

タオルで顔を拭うと――。

「やあ」

梶原秀一が立っていた。

「あ……。早かったんだ」

「うん。すぐ仕度して出て来た」

梶原は気になるのか、黒のネクタイをしきりにいじっていた。「——郁子君は寂しくなるな。彼女と仲良しだったからね」

梶原は台所へ入って来ると、

「——暑いね」

と、言った。「そこまでタクシーで来た。あの坂を上ってくるのはきついから」

郁子は、梶原と直接会うのは久しぶりのことだ。裕美子が寝たきりの状態になってからも、梶原は時々やって来てくれていた。

郁子も、ずいぶん小さいころから梶原のことは知っていたのである。

しかし、梶原ももう勤めに出て七年余り。——確か、三十になっているはずで、ここ何年か、せいぜい正月や夏休みなど、年に二、三度顔を出すだけになっていた。

もちろんそれは仕方のないことだ。裕美子もそのことで郁子にグチらしい言葉を洩らしたことはない。

「二十……五だったかな、裕美子君は」

と、梶原は言った。「気の毒だったね。あんなに元気で、やりたいことが一杯あって――」

「やめて」

と、郁子は首を振った。「泣いちゃうよ、そんなこと聞くと」

「そうか」

梶原は、郁子の肩に軽く手を置いて、「裕美子君のことは、僕と君が一番良く知ってたんだ。忘れないでいよう」

「うん」

郁子は微笑んだ。ごく自然な微笑だった。

「あの……」

と声がして、見たことのない若い女が、おずおずと台所を覗いた。

やせた、目の大きな女性である。

「あ、ここだったの」

と、梶原を見てホッとしたように、「どこへ行ったのかと思った」

「すぐ行くよ」

と、梶原は少し苛立ったような口調で、「待ってろと言ったじゃないか」

「でも……」

梶原は、郁子の視線に気付き、

「郁子君。――真子だ。僕の奥さんだよ」

と、目をそらしながら言った。

「今日は」

その女性は、郁子を幼稚園くらいの子供とでも思っているような言い方で、「郁子ちゃんね。秀一さんから、よく話は聞いてるわ」

郁子の目が、自分の腹部に向いていることを知って、「梶原の奥さん」は、何となく居心地悪そうに、

「お焼香しないと……」

と、夫に言った。

「分ってる。すぐ行く」

「じゃあ……」

真子というその女は、郁子の方をチラッと見てから行ってしまった。

「――僕もお焼香させてもらうよ」

梶原は郁子と目が合うのを避けていた。

「おめでとう」

と、郁子は言った。「いつ結婚したの?」

「三か月……くらい前だ」

と、梶原は言った。「色々急でね、あんまりあちこちへ知らせる暇がなかった。仕事も忙しくてね」

「お姉ちゃん、知ってた？」

「いや……。今度会ったときに話そうと思ってた」

梶原は息をついて、「じゃ、行くよ。僕はまた会社へ行かなくちゃならない」

台所を出て行こうとする梶原へ、

「赤ちゃん、いつ産まれるの？」

と、郁子は訊(き)いた。

「たぶん……今年の暮だな。十二月か……。そのころだと思うよ」

「おめでとう」

と、郁子はもう一度言った。

「ありがとう」

梶原は何か続けて言おうとして、思い止(とど)まったのか、足早に行ってしまった。

郁子は、しばらくその場に立ちすくんで動かなかった。――突然、梶原が遠い人間になってしまったのだ。

梶原も男だったということ。当り前のそのことを、しかし、九歳の郁子に理解するのは無理なことであった。

ふっと我に返り、郁子は台所を出た。ちょうど和代がやってくるところだ。

「郁子さん。そろそろ戻って下さいって、お母様が」

郁子はただ黙って肯いた。

暑さはさらに増しているように思われた。

郁子が席に戻ると、もう焼香も一応終ったところで、たぶん梶原とその妻が最後だったようだ。

「——大丈夫?」

と、早苗が訊くと、郁子は小さく肯いた。

「ずいぶん大勢みえたわ」

と、早苗はホッとしたように言った。

郁子も、そのときになって初めて、予定の時間を四十分近くもオーバーしていることに気付いた。

「これをもちまして、告別式を終らせていただきます」

と言ったのは、父の秘書、小野だった。

暑いせいだろう、真赤な顔をしている。

人々が立ち上って玄関へ向う。――足がしびれて思うように立てない人、やっと立っても、足を引きずるようにしている人もいた。

手早く、祭壇が解体されていた。

「――暑い！」

家族だけになったせいか、圭介がたまらずに声を上げた。

「もう少しよ。我慢して」

と、早苗が小さい子供にでも言うような口調。

圭介は少しむくれていた。

郁子は、裕美子の棺(ひつぎ)が部屋の中央へ下ろされ、花が一杯に詰められるのを、じっと眺めていた。その事務的な手つきは、むしろ今の郁子には快いものだった。

「――先生」

梶原が、戻って来て、おずおずと声をかけて来た。

「うん。ご苦労さん」

「家内が身重で……。暑さで参ってますので、申しわけありませんが、これで……」

「まあ、大変でしたね」

と、早苗が言った。「お大事にね」

「ありがとうございます」

梶原は、チラッと郁子の方を見たが、そのまま何も言わずに立ち去った。

郁子は、今の言葉をお姉ちゃんが聞いてなきゃいいけど、と思った。――何も知らずにいればいいけど。

「では、皆様、お別れでございます」

と、葬儀社の男が言った。

「郁子。お花を持って。――中へ入れてあげるのよ」

「うん」

――花。お姉ちゃんは、花が好きだった。でも、こんな風に花に埋れたいと思っただろうか？

今、一人で暗い棺の中に密封されようとしている裕美子のことを思うと、郁子はほとんど初めて、胸がしめつけられるように痛んだ。――お姉ちゃん。お姉ちゃん。一人にしたくないのに。一緒にいてあげたいのに……。

「郁子」

と、父が促した。

郁子は、棺に近寄って、白い肌がまだつやを失っていない裕美子の顔を見下ろした。

そうだ。お姉ちゃんの頼みを、せめて一つだけでも叶えてあげよう。

郁子は身をかがめると、手にした花を棺へ落とし、そのまま裕美子の上に身を伏せて、花の中へ両手を突っ込んだ。そして裕美子の頭を抱きかかえ、しっかりと頰を冷たい頰に押し当てると、その耳もとに口を寄せて言った。

「お母さん」

聞いて。聞いていて。

「——お母さん」

早苗が、郁子の行動にびっくりして駆け寄ると、

「郁子、離れて。——ね、郁子」

郁子は、そっと裕美子の頭を元へ戻した。

あの言葉は、誰にも聞こえていないはずだ。——しかし、きっと裕美子は聞いてくれたに違いない。

外では、ちょっと騒ぎが起っていた。

「——困るじゃないか」

と、小野が眉をひきつらせている。

「何だ」

藤沢が歩いて行く。

「先生。今、葬儀社の方が……」

「霊柩車がここへ入って来れないと言うんです。どうしても向うのカーブが曲り切れなくて」

「どうした?」

「どうするんだ?」

「恐れ入りますが……」

と、葬儀社の男が汗を拭って、「時間も大分過ぎておりまして。棺を……この坂の下でお乗せしたいのですが」

「坂の下?」

藤沢は、長く続く下り坂を見下ろして、「これをかついで下りろって言うのかね」

「申しわけありません。この先の道へは大きな霊柩車を停めておけませんので」

「困るじゃないか。前もってそんなことは——」

と、小野が言いかけて、藤沢の厳しい目に出くわして口をつぐんだ。

出棺を待つ人々の間に囁き合う声が広がっていた。藤沢は、面子を大切にする人間だ。小野が騒ぎ立てれば、それだけ人は面白がって話題にすると分っていた。

「——よし」

と、藤沢は肯いて、「坂を下ろそう」

「ありがとうございます」

と、葬儀社の男が深々と頭を下げる。

「小野。人手を。若い男を頼め。坂を下りて行くのは骨だぞ」

「はい」

小野が駆けて行った。

「では、ここでご挨拶(あいさつ)を」

「ああ、そうだな。ハイヤーも何台か下で待たせてくれ」

「下でよろしいんですか」

「棺だけ坂を下ろすわけにいかん。ついて行く」

と、藤沢は言った。

――棺は坂を下ろして運ぶ、と聞いたとき、郁子はふと胸が熱くなった。

裕美子はこの〈人恋坂〉が好きだった。雪の日などに、わざわざこの坂を上り下りした、と郁子は聞いたことがある。

「――そんなわけで、坂を運んで下ろす」

と、藤沢は家族の所へ戻って説明すると、「早苗、疲れていたら、無理するな。ここから車で行ってもいい」

「私は歩いて行きます」

と、早苗は言った。「靖江さんは車で」

「じゃあ……そうさせていただくわ」

「郁子も乗せていただいたら?」

「大丈夫。歩くよ」

と、郁子は言った。

「よし。——圭介、お前は棺を運ぶんだぞ」

「ええ?」

圭介は顔をしかめたが、「分った。——分ったよ」

父の視線に射すくめられて、あわてて言った。

郁子は、外の暑さがさほど気にならなかった。坂は、半ばまで容赦なく照りつける太陽で焼けていたが、ここで裕美子を見捨てるわけにいかない。

父が挨拶をしている間、郁子は日かげに入っていた。大分楽だ。

「では……」

と、誰が言ったのか。

棺が運ばれて来た。男たちの肩にのっているので、郁子からはずいぶん高い位置にある。

「坂ですから、気を付けて。——後ろの方は肩でなく、手で支えるようにした方が平らになるでしょう」

と、父の大学の部下が言った。

結局、圭介は却って邪魔というので、そばについて格好だけ寄り添っていた。

「郁子。写真を持ちなさい」

と、父が言った。

「うん」

裕美子の写真を、しっかりと前に持って、郁子は嬉しかった。たとえ遺体はあの棺の中でも、裕美子と一緒に歩いているという気がしたのだ。

そう。——裕美子の写真は、坂をじっと見下ろしている。人恋坂を。秘めた恋の記憶が、この坂には影を落としているかもしれない。

「気を付けて！」

前後のバランスがどうしてもうまく取れない。足取りもずれるから、棺は複雑に揺れた。

そして石を敷いた坂道に照り返す熱気。

坂道がゆるやかに曲って日かげに入って行く辺りが見えてくると、早くそこへ行こうと、足どりが速くなった。下り坂で勢いもつく。

「待って！　ちょっと止って！」

と、一人が声をかけて、棺が止る。

「急がないで。ゆっくり行こう。危い」

みんな息をついて、気を取り直す。汗が光っていた。

棺は静かに坂をまた下り始めたが……。

妙な声を上げたのは、棺の一番前をかついでいる二人の内の一人だった。突然足を止めたと思うと、棺から手を離してしまったので、棺は傾いて、危うく落ちるところだった。

「何してる!」

と、声が飛ぶと、

「見ろよ……」

その男は、両手を広げて、他の男たちの方へ向けて見せた。――赤く、べっとりと手についたのは、血だった。

「まさか――」

沈黙が坂を支配した。

白木の棺の底の合せめから、じわじわと血がしみ出していた。白木にしみ込みながら、やがてにじみ出て、滴り落ちて行った。

「――おい!」

と誰かが言った。

いや、叫んだのかもしれない。血のしみはどんどん広がって、他の男たちの手を濡らし始めたのだ。

悲鳴を上げて、何人かが棺から離れた。

残った何人かでは支え切れなかった。棺が滑るように落ちて、角が敷石に打ち当った。棺は、人々が見守る中、坂をズルズルと落ち始めた。そして勢いがつくと転って、大きくはねたと思うと、叩きつけるように落ちて木が裂けた。

中の花が飛び散り、血が溢れるように流れ出した。

お姉ちゃん！——郁子は、しっかりと写真を抱きしめた。

早苗がよろけて倒れたが、郁子は気にしなかった。

聞いていたんだ。私が「お母さん」と呼んだのを。そうだね？

棺から裕美子の白い手が覗いていた。焼けるような石の上に流れ出た血は、見る間に乾いていった。

誰もが、棺に近付く勇気を持てず、ただ立ちすくんでいた。

郁子は——たぶんただ一人、この場で恐怖を覚えていない存在だった。むろん、郁子自身はそんなことを考えてもいなかったが。

突然、ピシッと鞭打つような音と共に、郁子の腕の中で写真立てにはめ込まれたガラスが割れた。細かい破片が足下に落ちて音をたてる。その音が坂道に反響するのさえ聞き取れるほど、静かだった。

「郁子、大丈夫か」

と、父が声をかける。「けがしなかったか」

郁子は、写真をガラスの破片のこぼれるままに、父の手に渡すと、棺の方へと駆けて行った。

「郁子！　だめよ」

早苗が悲鳴のような声を上げたが、誰一人止めようとして郁子を追ってくる人間はいなかった。

郁子は、棺の傍に膝をついた。下の石が熱く焼けている。溢れるように流れ出た血は、今は石にしみ込み、赤黒く、乾いて行くところだった。

棺から飛び散った花も見る間にしおれて、香りさえ失っていった。

割れた棺の板の間から、裕美子の左手が石の上に垂れている。郁子は何もためらうことなく、両手でその白い手を包んだ。

――もう眠って。お母さん。もう私、そう呼べるから。お母さん、と。

郁子がその手を自分の頰へそっと当てると、後ろで見守っている人たちの間に、音にならない動揺が風のように起きた。

――安心して。

郁子はそう呼びかけた。私はあなたの子よ。

――不意に、日がかげった。

坂に影が広がって、誰もが戸惑うように空を見上げる。郁子も目を上げると、あんなにギラギラと光を放っていた太陽を黒い雲が覆い隠していくのが見えた。

坂はたちまち影に包まれて、一瞬、湿った風が坂を吹き下ろして行った。

そして——空を仰ぐ郁子の顔に、温い水滴が当った。それは肩や腕にパタパタとほんの数秒間広がったと思うと、一気に勢いを増して、強い雨となって降り注いだ。

雨。——雨だ。

雨は熱した石に湯気をたてて、しかしすぐに霧のように辺りを包みながら、激しく降り続けた。

誰もが雨に打たれながら、その場を動かなかった。郁子だけが知っていた。その雨が裕美子を送る涙なのだと。

——雨は山間(やまあい)の急流のように、人恋坂を流れ落ちて行った。

1　十六歳

「誕生日おめでとう」

郁子は、そう言われて顔を上げた。

その表情に、一瞬戸惑いが浮かんで、こっちを見下ろしている山内みどりの屈託のない笑顔に、「やられた！」と思った。

「みどり。――びっくりさせないでよ」

と、広げていたカラフルな女性誌を閉じる。

「郁子もびっくりすることがある」

と、みどりは郁子の前の席に座ると、「でも、チラッと思ったでしょ。本当に今日だっけ、って」

「人を疑うことを知らない、この純情な乙女をからかうなんて、罪だよ」

と、郁子は言い返した。

「でも、あと一週間だよね」

「そう。――とうとう十六か」

と、郁子は明るい窓の方へ目をやって、呟いた。

昼休みというものはにぎやかなのが普通である。この女子校にしてもそうだ。高校一年生という年代からいっても、教室のあちこちで笑い声が弾けていて然るべきだが……。

「静かだね。何となく」

と、みどりが言った。

「うん。――やっぱり、倉橋さんのことがあるせいかな」

「さっき見かけたって。私じゃないけどね」

郁子はチラッと目を廊下の方へやった。視線がそこから出て、職員室まで届くとでもいう様子で。

「来てるの？」

「ご両親と。――もちろんお詫びなんだろうけど、無理だよね、退学と決ったのを」

そう。学校側にも面子というものがある。あくまで人に知られずに処理してしまいたかっただろうが、運悪く、その病院に父母会の理事をしている医者が勤めていた……。

「――でも、充江がね」

と、みどりが首を振って、「信じらんないよ」

信じられるわ、と郁子は思った。あのいつも真面目に、ひたむきに生きている子だから、うまく「遊ぶ」なんてことができなかったのだ。真剣に男を愛し、身ごもってしまった……。

「——でも、男の方は何ごともなしよ。不公平だなあ」

と、みどりは言った。「気を付けなきゃね。女はいつも被害者だ」

倉橋充江はそう思っていないだろう。思っていれば、男の名を出したはずだ。いくら問い詰められても、充江はついに男の名を言わなかった。

「——郁子、寂しいね。充江がいなくなると」

と、みどりが言った。「文学の話なんて、このクラスで交わせたの、あの子くらいじゃない」

「そんなことといいけど……。大丈夫なのかな、体の方」

「学校へ来てるくらいだから。——夏休みにでもなってりゃね。こっそり片付いたかもしれないのに」

みどりは、唐突に話を変えて、「ゆうべ、郁子のお父さん、TVで見たよ」

「そう」

みどりは、重苦しい話が嫌いなのだ。世の中に不幸は数々あって、そんなことは百も承知しているが、「見たくない！」と、目をそらしていれば平和でいられる子なのである。

「もう、六十過ぎだよね。若いよね。元気そうで」

「六十七よ」

「六十七か！　うちの親父の二十近くも年上？　信じられない」

みどりだって、十六にしちゃ若い。若いというのは妙か。小柄で童顔なので、中学生に見られるのはいつものことだ。

郁子は、腕時計をチラッと見て、

「あと五分しかない。──レポート、見直そうと思ってたのに」

「あら、お邪魔しました？」

「そうじゃないの。何だかその気になれなくて」

郁子は、お弁当を食べながら飲んだ紙パックのジュースを、きちんと飲み干したか確かめるように振ってみて、手の中で握り潰した。

「──郁子」

みどりの目が、教室の後方の出入口へ向いていた。

振り向くと、少し目を伏せがちにして倉橋充江が入って来るところだ。

充江はとても静かに入って来たのに、すぐに教室の中がシンと静まり返って、みんなの目が彼女の方に向いた。

郁子は立ち上って、

「充江。大丈夫？」

と言った。

重苦しい沈黙がフッと緩んで、

「どうなったの？」

「もう、来ないの？」

と、問いかけが飛ぶ。

その方がむしろ充江には気が楽なようだった。もう、充江はここでは「よそ者」だったからだ。

充江は制服を着ていなかった。白いブラウスと紺のスカートで、これ以上シンプルにはできないというスタイル。

「心配かけてごめん」

充江はクラスメイトに囲まれて、やっと微笑を浮かべた。

郁子は、あえて充江に近付こうとはしなかった。何も言わなくても、充江のことを一番良く分っているのが郁子だということ。――それを彼女も承知しているはずだ。

「今日でお別れ」

と、充江は言って、教室の中を見回した。「色々ありがとう。みんな元気で」

誰もが、ちょっとの間無言でいて、

「――元気でね」

「手紙ちょうだい」

と、代る代る握手をする。

充江がここの人間でないというのは、退学になったとか、そんなことのせいではない。それはみんなの目の中に表われていた。

充江は、男を知ってるんだわ。——男と寝たのよ。妊娠し、中絶手術を受けたことで退学になっていく充江を、みんなは好奇心と優越感と、いささかの畏怖をもって眺めているのである。

「——郁子」

充江の方がそばへやって来た。「ロッカーの物、出しに来たの」

「寂しいな」

郁子は、充江の手を取った。「少しやせたよ」

「具合、悪かったから」

充江はちょっと笑って、「郁子から借りた本、一度まとめて返しに行くね。それでいい？」

「もちろん。いつだっていいよ」

「じゃ、一冊ずつ返すか。会う口実になるものね」

二人は、ちょっと笑った。

「郁子。——髪の毛が」

充江は郁子の方へ身をかがめ、肩に落ちた髪の毛を指でつまみ取ると、「――帰りに、〈R〉で」

と、囁いた。

郁子も、他の誰もが気付かない程度に小さく肯いた。

もともと、倉橋充江は地味で大人びた顔立ちをしている。今、充江は、「身も心も」大人になっていた。

始業のベルが鳴った。

「――じゃ、ありがとう」

充江が自分の机――今はもう誰のものでもない――の中の私物を出して、きちんと椅子を中へ入れると、教室の前方の戸口から、早くも午後最初の授業の女教師が入ってくる。

「――あら、倉橋さん。いたの？」

と、意外そうに、「出席できないのよ。分るでしょ」

「私物を片付けに来ただけです」

と、充江は穏やかに言った。

「そう。じゃ、すんだら静かに退出して」

初老の婦人は、充江に対して明らかに敵意を抱いていた。充江がそれを感じないわけがなかったが、ただ黙って一礼し、何冊かの本やノートをしっかり抱えて教室を出て行った。

後には机が――空っぽの椅子と机だけが残されていた。

「充江！」

郁子は手を振った。

充江が足早にやって来る。――この〈R〉は、よく二人で小説や映画のことを飽かず語り合った喫茶店である。

「ごめんね、呼び出して」

充江は、小ぶりなボストンバッグを持っていて、傍に置いた。どこで着替えたのか、ジーパンをはいた充江を見るのは初めてで、郁子は目を丸くした。

「そんなこと……。どうせ帰り道だもん。充江――」

「私、時間がないから」

と、オーダーを取りに来たウエイトレスを断って、「郁子。私、家出して来た」

郁子は言葉もない。充江が、しっかり目を据えてこっちを見ている。

「――どこに行くの？」

郁子は、やっと訊いた。

「訊かないで。正直言って、自分でもよく分らないの。でも、落ちついたら、手紙出すから」

「充江。――二人？」

ほんの少しのためらいの後、充江が肯いた。

「彼とね。――私、家族に失望したの。親だって、結局世間体が自分の娘の幸福よりも大切なんだわ。私、つくづく思い知った。そう知ってしまった以上、もう家にいられない」

郁子は、まるで自分が駈け落ちしようとしているかのようにドキドキしていた。

「――体、大丈夫なの？　無理しないでね」

こんなことしか言えない自分が少々情けない。

「色々ありがとう」

充江の手が、郁子の手を軽く包んだ。冷えた、あまり力強くはない手である。

「気を付けて」

「うん。――もう行かないと。列車に乗り遅れる」

と、ボストンバッグを取り上げ、腰を浮かす。

「充江」

何を言うでもなく、呼んでいた。

「郁子。最後に会えて良かった」

充江は、もう一度、空いた左手で郁子の手を包むと、「郁子が一番の友だちと分ってるから、後でうちから何かと訊いてくるかも……」

「知らないことは話せない」

と、郁子は微笑んだ。

「それもそうだ。——何も知らない、聞いてない、で通してね」

「うん。もう行って」

「ありがとう。じゃあ……」

充江は足早に店を出て行った。

郁子は、一言、「幸せに」と言ってあげれば良かったと後悔した。でも、自分のような子から言われて、充江が嬉しかったかどうか。

言わなくて良かったのかもしれない。少なくとも、郁子の目には、充江の中に何の迷いもないように見えた。

恋の力か？——郁子の手の届かない所に、充江は行ってしまっていた……。


ほとんど無意識に、〈次、停ります〉と書かれたボタンを押している。

郁子は、バスがスピードを落とすほんの何秒かの間に、なぜ今日はここで降りる気になったのか、分っていた。

シュッと空気の抜ける音と共に降車口の扉が開いて、郁子は路面へ下り立った。他に降りる客はいない。そうだろう。ここで降りなければ、バスが大きく迂回して、あの坂の上へ運んでくれるのを、わざわざこうして……。

夜が近付いていて、ちょうどその場の街灯がチカチカと音をたてて点灯したところだった。

郁子は歩き出した。坂道へと。人恋坂へと、足を運んだ。

人恋坂は、もうかなり夜の気配である。

郁子は、ゆっくりと坂を上って行った。

「――坂を使わないようにして」

と、母、早苗から言われていた。

その母の気持は分る。しかし、郁子は時間の都合で、急がなければならないときを除いて、たいてい坂を上って帰ったのである。

五月の夕空は、もう日が長いが、この坂には一足早く夜が降ってくる。

ゆるやかにカーブする坂を辿って、やがて郁子は、ある箇所で足を止める。

「――ただいま、お姉ちゃん」

郁子はそう低い声で呟いた。

今、郁子は、七年前のあの日、裕美子の棺が割れた、正にその場所に立っていた。

青白い光が射した。――今通り過ぎて来た街灯が点ったのである。郁子の影が坂に落ちて、その影は奇妙な形に広がって見えた。

郁子には分っている。それは影ではないのだ。あの日、焼けつく日射しの下で、敷石に広がり、一瞬の内に乾き切った、裕美子の血の痕なのである。

信じられないことかもしれない。七年間もたって、今なお血痕がくっきりと石に焼きつけられているということなど。

しかし、事実なのだ。あの後、裕美子の遺体は改めて白木の棺へ納められ、火葬に付されて、灰となった。

雨が上っても、血痕は洗い流されていなかったので、父、藤沢隆介は大学の学生を何人か雇って、この血痕を洗い落とさせようとした。しかし、逞しい腕力自慢の学生が数人でかかっても、血は石の奥深くまで浸み込んで、ほとんど洗い落とすことはできなかったのである。

父は、諦め切れずに、何度か同じことを試みたが、むだな努力だった。――結局、「時がたてば消えていくだろう」と自分へ言い聞かせるように言って、それまではできる限り坂を通るな、と家族に言い渡したのだ。

その期待は外れた。七年たっても、裕美子の血はしっかりと跡を止めているのだから。

郁子は、その場にしゃがむと、鞄を置いて、そっと指先を黒く染った石の表面に触れた。

「お姉ちゃん。――私、もうじき十六だよ」

と、郁子は言った。

「お母さん」と呼んでほしいだろうか、と考えることもある。けれども、あの日まで、ずっと「お姉ちゃん」だった人を、別の名で呼ぶことは難しかった。結局、郁子は呼び方にはこだわらないことに決めたのだ。

「憶えてるからね、ちゃんと」

と、郁子は言った。「お姉ちゃんの話してくれたことも、私が約束したことも、何もかも、忘れてないからね」

そして、もう一度、

「じき、十六よ」

と、付け加えた。

——ふと、足音が坂を上って来るのを聞いて、立ち上った。指先のざらつきを軽く払うと、歩き出そうとして、

「——郁子か」

上って来たのは、父、藤沢隆介だった。

「お帰りなさい」

と、郁子は足を止めて、父が上って来るのを待った。「早いね、今日は」

「明日からロンドンだ」

と、藤沢は郁子と並んで一旦足を止めると、「よく坂を通るのか」

と訊く。

「ときどき」

「そうか」

「お父さんも、通るな、って言っといて」

「そうだな」

と、藤沢は笑って、「しかし……ふしぎなことだな」

と、足下の血痕を見下ろす。

郁子は何も言わなかった。

「さあ、行こう」

と、藤沢が促す。

人恋坂に、二人以外の人影はなかった。

――郁子は、少し間を置いて、父に訊き返した。

「お父さんも、よく通るの」

「いや……。たまに、だ。何となくその気になるとき。たとえば、明日から遠い国に出かけるというときぐらいか」

少し意外だった。父が裕美子の話をするのも、ほとんど聞いたことがない。

それでいて、遠くへ旅に出るときは、ここを通る。――郁子にとっては「発見」だった。

玄関を一緒に入ると、母が出て来て、

「あら、どうしたの一緒に？」

と、びっくりしている。

「そこで会ったんだ」

と、藤沢は靴を脱いだ。

坂で会った、とは言わない。母、早苗が最も神経質になって、決してあの坂を通らないことを知っているから。

「じゃ、一緒に夕ご飯にできるわね。――和代さん」

と、少し大きな声で呼ぶ。

「――はい」

安永（やすなが）和代。――裕美子の面倒をみていてくれた、あの和代である。

「あら、お珍しい」

「一緒にご飯ですって、珍しいこと。突然帰って来てこうですものね」

早苗は嬉しそうである。

「着替えてくるわ」

と、郁子は言った。

「少しゆっくりね。仕度だって、そうすぐにはできないわ」

「いいよ、ゆっくりで。そんなにお腹空いてるわけじゃないから」

郁子は、二階へと軽い足どりで上った。

――自分の部屋へ入ると、鞄をベッドの上に投げだし、着替える前に窓辺へ寄って、外を眺めやった。

――坂が、夕暮の影の中に包まれていくのが見える。

今、郁子の部屋はかつて裕美子が使っていた所である。人恋坂を見下ろせる部屋。裕美子が郁子を宿した日、梶原を見送って手を振った、その部屋である。

郁子は、坂がすっかり影の中に沈んでいくまで、窓辺から動かなかった。

2 家族

「誰か来るのか」

藤沢隆介は、食卓を一目見て言った。

郁子は五分ほど前から仕度を手伝っていたから、もちろん料理が五人分用意されていることも知っている。しかし、あえて、母にも和代にも誰の分なのか訊かなかった。

「さっき、電話があって」

と、早苗がわざとらしいさりげなさを口調ににじませて、「圭介たちが」

「そうか」

藤沢は、冷ややかに、「何の用だ。また金の話か」

「あなた……」

「心配するな。俺からは言わん。向うが言い出さない限りな」

椅子を引いて、藤沢は腰をおろすと、「待ってなくてもよかろう」

「ええ。和代さん、ご飯をよそって」

早苗が急いで言った。本当は待ちたかったのだろう。しかし、これ以上夫の機嫌をそこねるのは得策でないと考えたのだ。

「郁子は？」

「私……待ってようか、お兄さんたち」

「そうする？」

早苗は一瞬、郁子の言葉を喜んだようだったが、自分も食べないでいるとなると、夫一人が食べることになる。当然、面白くあるまい、と考え及んで、

「でも、お腹空いてるでしょ。先にいただきなさい」

「うん。それじゃ」

郁子がすぐに呑み込んでくれるので、早苗はホッとした表情。

電話が鳴って、和代が出たが、すぐに、

「郁子さん、お電話」

と、呼びに来る。

「はい、誰？」

「倉橋さんって――。お友だちの親ごさんのようですよ」

充江のことだ。もちろん郁子にはすぐに分った。

「――はい、お待たせしました」

と、電話に出る。

充江の母親からだった。充江が家出したらしい。行先に何か心当りは、という予想していた通りの話で、

「色々聞いてるでしょうけど、藤沢さんも」

と、充江の母親は言った。「もしかして、充江が自殺でも、と思うと心配で」

一瞬、郁子もドキッとした。そんな可能性は考えてもみなかったのだ。

しかし、充江の様子からは、そんな気配は全くうかがわれなかった。郁子は気を取り直して、

「充江さん、しっかりしてますから。何か分ったら教えて下さい」

「ええ。ごめんなさい。ご心配かけて。あの——もし、充江が何かそっちへ言ってくることがあったら……」

母親の声が少し低くなって、「帰って来なくても、手紙だけでも出すように言って下さい」

「はい……」

——電話を切って食卓に戻ると、

「倉橋さんって、あの……」

と、母の早苗が言う。

「そう。——充江が家出したって」

「まあ」

早苗の方は、それ以上口にしないつもりのようだったが、和代が、

「妊娠して退学になった子でしょ？　うちにも遊びに来たことありますね。そんな子に見えませんでしたけどね」

郁子としては、充江のことを芸能人のゴシップ扱いして食事どきの話題にしたくなかったので、何も言わなかった。しかし、父は黙っている人間ではない。

「退学？　そんな話、初耳だな」

「いいお嬢さんですけどね。魔が差すってこともありますよ」

と、早苗が話をそらそうとするように、言った。「和代さん、お鍋大丈夫？」

「見て来ます。――一旦、火を止めますか？」

「いえ……。そうね、圭介たちが来たら、また温めればいいわね」

郁子は、父が不機嫌そうに食べているのを、横目で見ていた。

「――親に認めてもらえん内に、子供を作ったり。そんな奴はどうせろくなものにならん」

と、お茶をガブ飲みして、「早苗。俺がロンドンへ行ってる間、圭介が何を言って来ても、耳を貸すんじゃないぞ」

早苗は何も言わない。実際はどうでも、適当に夫の言うことに合せておけばいいのだが、

早苗はそういうことのできない性格だった。

「――お父さん、いつ帰るの」

郁子がごく自然に話の流れを変えた。

「一週間で帰る。郁子の誕生日には、帰るからな」

「憶えてたんだ」

と、郁子は微笑んだ。

「ああ。――最近、暇になって手帳に書くことがなくなったから、メモしといた」

父らしい言い方に、郁子は笑った。早苗が少し和んだ空気にホッとした表情を浮かべる。

「あなた、今日病院の方へは？」

「うん？――ああ、小野の所か。寄ってる時間がなかった。お前、何か果物でも送っとけ」

と、早苗が思い出したように言う。

「小野さん……。具合悪いの」

父、隆介の秘書である。このところ姿を見せないのには気付いていたが、入院しているとは思わなかった。

「飲み過ぎだ。自業自得さ」

「あなた……。気の毒よ、そんなこと言って」

「ともかく、ロンドンへは代りを連れてく。役に立つかどうか分らんが」

父、隆介のことは郁子もよく分っている。病院という所が嫌いだ。気が弱いのである。

自分自身は頑健な体を持ち、山内みどりが言ったように、とても六十七とは見えない。

食欲も若者並みにあり、酒も飲むが、肝臓を悪くしたという話も聞かない。

兄の圭介に言わせれば、

「あんだけ好きなことやってりゃ、ストレスなんかたまらねえさ」

ということになるが。

「――用がなけりゃ、呼ぶな」

早々と食べ終って、隆介は席を立った。

「でも圭介が――」

「だから、用があったら呼べ」

と言いつつ、もう出て行ってしまう。

「本当に……」

早苗は、ため息をついた。

「お母さん、いつもため息ばっかりついてると、老けるの早いよ」

「もう六十よ。老けて当然」

熱いお茶をそっとすする。

「また、叔母さんとでも旅行に出ればいいのに」

「ああ、そうね。——ここのところ、あの人もご主人が寝たり起きたりで、出にくいらしいわ」

「へえ。具合悪い人、多いんだ」

と、郁子はゆっくりと食事を続けた。

柳田靖江の夫というのは、郁子の記憶にほとんど入力されていない。妻の存在が大き過ぎて目立たないのかもしれない。

「みんな年齢は取るわよ」

と、早苗は肯いて、「——小野さん、ガンでね、もう長くないのよ」

郁子は、食事の手を止めた。

「だって、まだ四十……」

「四十五、六？　子供さん、まだやっと小学校なのにね」

「あんなに元気そうだったのに……。そんなに悪いの」

「たぶん、あと二、三か月って」

小野のようなタイプの男は、郁子の興味とは最も遠いが、それでも子供のころから知っていただけに、ショックではあった。

「郁子。あなた、明日でも病院に見舞に行ってくれない？」

と、早苗が思い付いて言った。

「私？　だって……」

「お父さんが一度もお見舞に行ってないので、お母さん、行き辛くて。郁子なら、あちらの奥さんも喜んで下さるわ」

郁子は少し迷ったが、

「――クラブが終ってからでもいい？　少し遅くなるけど」

「行ってくれる？　悪いわね」

早苗も、気が弱い点では夫と同様だ。

「お見舞、どうするの」

「千疋屋に電話して、作っておいてもらうわ。知ってるでしょ。いつもの？」

「うん。お金、そこで払えばいいのね」

「そうしてちょうだい。お願いね」

「うん……」

不謹慎かもしれなかったが、郁子は小野がどんな風に変ったか、見たかった。「死」と一番縁のなかったような人間が、いやでも真正面からそれと対面しなければならなくなったとき、どう変るだろう、と思った……。

「――圭介様です」

と、和代が顔を出して言った。

いつ玄関のチャイムが鳴ったのか、郁子は気付かなかった。

正確に言うなら、「圭介たち」である。

「——やあ」

と、ダイニングへ入って来て、圭介は母親と郁子に目をやりながら、「また降って来そうだぜ。ここへ来るときはたいてい天気が悪くなる」

「今晩は」

圭介のかげに隠れるようにしていた女性が早苗に向って頭を下げた。

「いらっしゃい。——さ、かけて」

と、早苗はごく普通の来客のように、その女性に声をかけた。

「突然申しわけありません」

「いいのよ、別に。こっちも忙しいわけじゃないしね。——お食事、これからでしょ?

和代さん、仕度をね」

「すぐに用意できます」

と、和代が台所へ消える。

「何かお手伝いしましょうか」

と、その女性は腰を浮かした。

「いいさ。座ってろよ」

と、圭介が言った。「妹に会ったこと、あったっけ」

郁子がその女性——神原沙織に会うのは、今日が初めてというわけではなかった。

「ええ……」

「お兄さん、忘れたの？　銀座でばったり会ったじゃないの」

「そうか。そうだった」

と、圭介は指先でテーブルをトントン叩きながら、「改めて紹介しとこう。——沙織だ」

「神原さん——でしたよね」

「いや、藤沢沙織だ」

圭介の言葉に、一瞬テーブルの周りは凍りついたようで、

「——圭介」

と、早苗が言った。「どういうこと？」

「今日、婚姻届を出した」

と、圭介は言った。「いいだろ？　二十歳前の子供じゃないんだ、二人とも。それに、結婚してすぐ出産じゃ、却ってみっともないと思ってさ」

平然と言っているつもりだろうが、目をそらしているのがいかにも圭介らしい。

「本当なの？」

と、早苗は言って、ため息をつくと、「わざわざお父さんを怒らせるようなことして！」

「同じじゃないか。どうせ話す気はないんだ。それなら、こっちはこっちでやっていくしかないよ」

と、強気で言い張っている。「一応、報告しとかなきゃ、と思って来たんだ。沙織がぜひ話しておいてくれ、と言うもんだからね」

郁子は、じっと控えめに圭介のそばに座って目を伏せている沙織の様子に、やや驚いていた。

以前、兄と神原沙織が連れ立って歩いているのを見たときには、沙織は派手なピンクのスーツだった。ホステスという仕事柄、仕方なかったのだろうが。

それに比べると、今は化粧っけもなく、地味過ぎるほど地味に装っている。

「——申しわけありません」

と、沙織が早苗の方へ頭を下げると、圭介は面白くなさそうに、

「よせ。謝ることなんかないんだ」

と口を挟んだ。

「お兄さん。そんなんじゃ、いつまでたってもお父さんの同意なんか得られないよ」

「子供は黙って遊んでろ」

と、圭介がからかう。

「あの――お義父様はおいででしょうか」

と、沙織は訊いた。

「ええ……。でも、食事がすんだら、忙しいとか言って――。明日、ロンドンへ発つものですからね」

もちろん、そんなことが理由にならないのは、みんな百も承知だ。

「どうせ、出てくる気なんかないんだ。無理に会っても、言い合いになるだけだ」

と、圭介は、とりあえず和代の仕度してくれた食事に箸をつけた。

沙織の方も、多少おずおずと食事に手をつける。――郁子は、二人だけが食べるのでは気詰りだろうと、

「お母さん。私、お茶漬を一杯もらおうかな」

と、茶碗を出した。

圭介は何も聞こえないふりをして、そっと郁子の方を見ていた。

――圭介は今年三十七歳。やや老けて見えるのは、三十過ぎから始まった、髪の生え際の後退が、ますます目立って額の面積を広げているから。

加えて、髪そのものにも白いものが目立ち始めている。

「沙織さん」

と、郁子は言った。「予定日はいつなんですか？」

「暑い盛り。八月の末の予定ですけどね。でも、たぶん九月に入るんじゃないかしら」

沙織は、お腹の子供のことを訊かれたのが嬉しかったらしく、ホッとした笑いが浮かんだ。

「じゃ、これから大変だ」

「ええ。──でも、ぜひ元気な子を産みたい。頑張るわ」

──沙織は、圭介よりも年上の、四十歳である。四十で初めての出産だ。

父、隆介にしてみれば、息子が年上のホステスと恋仲になったことだけでも面白くなかったわけで、顔を合せる度に喧嘩になっていた圭介は、いやけがさして沙織の住むマンションに行ってしまった。しかも、沙織が身ごもっているときては……。

隆介が腹を立てて、会わないと言っているのも、そんな事情だった。

「──じき、十六だな」

居間へ移ってコーヒーを飲みながら、圭介が言った。

「憶えてた」

「ああ」

圭介は、沙織がまだダイニングの方にいるのをチラッと見て、「──ありがとう」

と、小声で言った。

「何が？」

「沙織のことだ」

「私は、反対する理由なんてないもの。私のお嫁さんじゃないし――。でも、大丈夫なの？　仕事してる？」

「友だちに誘われて、結構いい商売してるよ」

そうは思えない、と郁子は思ったが、口には出さなかった。

「――郁子さん、紅茶です」

と、和代がティーカップをテーブルに置いた。

「君も永いね」

と、圭介が軽口を叩く。「嫁に行かないのか」

「もう三十六ですよ」

と、和代は言った。「今さら面倒で」

「三十六？　そうか。俺と一つしか違わないんだっけ」

――和代は、裕美子が死んだ後も、そのまま残ることになった。今では、早苗もずいぶん気をつかうような存在になっている。

「早いものですね」

と、和代は郁子を見て、「あのとき、郁子さんは九つで……」

「可愛かったよな。今みたいに生意気でもなくて」

「お兄さん」

と、郁子は冗談ににらんで見せる。

「和代さん、悪いけど」

と、早苗が呼んだ。「あの人の仕度、手伝ってくれる?」

「はい」

和代が出て行き、束の間、郁子と圭介が二人で居間に残った。

「――しばらく見ないと、ずいぶん変って見えるもんだ」

と、圭介は言った。

「私のこと?」

「違う。和代のことさ」

そう。確かに郁子の目にも、和代は垢抜けて小ぎれいにしているようになった、と映る。

「お給料、使うこともないんだっていつか言ってたわ。食費もいらないわけだし」

「給料か。どれだけもらってると思うんだ?」

と、圭介はちょっと笑った。

「私、知らないわ。お母さんが出してるんでしょ」

圭介は、コーヒーをゆっくり飲んで、

「郁子」

と、廊下の方をチラッと見て、「知らないのか、お前」

「――何の話？」

言い出しておいて、圭介はためらっている。

「何よ。それだけでやめるのはひどい」

「そうだな。――その内、お前にも分る。男と女のことが分るようになる」

男と女。唐突にそんな言葉が出て来て、郁子はドキッとした。

「どうして、和代さんの話から、そんな――」

と言いかけて、「――まさか。和代さん、男の人と？」

「でなきゃ、ああ優雅にやってけやしないだろ」

「私……分んないわよ。自分で働いてるわけじゃなし」

と言い返しておいて、「じゃ、その男の人からお金もらってるっていうの？」

「当然だ。だからこそ家に居座ってられる」

兄の言葉の意味を呑み込むのに、少しかかった。一旦分ってしまうと、どうして今まで考えてもみなかったか、ふしぎでさえある。

「お父さんと……和代さん？」

郁子が唖然としていたのは、和代がそういう雰囲気のない女性だったからで――美人と言えないということは別としても、少なくとも、郁子から見て、いわゆる「女らしい」魅力を感じさせなかったのである。

「子供にゃ分らないだろ」

と、圭介らしく皮肉っぽく言って、「俺が言ったなんて、内緒だぞ」

「でも……」

郁子は、言いかけてやめる。あまりに当然のことを訊こうとしたのだ。――「お母さんは知ってるの？」と。

圭介が知っているくらいだ。早苗も知らないわけがないが……。ということは、この家で、妻と愛人が一緒に暮していることになる。

郁子が呆気に取られているのも、当然のことだったろう。

沙織がやって来ると、今度は和代が、

「圭介さん」

と、呼びに来た。「先生がお会いしたいとおっしゃってます」

沙織も立ち上りかけたが、圭介が、

「待ってろ」

と抑えて、出て行く。

今度は、沙織と二人になってしまった郁子。

「──郁子さんはとてもしっかりしてらっしゃるのね」

と言われてくすぐったい。

「末っ子で、図々しいだけ」

「圭介さん、いつも『妹は怖いから』って言ってるわ」

「そんなこと言ってる？　仕返ししなきゃ」

郁子は、沙織の笑いに、ふと自分と近しいものを聞き取った。若いころから、世の哀しみを身にしみて感じた者の笑いだ。

郁子は、何となくこの女性に親しみを覚えた。

「手がかかるでしょ、お兄さん」

「そう……。そうね」

と、沙織は微笑んで、「手はかかるし、何一つ自分じゃやらないし。もっとも、無器用だからね、何もしてくれない方が却って助かるんだけど」

「分る」

と、郁子は肯いた。

「でも……。人って、一つだけいい所があれば……。ねえ、もちろん人によって、違うでしょうけど。私はそう思うの」

「じゃ、圭介兄さんにも、一つはいい所があったんだ」

「ええ。——もちろん。私のことを人間として扱ってくれたのは、圭介さんだけだったの」

人間として扱う。——そんな、いわば「大仰な表現」が出てくると思わなかった郁子はびっくりした。

「それって……どういう意味ですか?」

と、素直に訊く。

「文字通りの意味よ。私は……たぶん、お義父様もご存知でしょうけど、私生児なの。母は気の弱い人で、父を失うのが怖くて何でも私に我慢させた。——学校でも、ずいぶんいじめられたわ」

郁子は、言葉もなく聞いていた。沙織はちょっと首を振って、

「ごめんなさい。何だか……あなたにこんなこと言っても仕方ないのに」

「そんなこと——」

もっと話して、と言いたかったが、二人の会話を、父、隆介の大声が遮った。

「二度と帰って来るな!」

家中に、その声は聞こえたはずだ。

郁子は息をのみ、沙織は反射的に立ち上って、やや青ざめた顔で立ちすくんでいたのだった……。

3 秘　書

「小野の奴（やつ）！」

つい、そう口走って、藤沢隆介は思い出した。

そうだ。――小野は同行できないのだった。

あいつは、死にかけている。とんでもないことだ。俺に何の断りもなく、死のうっていうんだから。

八つ当り、と頭では承知である。しかし、隆介はすべてを他人任せにして、自分はそれにのるだけ、という暮しを長くし過ぎたのである。

頭で分っていても、感情や気分はそれを受け容（い）れてくれない。

だが今日の場合は……。ロンドンへ向うブリティッシュ・エアライン機は、とっくに搭乗（とうじよう）手続を始めている。

隆介はせっかちな性格である。いや、何ごともというわけではないが、列車や飛行機の時間に関しては、うるさかった。

小野はそういう隆介の性格を呑み込んでいて、空港に着くと真先にチェック・インをすませていたし、事前にチェック・インできるようになってからは、予約と同時に便宜を図ってもらっていた。

しかし……。隆介が成田に着いても、新しい秘書は来ておらず、しかも何の連絡もなく三十分も待たされている。

「クビにしてやる！」

と、隆介は怒っていた。

何という名前だったろう？——江口。そう、江口愛子といった。

やはり一度も会わずに決めてしまうのではなかった。面接してからと思ったのだが、忙しくて、ロンドン行きまで時間も取れなかったので、

「これでいい」

と、言ってしまったのである。

確か、二十七か八か……。書類では申し分なく優秀な秘書ということだったが、やはり実際のところは会ってみないと分らないものだ。

もう何十回めかのため息をついたところへ、

「失礼します」

と、女の声が、「藤沢先生でいらっしゃいますか」

その女は、少しも急いで駆けつけて来たように見えなかった。

「ああ。君は——」

「江口と申します。江口愛子です。イギリスへお供させていただきます」

小ぶりなスーツケース一つ、カラカラと引いている。

「もうチェック・インはすんでいます。ラウンジで休まれますか」

遅れた詫びもしないことに腹が立った。

「今何時だと思ってるんだね」

わざと、さりげなく訊いてやる。

「十一時少し過ぎです」

時間を訊かれたと思ったらしい。あっさりそう答えて、

「ラウンジで十五分か二十分はお休みいただけますわ」

と、さっさと歩き出す。

隆介は、肩すかしを食らった気分で、仕方なくその女の後について行った。

「——私、一時間近く前から来ていたんです」

と、エスカレーターでラウンジの方へ下りながら、江口愛子が言った。

「一時間も？」

「ええ。上のティールームで時間を潰してたんですけど、五分置きくらいに、先生がおいでになってるかと見てたんです」

「お写真が、お書きになったご本の裏表紙のものだったんです。お見かけしたことがなかったものですから」

そう言って、笑い出し、「——ずいぶんお若いころの写真を使ってらっしゃるんですね。私、分らなくて。でも、あんまりおいでが遅いので、もしかしたらと思って、一人一人、それらしい男性を見て回って——。そしたら、何となく写真と似た人がいるんで、『もし違ってたらどうしよう』なんて心配してたんですよ」

隆介は、腹を立てるのさえ忘れていた。

確かに、著書にのせているのは、十年以上前の写真だ。しかし、だからといって、そんなことを当人に向って言うとは。

どういう女なんだ、これは？

「——あ、ここですね」

と、ガラスの分厚い扉を開ける。

ラウンジのソファに腰を落ちつけると、

「何かお飲みになりますか？」

江口愛子も、やっと秘書らしいことを言い出した。

「うん？——じゃ、コーヒーをもらおう」

「しかし……」

と、隆介は言った。「ミルクと砂糖も入れてくれ」

「はい」

江口愛子は、足早に飲物の用意してあるカウンターへ行って、カップにコーヒーを注いで来た。

「――どうぞ」

「うむ……」

一口飲んで、隆介は顔をしかめ、「おい、砂糖が入ってないぞ」

と、文句を言った。

「分っています」

「――何が？」

「先生のお年齢では、糖分を取り過ぎるのは良くありません。コーヒーは砂糖なしでお飲み下さい」

押し付けがましいことを、当り前の口調で言われて、隆介は呆気に取られた。

「いいかね――」

「味には慣れます。お砂糖抜きのコーヒーを、この旅行中ともかくお続け下さい。お体のためです」

江口愛子は、淡々と、しかし決して後にはひかないという気配で、「旅行から帰られて、やっぱり砂糖を入れないと、ということでしたら、お入れします」

隆介は、言葉もなくこの「生き物」を眺めていたが、やがてクリームだけを入れたコーヒーをゆっくり飲み始めた。

「結構です」

と、新しい秘書はニッコリと微笑んで、「先生に倒れられたら、困る人が大勢出るんです。私も秘書として雇われたので、寝たきりの先生のお世話をするのなんて、いやですから」

何と無遠慮なことを平気で言う奴だ！

「スピーチの原稿、ゆうべ読んで来ました」

隆介の思いなど、まるで気にとめる様子もなく、さっさと鞄からコピーを取り出す。

そして、パラパラとめくりながら、

「言い回しの古くさい所は直しておきました。言葉は生き物ですから、やはり時代に合せて行かないと」

隆介は、腹を立てることも忘れて、その女を眺めていた。

「飛行機の中で、目を通されますか？」

と、江口愛子が訊く。「先生」がしばらく黙っているので、初めて不安になったらしい。

「先生。——私、何か失礼なことを申しました？」

それを聞いて、藤沢隆介は、怒らなかった。いや、笑い出してしまったのである。

「君は面白い奴だ」

と、コーヒーを飲むと、「――うん。甘くないコーヒーも悪くないものだな」

「そうでしょ？」

と、得意げに言って微笑む。

そのときになって、隆介は初めて気が付いた。江口愛子の笑顔が実に可愛いということ。

そして、彼女がハッとするほどの美人だということにも……。


「いつもありがとうございます」

と、店員がていねいに見送ってくれる。

別に郁子が自分のお金で果物を買ったわけではないが、やはり客として丁重に扱われるのは悪い気がしない。

学校の帰り、病院へ小野を見舞うことは母の頼みだが、午前中は正直どうしようかと迷っていた。小雨模様で、学生鞄に傘を持ち、果物の入ったかごをさげて歩くなんて、想像しただけでくたびれてしまう。

しかし、下校時には雨も上り、青空になって、もう降る心配もなさそうだったのでやって来たのである。

傘は全くさしていないので、小さく折りたたんで鞄へしまった。荷物が一つ減るのは助かる。

病院は、名前こそよく知られているが、実際に来てみると古ぼけていてびっくりする。中も迷路のようで、郁子は何度も訊いて、やっと小野のいる病室を捜し当てた。

二人部屋らしいが、外の名札は〈小野安幸〉一人だけ。——あの人、〈安幸〉って名だったんだ、と初めて知った。

どうしよう、と迷っていると、郁子へ、

「ご用ですか」

と、声をかけて来てくれた女性。

小野の奥さんだろう。会ったことはあるが、もう大分前である。

「藤沢郁子です。母の代りにお見舞に伺いました」

と言うと、相手はびっくりして、

「まあ、お嬢様!——わざわざおいで下さって」

と、手を髪へやった。「あの……。主人は中ですわ」

「入ってもいいですか?」

「ええ。ただ……ついさっきお薬で眠ってしまって。起きているといいんですけど」

郁子は、間近に小野の奥さんを見て言葉を失っていた。三十代半ばのはずだが、髪にはずいぶん白いものが目立っている。

一気に十歳も老けたようであった。

「あの、無理に起こさないで下さい」

と、急いで言って、「これ……。お口に入りやすいもの、というので母から」

「本当にご親切に」

と、奥さんは泣かんばかり。

「——大分お悪いんですか」

郁子は、廊下での立ち話にせよ、中へ聞こえないように気をつかって小声で話していた。

「ええ……。いつもは、家のことなんて何も考えない人でしたが、このところ、私や娘のためでしょうか、後のことを気にして……。それでまたストレスがたまるんでしょうね」

郁子は黙っているしかなかった。その内元気になるという病人なら、「早く元気になるといい」とか「お大事に」とか言えるというものだが、もう先が短いと知っていながら何が言えるだろう。

「じゃあ、これを——」

小野の顔を見たいという気持もないではなかったが、奥さんのやつれ方を見ると、それも怖くなった。眠っているのなら、却って幸い。フルーツを置いて帰ろうかと思った。

「せっかくおいで下さったんですから……。主人が起きているか、見てみます。最近は薬を服んでも痛みで眠れないことが……」

そんなときに、わざわざ……。

しかし、奥さんは病室のドアを開けていた。

「——あなた。起きてる？」

半開きのドアから、オレンジ色の夕陽が射し込む病室の中を覗き込むと、ベッドにかがみ込んで話しかけている奥さんと、何か唸るように低く答えている小野の、わずかにわきへ垂れた手だけが見えた。

「じゃ、ちょっとお話をね。——お嬢様、どうぞ」

入らないわけにいかない。郁子はそっと病室へ入って行った。

「私、お湯を入れて来ますから。——申しわけありません、ちょっとここにいて下さいます？」

突然何を思ったのか、奥さんは郁子と病人を残して出て行ってしまう。

ここにいて下さい、ということは、奥さんが戻るまでは帰れないのだろうか？——別に、帰ったからといって何も文句など言われやしないだろうが、それでも何となく後ろめたい気分になりそうである。

仕方なく、郁子は小野のベッドへ近付いて、

「小野さん——」

と、呼びかけてみた。

しかし……。郁子はそれ以上何も言えなくなってしまった。一瞬、自分が間違った病室を訪ねて来たのかと思った。

これが——これが小野？

頬がこけ落ち、頭髪もまばらに抜け落ちてくぼんだ目には何の表情もない。土気色の顔と、骨と皮ばかりになった無惨な首筋……。

どう努力しても、かつて父の下で忙しく駆け回っていた秘書の面影はそこに見付けられなかった。

もう「死」は九割方、病人の体を占領してしまっている。

郁子の呼んだ声が、ずいぶんたってから届いたとでもいうように、小野の眼球が戸惑うように動いて、かすれた声が、

「どなた……です？」

と、言った。

奥さんの話を聞いていなかったのか、それとも理解できないのか、それでも弱々しい声音に、郁子は小野の声の記憶を見付けることができた。

「小野さん。——私、藤沢郁子です」

「ああ。——先生はお元気ですか」

と、そのやせた顔に微笑さえ浮かんだのにはびっくりさせられた。

「ええ。忙しいので来られないと言って。私が代りに来ました」

「そりゃあ……どうも、すみませんね」

と、小さく肯き、「じき……良くなりますから、先生にそうお伝え下さい……。ご不便かけて申しわけないと思ってるんですよ……。本当に……」

何と言ったものか、迷った。でも、ここは病人に合せておくべきなのだろう。

「父も、そう言ってます。小野さんがいないと困るって。早く良くなって下さいね」

「いやあ……。本当に困ったもんで。丈夫だけが取り柄だったのに……。先生は……確か今、ロンドンですね」

「ええ」

郁子はびっくりした。

「空港で何かトラブルがないといいんですが……。すぐカッとなって、『帰る！』とおっしゃるんで、困るんですよね」

と、小野は小さく笑った。

「小野さんも大変ね。父も、八つ当りする人がいなくて困ってると思うわ」

と、以前のようにやっとしゃべれるようになる。

「そう……。そうですか……」

ふっと小野が目を閉じる。——眠り込んだのだろうか。

さっき薬を服んだと言っていたから、きっと……。これ幸い、と郁子は帰ろうと思った。話していると辛(つら)くなる。家に年中出入りしているころは、気にも止めない存在——いやむしろうるさくて煩(わずら)わしく、あんな男だけはいやだ、などと思っていた相手でも、こうして死のうとしているときには、その男なりの人生があったのだということ——そこにはやはりある「重味」があるものだということを感じさせられる。

——もう行こう。

このタイミングを逃したら、帰りにくくなる。郁子は正直、早くこの病室を出たかったのだ。

ベッドを離れようとしたとき、小野が目を開けた。

が、その目は、ついさっき郁子としゃべっていたときとは別人のように、まるで見知らぬ場所で突然目覚めたという表情を浮かべている。その目がゆっくりと天井を離れて郁子の方へと移って来た。

折から夕陽は血のように赤く部屋の中を染めて、当然のことながら郁子もまた朱(あか)く照らし出されていただろう。

小野が、郁子を見た。その目が大きく見開かれて、顔には恐怖が——はっきりそれと分る怯(おび)えの色がにじみ出た。

「――どうしたんです」

と言ったのは、郁子でなく、小野の方だった。

「え？」

と郁子は問い返した。

「何しに来たんです！――迎えに来たんですか、僕を？　僕はまだ死なない。そうですよ。僕はまだ生きてるんだ……。あっちへ行って下さい！　どうして僕が……僕が……死ななきゃならないんです。僕が何をしたっていうんです。僕は……言いつけ通りにしただけだ。あんたに恨まれる覚えはないんだ！　そうでしょう……」

まくし立てるような声。――恐怖が、これほど残されたわずかな生命のエネルギーを絞り出すものか。

「お願いだ……。もう少し生かしておいて下さい。――ね、裕美子さん。僕は仕方なくやっただけです。他にどうしようもなかったじゃありませんか。僕は先生に雇われてるだけの身だったんです」

裕美子だと思っているのだ。郁子は、目を壁の鏡へ向けた。――赤い夕陽を受けて、郁子は確かに、そこに姉――いや、母とそっくりな少女を認めた。

「僕は……まだ行きたくない！　お願いだ！」

小野の手が突然郁子の手を握る。ハッとして引っ込めようとしたが、小野は驚くような力で握りしめて離そうとしなかった。

「離して！」

「裕美子さん――。お願いだ――」

「離して！」

必死で力をこめて振り離すと、郁子は病室を飛び出した。小野が追いかけて来そうな気がして、駆けてはいけないと思いつつ、廊下を走ってしまっていた。

やっと足が止ったのは、病院を出て、外の通りへ出た後である。

道は病院の影に包まれて暗く、そこだけ一足先に夜になったかのようだった。

汗がこめかみを伝い落ちた。暑いという陽気ではない、恐怖の汗だった。

一体何が起ったのか。

しばらく歩いてから、やっと郁子は今の出来事を思い返すことができた。

小野は何のことを言っていたのだろう？

病人の幻覚としても、郁子を裕美子と見間違えていたことは確かである。そのこと自体はふしぎでないとしても、なぜ小野が裕美子を恐れるのか？

小野は裕美子が自分を死の世界へ連れ去ろうとしていると思ったらしい。そうされる覚えが、小野の方にあったということだろうか。

僕は言いつけ通りにしただけ。――仕方なくやっただけ。

おそらく、裕美子の死の真相を隠すために色々手を打って回って、それで恨まれていると思っていたのだろう。

——分らない。

ともかく、一つ確かだったこと。

それは郁子が裕美子とますます似て来たということだった……。

4　警報

駅を出たころは、すっかり夜になっていた。

風はひんやりと湿って、雨になる気配でもあった。

ちょうど走り出すバスが見えて、むろん追いかけても仕方ない。十分もすれば次のバスが来る。

通勤客が帰宅する時刻でもあり、今空っぽになったばかりのバス停には、郁子と同じ電車から降りた客が見る間に列を作る。

座って行くほどの距離でもなし、郁子は、ふと思い立って公衆電話で家へかけた。

「——あ、お母さん？　私。今、駅なの。病院に寄って来たわよ」

郁子はそう言ったが、向うで母が黙ってしまったので、「——もしもし？　お母さん、聞いてる？」

「郁子。今、病院から電話があったの」

と、早苗がやっと言った。

「あ、奥さんから？」

「そう。——小野さん、亡くなったって」

郁子は、一瞬ゾッとした。今会って来た小野が幽霊だったのかと思ったのだ。そんなわけはない。

「じゃ、私が会った後すぐ？」

「そうらしいの。——たった今、電話でね。お見舞ありがとうございましたって……。でも、変だけど、間に合って良かった。話はできなかったんでしょ」

郁子はちょっと詰ったが、

「ううん。お父さんのこと、ちゃんと話してたよ。今日からロンドンってことも憶えてて。びっくりした」

「そう！　大したものね。気の毒に……。お母さん、お通夜とか決ったら行かなくちゃならないわ。郁子、行ける？」

いやよ。とんでもない！　郁子は反射的にそう言いそうになった。

「レポートとかテストとかあって……」

「無理しないで。お母さん、ちゃんと行くから。今、駅？　じゃ、夕ご飯の仕度して、待ってるわ」

早苗は、病人の見舞よりも、お通夜に行く方が気が楽な様子だ。

郁子は、バス停の列の終りについた。——夕焼だったのに、雨になりそうだ。

この辺だけの通り雨だろう。

雨。——いつも雨だ。

誰かがそう言った。兄さんだ。裕美子のときはいつも雨……。

今日は、何の雨だろう？　小野が死んだからか。

小野はあのまま死んだのだろう。郁子が手を振り切って逃げ出した、その直後に。

重苦しい気持だった。

バスが来て、郁子は乗り込んだ。たまたま空席があって座れたので、今日は坂を上らないで、乗って行くことにする。今日はぐったりと疲れていた。

小野は、恐怖に青ざめたまま、裕美子に「連れて行かれる」と怯（おび）えながら死んだのだろうか。そう考えるのは辛かった。

バスが動き出すと、間もなく、

「雨よ、ほら」

と誰かが言っているのが聞こえた。

窓の方を振り向くと、雨が細い跡を引いて当っていた。そうひどい降りではないし、傘は持っている。

——お姉ちゃん。もうじき私、十六だよ。あなたが私を産んだのと同じ年齢になる。

バスの外は夜の暗がりで、窓を見ていないと、雨になったことにも気付くまい。

座席に腰をおろしている男性たちは、ほとんどが顔を伏せて眠っているかのようだ。疲れてもいるのだろうが、正直なところ、眠っているふりをしているように思えた。たぶん、見たくないのだ。人の疲れている姿、人の不幸でいるところを。いや、他人のことなんか、知りたくもないのかもしれない……。

それは寂しい光景だった。

郁子は、窓に映っている自分の姿へ目をやった。

私は、そういうわけにいかないのだ。私は私一人のものじゃない。お姉ちゃんもまた、私の目を通して、世界を見ている。

もう、あれから——姉の死と、あの通夜での出来事から七年がたとうとしている。

あの夜、郁子は九歳の子供で、姉から、とてもすぐには理解できない話を山ほど聞かされた。理解できなくても、決して忘れてはいない。

いつもいつも、くり返し頭の中で裕美子の話を辿っていた。七年間、ずっとそうしていた。

成長と共に、郁子は裕美子の話を少しずつ理解して来た。十歳は十歳なりに、十二歳は十二歳なりに、分ろうとした。

次第に自分が「女」になっていくにつれ、裕美子の苛酷な運命が肌に感じられるようになった。

だから、ある意味では郁子は七年間かかって、あの夜の裕美子の話を聞き、そして理解したのである。

お姉ちゃん……。

どんなにか悔しかったろうか。暴力で犯され、相手さえ分らずに身ごもって、産んだ子は妹として接しなければならなかった。——自分に何の落度があったわけでもないのに。

バスが信号で停った。

少し遠くに警報器の音がして、やがて電車が通り過ぎる震動が伝わってくる。

あの踏切は、家へ車で上って行くときの近道だ。むろん郁子もよく知っている。

そうだった。裕美子の話の中にも、あの踏切が出て来た。警報器も、鳴っていた。ただ、その日は雨が降っていなかったのだ。本当は降っていてほしかっただろうに、降っていなかったのである。

もちろん、郁子は憶えていない。その場の登場人物ではあるが、郁子はまだ名前すらなく、裕美子の腕の中に抱かれていたのだから……。

「どうして停るんだ」

不機嫌そのものの声で、藤沢隆介は言った。

ハンドルを握っていたのは圭介である。

「だって、電車が……」

警報器が点滅し、にぎやかに鳴っていた。

「まだ来んだろう。行ってしまえ！」

「でも――」

圭介はためらっていた。

無人踏切で、遮断機もない。それだけに怖いし、実際見通しがあまり良くないので、よく事故の起る場所だった。

「電車が来れば分る！　早く行け」

圭介は車を出そうとしたが、焦ってエンストを起こしてしまった。

「――下手くそめ！」

と、隆介が吐き捨てるように言った。

「お父さん」

と、裕美子が言った。「動かなくて良かったわ。踏切の途中で立ち往生してたよ……」

近付いて来る電車の響きが伝わって来た。

「充分渡れたぞ、そんなドジさえやらなけりゃ」

圭介は真赤な顔でじっと前方を見つめている。

そのとき、自転車が車のわきへ進んで来て停った。

狭い踏切で、当然互いの顔が見える。

「――お父さん」

と、裕美子が言った。「あの人……」

自転車に乗っていたのは、すぐ近所の奥さんで、いつも町内会の回覧板を持ってくるので、顔を知っていた。

車の中を見て、裕美子と目が合うと会釈したが、その目は裕美子の腕の中の赤ん坊を見つめていた。

「無視しろ」

と、隆介は言った。「だから行けと言ったんだ！」

電車が目の前を駆け抜けていく。裕美子の腕の中で赤ん坊が身動きした。

「泣かないでね。――何でもないのよ」

と、裕美子は軽く赤ん坊を抱き直した。

「早く行け！」

電車が行ってしまうと、隆介は言った。

車はガクンと大きく揺れて、飛び立つように走り出した。びっくりした赤ん坊が目を覚まして泣き出した。

「お兄ちゃん、ゆっくりやって！」

と、裕美子は言った。「泣かないで。——ほら、何ともないわよ」

隆介は、苦々しい表情で前方を見つめている。

「——とんでもない奴に見られたな」

と、首を振って、「アッという間に噂が広まる」

裕美子はチラッと父親を見たが、何も言わなかった。泣きやまない赤ん坊の方が、今は差し迫った問題だったのだ。

——圭介が車を玄関前に着けると、中から出て来たのは早苗ではなく、叔母の柳田靖江だった。

「お帰りなさい。早く中へ」

裕美子の体を気づかうでもなく、赤ん坊を見るわけでもない。ともかく急いで家の中へ入れて、

「大丈夫?」

赤ん坊はまだ泣いていた。

「病院出るとき、おしめは替えたんだけど、ミルクをあげるわ」

——裕美子は、赤ん坊の泣き声を大分聞き分けられるようになっていた。

「早苗はどうした」

と、隆介が言った。

「いますよ。――ああ、早苗さん」

裕美子は、哺乳びんを出して、赤ん坊にミルクを飲ませていた。赤ん坊は小さな手を精一杯開いて、全身でミルクを飲んでいる感じだった。

裕美子は、母がじっとこっちを見ていることに気付いていた。しかし、今は見えないふりをして、ひたすら赤ん坊にミルクをやり続けた。

「――近所の誰だかに見られた」

と、隆介が舌打ちした。

「誰ですか？」

と、早苗が訊く。

「名前なんか知らん。ともかく噂になるのは避けられん」

隆介は、ため息をついて、「早く何とかすることだ」

「そうですね」

――何とかする。それはこの赤ん坊のもらい手を捜すということだった。

「やっと眠った」

と、裕美子は哺乳びんを傍へ置いて、「お母さん。布団敷いて、私が小さいころの、あるでしょ」

「ええ」

早苗は無表情だった。赤ん坊の顔を見ても、何とも言わなかった。

「どこに？」

「私の部屋でいいわ。私も少し横になる。疲れたわ」

赤ん坊を抱いて二階へ上る。

「——裕美子。どうするの」

と、早苗は下に布団を敷いた。

「何が？」

「何が、って……。あんた、高校生なのよ」

「今の学校はやめるしかないでしょ。そういう話になったんでしょ」

そっと赤ん坊を寝かせる。——こんなに小さい生きものが、いつか母親さえ追い越して育っていくのだ。

「先生とは色々お話ししたわ。お父さんのこともあるし、学校側でも考える余地はあるかもしれないと……」

「もう、学校の子たち、みんな知ってるわ。今さら何もなかったような顔で通えやしないわよ」

裕美子は赤ん坊の傍に横になった。

「ご近所の人に見られたの？」

「うん。──あの、いつも回覧板持ってくるおばさん。でも、その内泣き声でもすれば、いやでも分るわ」

「本当に……どうしてこんなことに……」

早苗は涙声になった。

「やめて。──今さら、仕方ないじゃないの。この子は間違いなくここにいるのよ」

「裕美子──」

「少し寝かせて。くたびれてるの」

「ええ……。分ったわ」

ためらいがちに、早苗が部屋を出て行こうとする。

「──お母さん」

と、裕美子は言った。「この子、『郁子』って名にするわ」

「え？」

「『馥郁』の『郁』。私、そう決めたの」

早苗は、何も言わずに出て行った。

裕美子は、ほの暗い部屋の中でもつややかに光っている我が子の頰っぺたにそっと指を触れた。赤ん坊が小さく首を振った。

これが私の子……。この子には誰もいない。私が守ってやらなければ、誰もこの子を構ってはくれない。私が愛さなかったら、誰もこの子を愛してはくれない……。

「郁子……」

と、裕美子はそっと呼びかけた。

自分がそんな風に呼びかけることがあろうとは、思ってみたこともなかった。

あの恐ろしい出来事が、遠い昔のようだ。裕美子は全く別の人間になった自分を感じていた。

あの日の出来事を、誰にも話すことはできなかった。恐怖と恥ずかしさ。——それに、何があったのか、裕美子自身はっきりと知っていたわけではなかった。

むろん、想像はついたが、できることならそれを否定したい思いが一方にあって、何ごともなかったように振舞っていることで、本当に「なかったこと」にしてしまえるような気がしていたのだ。

ショックからは次第に立ち直っていったが、体の変調に気付いたとき、それこそ裕美子は途方に暮れた。

早く病院へ行かなければ、と思いつつ、間違いであってほしいと願う気持が捨てられない。——父が知ったらどうするか。母もまた、こんなことを相談したところで、現実的な対応のできる人ではない。

迷い、考えあぐねている内に日々は過ぎて行った。

時折つわりの症状を見せる裕美子に、やっと早苗も気付いた。

裕美子は、話をした。何もかも正直に。

――少しは母が同情し、一緒に悲しんでくれると思っていた。

しかし、母が真先にしたことは、その日、父の帰りを待って、何もかも父にしゃべってしまうことだったのだ。母が一番恐れているのは、娘の身ではなく、自分が責任をしょい込むことなのである。

父は怒鳴り、母は泣いた。――しかし、裕美子はただしらけ、黙っているばかりだった。父が怒っているのは、世間に知られている自分の名と地位をおびやかされたからで、母が泣いているのは、こんな状態になった自分自身を哀れだと思ってのことだった……。

休学届を出し、父のつてを辿(たど)って病院へ行ったが、中絶は危険だと言われた。

「母体に危険があります」

と、医師から言われたとき。――裕美子は今でも憶(おぼ)えている――母は青ざめて、

「死ぬと決ったものではないんでしょう？」

と言った。

医師の方が面食らって、

「そりゃあそうですが……」

と、母を眺めていた。

結局、どうしても産むしかないと母が納得するまでに、医師と三十分近くも話さねばならなかった……。

その病院からの帰路の長かったこと。重苦しかったこと。

昨日のように鮮やかに、裕美子は思い出せる。早苗は、こんな不幸が自分の身にふりかかってくるのを嘆き、裕美子は父にも母にも、何一つ期待してはいけないのだと実感していた。

「可哀そうな子……」

裕美子は「郁子」の寝顔を、じっと眺めていた。自分だって可哀そうだ。でも、今はそんな風に自分を憐んでいる暇などない。

この子には、私しかいない。私一人しかいない……。

裕美子の目に涙が熱く浮かんで来た。

「——あら、郁子さん」

自宅の方へ歩いて行くと、後ろから呼びかけられた。和代である。

「お出かけだったの?」

めかし込んだ和代を見て、郁子は訊いた。

「ええ、ちょっとミュージカルをね」

「へえ」

和代とミュージカルというのも、何だかうまく結びつかない感じではあった。

「今日、小野さんのお見舞だったんでしょ」

と、和代が一緒に歩きながら言った。

「ええ。見舞ったすぐ後に亡くなったんですって」

和代は一瞬足を止めたが、すぐに、

「亡くなった？　それはそれは」

「お母さん、お通夜へ行くとか言ってたわ」

「人なんて、儚いもんですね。毎日顔を見てると、つい当り前みたいに思ってる。でも、いなくなったら、じきに忘れちゃうんですよ、きっと」

「代りの人が来るんでしょ？」

「女の人を選ばれたようですけどね」

「女の人が……」

和代と父……。兄、圭介の言っていたことを思い出して、しかし郁子はどうにも信じる気持になれなかった。

「誰か出て来た」

ちょうど玄関を開けて、重そうな鞄をさげた背広姿の男が出てくる。――銀行の人だ。

このところ時々やってくる銀行員である。まだここへ来るようになって半年くらいか。

「あ、どうも、いつもお世話に」

と、郁子と和代を見て頭を下げる。

「ご苦労様です」

と、郁子は言った。

銀行員は和代の方へ、

「安永様も、いつもありがとうございます」

と、頭を下げ、「昨日、ご入金ありがとうございました」

「いいえ」

和代は首を振って、「ティシュペーパーでも置いてってちょうだい」

「はい」

と、銀行員は笑っている。

郁子たちは、玄関を入った。

「お帰り。——あら、和代さんも?」

「そこで一緒になったんです。お夕食、すぐ仕度しますから」

「お鍋は火にかけたわ」

「はいはい」

和代は、よそ行きのまま台所へ。

郁子は、二階へ上ろうとして、ふと足を止めた。——「昨日、ご入金」とあの銀行員は言った。

和代の月給日はいつも月末のはずだ。こんな時期に何の入金があるのだろう。

もちろん、郁子が和代の懐具合を知っているわけではないし、知ったところでどういうことでもないが……。

もし、父とのことが本当なら、給料以外にお金が入るのだろうか。

確かに、和代がこのところお金を使うようになっているのは、郁子にも感じられた。

郁子は二階へと上って、着替えをした。

机の上に、裕美子の写真がある。

——小野が言ったのは、何だったのだろう？

「お姉ちゃん……」

と、郁子は言った。「私、何をすればいいの？」

裕美子の話を聞くことはできても、九歳の郁子に、そこから自分に与えられた役割を理解することは無理というものだった。

ただ、郁子が知っていたのは、裕美子を犯した男が誰だったのか、探り出してその罪を償わせるのが、自分の最終的な役目だということだった。

それが同時に、自分の「父親」を捜すことでもあると郁子が気付いたのは、ずっと後になってからだったのである……。

5　雨

裕美子は決意していた。

郁子は誰にも渡さない。渡してなるものかと。

「——遅いわね」

と、早苗が言った。

もう三回も言っている。当人は全く気付いていないだろうが。

「雨になりそう」

早苗は、居間の窓から灰色の空を見上げた。「いやね。重苦しくて」

昼過ぎなのに、もう日が暮れたかと思うような暗さが居間に忍び入って来た。

「お母さん」

と、裕美子は言った。「——お母さん」

聞こえているに決っているのに、早苗は、

「ちょっと見て来ようかしらね」

と、わざとらしく言って、居間を出て行こうとする。

「この子は渡さないわ」

と、裕美子は腕の中で眠っている郁子をそっと揺すって言った。

「お父さんも、もう戻るわよ」

「お母さん」

「待ってるのよ。ちょっと見てくるから」

早苗は、パタパタとスリッパの音をたてて行ってしまう。

裕美子は、郁子を腕に抱いたまま、ソファから立ち上って窓辺に寄った。

空はさらに暗さを増して、遠くに雷の音も聞こえている。

「どこにもやるもんですか」

裕美子は郁子を高く抱き直し、頰をその小さな手に触れた。赤ん坊はピクッと体を動かして、そのまま眠り続けた。

――母の言い分は、もちろん分っている。

ちゃんと、そのことは話し合って納得したじゃないの。そう言いたいのだろう。

だから、裕美子の言葉が聞こえないふりをしている。いや、本当に聞こえていないのかもしれない。

子供のようなところのある母だ。「聞きたくない」ことは、締め出すことができるのかもしれない。

パタ、パタと音がしたと思うと、たちまち雨足は強まって、視界を遮るほどの降りになった。

「――何だ。まだいたのか」

圭介が居間へ入って来る。

「大学は？」

と、裕美子は訊いた。

「目が覚めたら、もう昼さ。今さら行ってもしょうがねえ」

圭介は、ソファにだらしなく身を沈めると、

「親父、連れて来るんだろ、その子の里親を」

「ええ……。でも、関係ないわ。いやだってごねてやる。びっくりして帰るわよ」

圭介は笑って、

「見物してる分にゃ面白そうだな」

と言った。「だけど……。お前まだ十六だぞ。どうするんだ。そんなチビ連れてさ」

裕美子は、チラッと兄の方を見ると、

「たとえ父親が誰でも、母親は私よ」

と言った。

圭介は、一瞬裕美子の気迫に呑まれたように黙ってしまったが、

と、タバコを取って火を点けた。

「――お前、変ったな」

「やめて」

と、裕美子は険しい顔で圭介をにらんで、「この子に悪いわ。目の前で喫わないで」

圭介は、文句も言わずにおとなしく火を消して、

「本当に変ったよ。――大人になっちまったな」

皮肉の気配はなかった。むしろ素直に感心しているらしい。

「十か月近くも、子供をお腹に入れて育てるのよ。死ぬかと思うくらいの痛い思いをして産むのよ。――変って当り前」

「そうだろうな。俺、別にそれがいいとも悪いとも言ってんじゃないぜ」

と、圭介は言った。「ただ、お前、まだこれから大学行ったり、遊んだり、一杯やることがあるだろ。それにゃ少々不便なんじゃねえか？」

裕美子は皮肉っぽく微笑んで、

「じゃ、お兄さんが面倒みてて。その間に私、遊びに行くわ」

「俺の柄じゃねえよ」

と、圭介は笑って、「お袋も、そんなことしちゃくれそうもないしな」

裕美子は、郁子を抱いたままそっとソファに腰をおろした。雨はしばらく上りそうもな

い。

「お母さんが、もう少し私のことを分ってくれると思ってた」

と、裕美子は言った。「この子の顔を見たら、あやしてくれるぐらいのことはすると思ってた。でも……」

「気が小さいんだ。世間体だって大切だしな、お袋にとっちゃ」

「でも、この子に何の罪があるの？　産まれて来たからには、生きたいはずよ。愛されていいはずよ」

「まあ……放っとけ。お袋はああいう風で、親父を怒らせるのが怖いのさ」

圭介は欠伸をした。「――来たのかな？」

玄関の方で物音がしたようで、裕美子は、ハッと身を固くして郁子を抱き直した。

「ああ、ひどい雨」

と、早苗が肩先辺りを濡らしてやって来る。「あら、圭介、起きたの？」

「ああ」

と、圭介は立ち上って、「また寝るよ。おやすみ」

居間を出て行ってしまう圭介を見送って、

「何してるのかしら、あの子」

と、早苗は苦笑した。「裕美子。ね、お客様のお茶碗出してくれる？」

「お母さん。その方には帰っていただいて」

早苗は、やっと裕美子をじっと見つめた。

「——裕美子」

「何も言わないで。私、自分でこの子を育てるわ。出ていけと言われれば出て行きます」

「馬鹿を言わないで」

と、早苗はため息をついた。「お父さんが聞いたら……」

「私は誰も怖くないわ。——お母さん。私、変ったのよ」

腕の中で少し郁子がむずかった。「はいはい。——おっぱいの時間かしら、そろそろ？」

「ともかく、お客様がみえるのよ。この雨の中を。お茶の一杯もさし上げないでお帰り下さいとは言えないでしょ」

裕美子は、ちょっと肩をすくめて、

「どうして、わざわざお茶碗を出すの？」

「欠けてたのよ、いつものが。棚の上にあるの、知ってるでしょ。いつかいただいたの」

「ええ。——じゃ、待って」

廊下へ出る。階段の下に戸棚がしつらえてあって、明りがないので中はいつも薄暗い。

そこへ物を出しに入るのは、裕美子の役目だった。

「箱ごと出せばいいのね」

「そう。出して一応ざっと洗わないといけないからね」

「じゃ……ちょっと抱いてて」

郁子を母の手に預け、裕美子は戸を開けると、少し頭を低くして中へ入った。埃くさい匂いがする。

裕美子が子供のころずっと飾っていた、ひな人形の大きな箱が何個も積み上げられていた。

「──あの白い箱よね」

と、裕美子は、隅に寄せてある踏み台を引いて来て、それに乗ると、棚の上の箱を慎重に取った。

すると──急に辺りが真暗になったのだ。

「お母さん。──お母さん」

振り向くと、踏み台から落ちそうだ。箱を一旦戻すと、棚につかまって、そっと台を下りた。

「閉めないでよ！」

細い隙間からかすかに光が洩れている。

「お母さん！」

裕美子は戸を開けようとした。──ほんの数ミリ開いただけで、いくら引いても動かないと知ったとき、裕美子は全身から血の気がひいていくのを覚えた。

まさか！——そんなことがあるだろうか？

「お母さん！——開けて！」

力一杯、戸を叩く。

すると、赤ん坊の泣き声がした。もちろん郁子だ。

その声は、廊下を遠ざかり、玄関の方へと小さくなっていく。

体が震えた。信じられないような出来事だった。娘を閉じこめておいて、その間に赤ん坊を渡してしまおうとしている！

話し声がかすかに届いて来た。郁子がさらに大きな声を上げて泣く。

「郁子！」

と、裕美子は叫んだ。

全身の力をこめて、戸を揺さぶった。板を叩き割らんばかりの力で蹴る。

もともと、そうがっしりした戸ではない。下の溝を外れた戸がガタッとずれて、あとは力一杯けとばすと、外れて倒れる。

裕美子は廊下へ転るように飛び出すと、玄関へ駆けて行った。

——圭介が立っていた。玄関の戸の前に両手を広げて立つと、

「もうよせ。諦めろ」

裕美子は、車のエンジンの音を聞いた。大雨の中で、どうして聞き分けることができたのか。

裕美子は走った。――階段を駆け上ると、部屋へ飛び込み、窓を開けた。

雨が細かい霧のように吹き込んで来る。

車が静かに動き出していた。しかし、門の前で向きを変えようとして手間取っている。

傘が二つ、手前に見えているのは父と母だろう。

裕美子は何も考えなかった。体が勝手に動いて、窓をのり越え、そのまま下の地面へと飛んでいた。

下が花を植えた柔らかい土だったのが幸いしたのだろう、泥に足は取られたが、そう痛めはしなかった。

振り向いた母が目を見開いた。立ち上った裕美子は、雨の中、泥だらけの体で父と母へ向って突進した。

「裕美子！」

母を突き飛ばすと、やっと何ごとかと振り向く父のわきをすり抜け、車に向って駆け寄った。

幸いドアはロックされていなかった。裕美子がパッとドアを引き開けると、郁子を抱いていた中年の女性がキャッと短く声を上げた。

ものも言わず、裕美子はその女の腕から郁子を奪い取った。

「——裕美子！」

父が愕然（がくぜん）として見つめている。

雨が一段と強くなった。裕美子は泣き続ける郁子をしっかりと抱いて、雨に打たれ、立っていた。

「馬鹿はよせ！」

父が進み出てくる。

ほとんど迷うことなく、裕美子は坂へ向って駆け出していた。

「待つんだ！　裕美子！」

父の声が雨の中に消える。

裸足（はだし）で、裕美子は坂を駆け下りて行った。雨が坂を渓流のように流れ落ちていく。

誰かが追って来ているかどうか、確かめる余裕などない。ただひたすら走った。走った。

郁子だけは決して渡すものかと抱きしめて、泣き叫ぶのを聞きながらも、今はこらえて、お願い、逃げなければ。逃げなければ——。

足を取られた。水たまりから少し斜めになった石の滑らかな面へと足を踏み出していた。

よろけて、ハッと息をのむ。——坂道である。止らなかった。

裕美子は転り落ちた。坂を、果しなく落ちて行った。

痛みも冷たさも、感じなかった。ただひたすらに郁子を両腕で抱きかかえ、

「この子だけは死なせないで！」

と、祈っていた。

人恋坂は雨に煙り、裕美子の姿はその白い闇の中へ消えた……。


「——奇跡だって」

と、圭介が言った。

裕美子には分っていた。「運が強いよな、お前」

「本当のことを言って」

と、裕美子は言った。

「まあ」

早苗が息をのんで、「口がきけるのね！」

「ともかく、命を取り止めただけでも、感謝しなきゃな」

父は背広姿で、どこかへ出かけるか、それとも帰りに立ち寄ったという様子だった。

裕美子の視界は、広くなかった。じっと顔は真上の天井へ向いているだけで、目で左右を追うことはできるが、頭は全く動かない。それだけではなかった。体中の感覚が、痺れたように失われていた。

「あの子は?」

と、裕美子は言った。

父と母が目を見交わす気配があった。

それがどっちを意味するのか、裕美子にも測りかねた。

「嘘をつかないで。本当のことを言って」

かすれた声で、必死で言った。

「赤ん坊は死んだ。当り前だろう。あんなに長い坂を転り落ちたんだ」

「ここへ来て言って」

と、裕美子は言った。「私の目を見ながら言って」

重苦しい沈黙があった。——裕美子の青ざめた頰にさっと朱が射した。

「生きてるのね」

自分でも、声の弾むのが分る。「言って! あの子、助かったのね」

返事をしなければ、肯定しているのと同じだ。——父が渋々ベッドの方へやって来て、

「そんなことより、俺はお前のことを心配してるんだ」

「生きてるのね、あの子は?」

と、たたみかける。

圭介が言った。

「奇跡だってさ。——赤ん坊は風邪ひとつひかなかったんだぜ」

裕美子は目を閉じた。そして開けたとき、涙が一滴、目の端からこぼれた。

「そんなにあの子が大事か」

と、父が言った。「お前はこんな体になったのに！」

「あの子を連れて来て！」

「裕美子——」

と、母が言いかける。

「ここへ連れて来て」

裕美子はくり返した。「動けなくても、舌をかみ切るぐらいのことはできるわよ」

「お前は何てことを！」

母がゾッとしたように、「母さんたちが心配しなかったとでも思ってるの！」

「連れて来てやれ」

と、父が言った。

「あなた——」

「いいから。この子には、他に楽しみがないんだぞ、もう」

母が病室を出て行く。

「お父さん。私、ずっとこのまま？」

「背骨が折れた」

父は、目をそらして、「回復の見込みはほとんどない」

「寝たきりだってさ」

と、圭介が軽い口調で、「もう勉強することもないんだ」

「手は少し動かせるようになるかもしれん。しかし、起きたり歩いたりは……」

「分ったわ」

裕美子は、じっと天井を見上げた。

「お前……」

「あの子をそばに置いて。でなければ、私、死んでしまう」

裕美子の言葉は、父にとってショックだったようだ。

しばらく、父は病室の中を歩き回っていた。

ドアが開いて、

「まあ、目が覚めたのね」

穏やかな、やさしい看護婦さんがベッドの方へやって来た。「ほら、ママが目を覚ました。良かったね」

郁子の顔が、裕美子の視界に現われると、裕美子は涙が溢れて止らなくなった。

「涙を拭いて。——見えなくなっちゃう」

「ああ」

圭介が、ハンカチで裕美子の眼を押える。

「――郁子！――郁子！」

看護婦さんが、赤ん坊を抱えてそっと裕美子の方へ下ろして行った。

郁子のつややかな頰が裕美子の涙に濡れた頰に触れる。

ありがとう……。ありがとう。

この子を救ってくれて、ありがとう！

あの人は誰だったんだろう？

「お腹、空いてるわ、この子」

と、裕美子が言うと、じき郁子が泣き出した。

「本当ね。よく分るのね、ママは」

と、看護婦さんが笑いながら言った。「ミルクをあげるわ。見ている？」

「はい！」

裕美子は、看護婦さんが一旦出て行くと、

「――お父さん」

と言った。

「何だ？」

「あの子をそばに……。お願い」

父は深々と息をついた。

「お前には負けた」

と、父は言うと、「誰か雇って、お前と赤ん坊の面倒を見させよう」

父は圭介の方へ、

「俺は仕事だ。お前、そばにいてやれ。どうせ暇だろう」

「そういう言い方って……」

と、圭介が苦笑している。

父が出て行くと、圭介が覗き込んで、

「やったな」

と言った。

裕美子がウインクして見せると、圭介はちょっと涙ぐんだ様子だった……。

6　誕生日

「本当に私も行っていいの？」

山内みどりは少々くどいくらい念を押した。

「構わないのよ。だって、家族だけってわけじゃないんだから。大体、うちはどういうつながりか良く分んない知り合いが一杯いて」

郁子の言い分は少々グチめいて聞こえたかもしれない。

「でも、郁子の友だちって私一人でしょ？　緊張しちゃうな」

電車を降りて、駅を出ると、少し暗くなりかかっている。

「充江も呼びたかったけどね」

と、郁子は言った。「あ、みどり。一つ、我慢して」

「何を？　私、ビールでも飲めるわよ」

「そんなことじゃないわよ」

と、郁子は笑ってしまう。「家まで、あの坂道を上って行きたいの。それに付合ってくれる？」

「人恋坂、だっけ。いいよ」

「結構辛(つら)いよ。運動不足でしょ、みどり」

「失敬な！　こう見えても、体育は〈4〉だぞ」

「へえ」

「小学校のときね」

と、山内みどりは続けた。「途中でのびたら、郁子におぶってもらう」

――今日は、郁子の誕生日である。十六歳。家では、誕生日のお祝いのパーティがある。郁子はそれに学校の友だち、山内みどりを連れて来たのだった。

「さ、行こう」

二人は歩き出した。

「ね、郁子のパパ、いるの？」

「ああ、今日ロンドンから帰って来てるはずよ。予定が狂わなきゃね。有名人って、予定が狂わなきゃいけない、って思ってるみたい」

「会いたいなあ。すてきだよね」

「そう？」

郁子は肩をすくめた。「あ、ここで渡ろう」

横断歩道を渡る。

途中までバスで行くこともできたが、今日は歩きたかったのだ。

「——充江って、そういえば消息、聞いた？」

と、みどりが言った。

「何も。どこかで新しい生活を始めてるのかな」

倉橋充江が「駈け落ち」して一週間。——むろん、まだクラスで話題には上るが、学校側は「すでに退学になった子のこと」として無視している。

充江の相手が誰だったのかも、分らないままだ。郁子は、やがて落ちつけば必ず充江から手紙でも来るだろうと、安心していた。

「でも、凄いな、充江」

と、みどりが首を振って、「私、とってもそんな度胸ない」

「誰か好きな人ができたら、きっと何でもやっちゃうよ」

「そうかなあ。私、だめだな。恋の方を諦めちゃう。根性なしだもん」

と、みどりは言って笑った。

「倉橋さんから——充江のお母さんね。——何か分れば知らせてくれることになってるのよ」

「相沢先生が訊いてたよ、そう言えば」

「相沢先生？　英語の？」

「うん。ほら、充江、英語部だったじゃない。それで心配してるみたい。一番倉橋と仲の良かったの誰だ、って」

「何て答えたの?」

「当然、郁子よ」

「相沢先生か。——何も言われてないな。いつの話?」

「ええと……。おととい? うん、たぶんそうだ」

と、みどりは言って、自分で肯く。

「おとといか……。じゃ、その内何か訊いてくるかもしれないね」

二人は、しばらく無言で歩いていた。

夜が降りて来て、二人を包んだ。街灯がためらいがちに光を投げかける。

「——人恋坂って、郁子のお姉さんが亡くなった所でしょ?」

ずっと前に、みどりにそんなことを言った憶えがある。むろん、正確に言うと裕美子は坂で死んだわけではない。けれども、漠然とみどりがそう思っているのも当然かもしれなかった。

「まあね」

と、曖昧に答えて、「そこから折れて、じきに坂だよ」

鞄をもう一方の手に持ち直して、郁子は少し足どりを速めた。

「おい。――真子。どこだ?」

梶原は玄関を上ると、薄暗いままの部屋に、ちょっと眉をひそめた。

出かけたのか? いや、そんなことはあるまい。今朝もちゃんと念を押しておいた。憶えているはずだ。

大方、その辺へ買物に行っているのだろう。明りを点けて、梶原は一瞬ギクリとした。

妻の真子がダイニングのテーブルについているのである。

「何だ……。びっくりするじゃないか」

と、息をつき、「明りも点けないで、何してるんだ」

真子は、眠っていたわけではなかった。じっと目を見開いて、彫像のように椅子にかけていたのだ。

「真子――」

「お帰りなさい」

と、無表情に、「座ってるだけなら、明りはいらないわ」

「そりゃそうだろうけど……。出かけよう。すぐ出ても、間に合うかどうか」

梶原は、ネクタイを外し、「楽なシャツに替えてく。お前、それで行くのか」

真子は普段着だった。梶原は、

「何かワンピースでもあるだろ」

と、しわになったワイシャツを脱ぐ。

「あなた一人で行って来て。私、行かないわ」

「何だって？」

梶原は、呆気に取られた。「――どうしたんだ？　何を怒ってる。前から言ってあるじゃないか。お前だって行くと言って――」

「あなた一人で行けばいいわ。私、どうせあのお宅とは関係ないんだもの」

梶原は、ため息をついて、椅子を引くと腰をおろした。

「何だっていうんだ？　郁子君の誕生日のお祝いに招かれてる。それは分ってるだろ。プレゼントまで、わざわざ買いに行ったんじゃないか。由紀子をお義母さんの所へ預けて。それを今になって、どうしていやだなんて言い出すんだ」

真子は、初めて夫を見た。――梶原の初めて見る妻の目だった。いつもの、上目づかいに夫の機嫌をうかがっている真子ではなかった。

「行くのなら、あなた、他の人を連れてらっしゃいな」

妻の言葉に、梶原は面食らった。

「何のことだ？　他の人って、誰のことを言ってるんだ」

「誰のことか、あなたが一番よく知ってるはずだわ」

と、真子は言い返した。「私、今日銀行へ行ったのよ」

梶原の表情がこわばった。真子は続けて、

「振り込むのを忘れていたものがあったの。それで、急いで行ったのよ。三時の閉店ぎりぎりに入って、振り込んだついでに、通帳を打ってもらった。――私の通帳なんて、もうずいぶん長いこと打ってもらってなかったから。ところが……」

真子は、テーブルに預金通帳を出して、ピタリと置くと、「これはどうなってるの？　私の口座を通って、毎月毎月、何万円ものお金が引き出されてる。ボーナスからも十万円も！――私、あなたに給与の明細を見せてもらったことなんかなかったわ。いつも、渡してくれる現金だけが収入の全部だと思ってた。ところが……」

「真子。――待ってくれ」

と、梶原は言った。「分った。お前の言いたいことは分った。つまり、俺が女にこづかいでもやっていると思ってるんだな」

「そうじゃないのなら、何に払ってるの？」

梶原は、少しの間黙っていたが、

「――真子。聞いてくれ。お前がそう思うのも無理はない。でも、それは違う。女なんか俺にはいないんだ」

「それじゃ――」

「待て。ともかく、今その話をしていたら、間に合わない。そうだろ？　藤沢先生のお嬢さんだ。今日は先生も帰国される。欠席するってわけにゃいかないんだ。その話は、帰ってからしよう。な？」

「信じられないわ！　その間にあなたは何か他の口実を見付けるんでしょう」

真子の目から涙がポロポロとこぼれて行った。

「なあ、真子。誓ってもいい。お前の思ってるようなことじゃないんだ。——頼む。俺一人で行くわけにゃいかない。今は、我慢して一緒に行ってくれ」

梶原は、妻の手を握った。

真子は手を振り払おうともせず、なおもしばらくしゃくり上げていたが、やがて手の甲で涙を拭(ぬぐ)った。

「真子——」

スッと真子は立ち上ると、

「仕度するわ」

と、力のない声で言って、奥へ入って行った。

梶原はホッと息をついたが……。真子が、藤沢家へ行ってもずっとあんな具合だったら、どうしよう？　もともと、確かに真子は藤沢家と何の関係もない。自分一人で行くことにしても良かったのだ。

しかし、藤沢隆介から、

「郁子の誕生日のお祝いなんだ。良かったら、奥さんと一緒に」

と言われて、行かないわけにはいかない。

もちろん、「良かったら」と言われているのだから、「家内はちょっと用があって」とでも言って断ることもできた。

しかし、藤沢隆介のような人間は、「断られる」ことに慣れていない。自分の要求は、いつも受け容れられて当然と思っている。

梶原にとって、藤沢隆介の機嫌を損ねるのは、何よりも恐ろしいことだった。

勤め先が倒産し、娘の由紀子がちょうど幼稚園の入園を控えて、途方に暮れた梶原は、妻、真子の重苦しい嘆きから逃れるように、あてもなく外出し、いつしか、かつて家庭教師として通ったあの坂道までやって来ていたのである。

あの暑かった日――真子が大きなお腹を抱えていた、裕美子の葬儀の日に何があったか。

自分たちが先に帰った後、あの坂道で起ったことは、梶原も何人もの口から聞かされていたのだ。

オーバーな、と思える話ではあったが、何人もの目撃談を聞かされたのだから、大筋のところは事実だったのだろう。

二度と――もう二度と藤沢家へ足を運ぶことはあるまいと思っていた。それが……。

何か見えない手に引き寄せられるかのように、梶原は坂を上っていた。あの〈人恋坂〉を……。

坂を上り切ったところで、梶原は家から出て来た藤沢隆介とバッタリ出会った。

「――君、梶原君か。久しぶりだね」

こんな風に出会うと思っていなかった梶原は気後れした。

「近くへ来たので……」

と、何気なく寄っただけ、という顔で挨拶し、

「これからTV局でね」

と言われて、初めて何とかしなくては、という気持になった。

「じゃあ、また」

迎えの車へ乗り込もうとする藤沢へ、思わず、

「先生！　お願いが」

と、声をかけていた。

ドアを開けた手をそのまま止めて、

「金か」

と、藤沢は言った。「それとも違う用件か」

「仕事が欲しいんです、先生。会社が潰れて。困ってるんです」

一気に言って、自分でもびっくりした。「すみません！　突然こんな……」

と、頭を深々と下げる。

藤沢は、車に乗ろうとするままの格好で梶原を見ていたが、

「考えておこう」

と、肯いて、「今夜、電話しなさい」

「ありがとうございます！」

先生、と付け加える前に藤沢は車に乗り込んで行ってしまった。

そして、翌日には梶原はＴＶ局の下請けをしている小さなプロダクションを訪ねて採用してもらった。梶原にとって、仕事の中身を問題にしている余裕はなく、ともかく収入が途切れないことが何よりありがたかった……。

「あなた」

と、声がして、振り向くと真子がスーツ姿で立っていた。「おかしくない？」

「ああ。――ちっともおかしくなんかないよ。きれいだ」

実際、あまり外出しない真子が、こうして化粧もして髪を整えている様子を見ることは珍しかった。

真子はちょっと笑って、

「きれいだなんて……。無理しなくていいわよ」

梶原はホッとした。

「さあ、行こう」

と、立ち上って促す。

「車にしてね。疲れてるの」

「いいとも」

去年、やっと買った中古車である。電車で行くつもりだったが、今は真子の機嫌がせっかくいつもの調子に戻ったところで、逆らわないことにした。

「由紀子は、明日どうするんだ？」

「お母さんがちゃんと学校へやってくれるわよ」

真子は、玄関へ出て、「靴、どれがいいかしら……」

と、考え込んだ。

梶原は、しかし、忘れていたわけではない。藤沢家から帰ったら、あの金のことを真子に説明しなければならないということを……。


「郁子！——待ってよ！　ちょっと！」

案の定、坂の途中で山内みどりは音を上げてしまった。

「頑張って」

と、先を行く郁子は振り向いて言った。「大丈夫。迷子にはならないわよ」

「もう！――薄情者！」

みどりは足を止めて、「少し休んでく。先に行って！」

「大げさねえ」

と、郁子は笑って、「十六歳でそれじゃ、どうするのよ」

「いいの。長生きする気ないもん！」

「そういうこと言ってる人は長生きするんだよ。――お腹空いてんでしょ」

「それもある」

と、みどりは大げさに息をついて、「ここで倒れたら？」

「明日、朝学校に行くとき、起こしてあげるよ」

と、郁子は言った。「みどりも来るって、お母さんに話しとくから。早くおいで」

郁子は坂を大きな歩幅で、勢いをつけて上って行った。

ゆるくカーブしているので、じきにみどりの姿は振り向いても見えなくなった。

「しょうがないな」

置いていくってわけにもいかない。郁子は足を止め、坂を見下ろして立つと、みどりが上って来るのを待った。

――すっかり夜である。

街灯の光がぼんやりと輪を作っている。足下が見えないほど暗くはないが、一人でいると少々心細いのは確かだろう。

「みどり……。早くおいで」

と、呟いていると、足音が背後から聞こえた。

一足ずつ、しっかりと確かめるような、ゆっくりした足どり。ただ、どこかそのリズムはおかしかった。

振り向くと、女の人が一人、坂を下りて来る。

見かけたことのない女性だった。——三十代だろうか、光の加減を差し引いても青白く、ほっそりと頼りなげである。

この季節にしては肌寒そうな夏物の白いワンピース。デザインは大分古くさい。

そして——何となく妙だと思えたのは、その女性が左の足を軽く引きずっていたからだった。この坂を下るのは少々厄介かもしれない。

その女性は、郁子のわきを通り過ぎて行った。郁子の方へは目を向けなかったが、それでも、ほんの一メートルほどの所を通るとき、郁子はその女性が自分のことをじっと見ている——正確に言えば、感じていることに、気付いていた。

その女性のうつむき加減の横顔は、まるで筆で描いたようにくっきりと暗い背景に浮かび上って、白く、透き通るように白かった。

郁子は、声をかけることもできずに、坂を下って行く女性の後ろ姿を見送っていた。左足を引きずる足音が小さくなっていくと、入れ違いにみどりがフウフウ言いながら上って来る。

「——ああ、参った！」

「大丈夫？　あと少しだよ」

と、郁子はみどりの後ろへ回ると、背中に手を当てて、「ほれ！」

と、押してやる。

「わあ、楽だ！」

と、みどりが声を上げる。

「——そら、終った」

と、郁子は息をついた。「でも、みどりはやっぱり運動不足だよ」

「うるさい」

と、みどりは言い返して、「うんと食べさせてもらわないとね」

郁子は笑って言った。「さ、入って」

「どうぞどうぞ」

玄関の引き戸を開け、みどりを先に入れる。

「お邪魔します。——でも、あの坂を、いつも歩いて上るの、郁子？」

「いつも必ず、ってわけじゃないけどね。あ、スリッパ出すから」

「ありがとう。人が通らないから、一人だったら、歩く気しないね」

「そうかな。だから〈人恋坂〉なんだけどね」

「あ、そうか」

「あの女の人は、大変だろうね。足が悪いんじゃ」

郁子は、ちょうどやって来た和代に、「ね。山内さんも一緒に夕ご飯食べるから」

「はいはい。人数がはっきりしませんから、各自取り分けるものにしたんですよ、おかずは」

「部屋にいるから、呼んで」

郁子はみどりを誘って階段を上って行った。

「郁子。——『足の悪い人』って誰?」

と、みどりが訊く。

「今、すれ違ったでしょ、坂で」

みどりが目をパチクリさせて、

「あの坂で? 私たちしかいなかったじゃない。誰も、すれ違った人なんていなかったよ」

郁子は振り向いて、

「——そうだったかな。じゃ、自分の影を人だと思ったのかもしれない。ね、制服のままでいい？　何か私のもの、貸してあげようか」

と、勢いよく自分の部屋のドアを開けた。

7　夜の熱

電話が鳴って、ちょうど階段を下りて来た郁子は、

「出るわ、お父さんじゃない？」

と、顔を出した和代へ言った。「——はい、藤沢です」

「あ……。郁子さん……おいでですか」

男の声だ。

「私ですけど」

「何だ」

と、ホッとした様子で、「相沢だ」

「相沢先生？」

郁子は、そばへやって来たみどりの方へチラッと目をやった。

「うん。突然悪いな」

「いいえ。——何か」

郁子の服を借りて着たみどりが受話器へ耳をくっつけてくる。郁子は苦笑して押し戻し

た。

「実は、倉橋充江のことなんだが」

と、相沢重治は言った。「英語部で、よく知ってたんでな」

「ええ、そうでしたね」

「学校じゃ、一切倉橋のことには関知しないことにしてるから、僕も心配してるんだが……。一番仲良くしてたのがお前だって聞いたもんだからな」

「友だちでしたけど……」

「その後、何か聞いてないか。手紙とか電話とか。——僕は誰にも言わない。それは信じてくれ」

「はい。でも、今のところ何も……」

と、郁子は言った。「お宅の方でも？」

「倉橋の家か。電話しても、何と言っていいのか……。な、もし、あの子から連絡があったら、教えてくれ。頼むよ」

「分りました。でも、充江がどう言うか……」

「うん。——それはそうだな。ま、ともかくよろしく頼む。元気でいるかどうかだけでも、教えてくれ」

「はい。もし何か言って来たときは」

と、郁子は言って、電話を切った。

「ほらね」

と、みどりが言った。

「こっちこそ知りたいわ、充江がどうしてるのか。——さ、お腹空いたでしょ。みんな揃う前に何か食べとかないと、もたないよ」

と、居間を出かかると、また電話が鳴った。「今度は誰だ？——はい」

「郁子か」

「お父さん。ロンドンから？」

と、郁子は言った。

「車の中だ。今そっちへ向ってる」

と、藤沢隆介は笑って言った。

「へえ、珍しい」

そこへ、和代がやって来た。

「お父さんよ。今車の中だって」

「ちょっと代っていただけます？——もしもし、和代です。お帰りなさい。実は今夜のお客なんですけど、笹倉先生をお招びになりましたか？」

「笹倉？」

と、隆介の声は不審げで、「あの医者か。俺は招んどらんぞ」

「あら。そうですか。変ですね。さっき、電話で、『少し遅れる』とおっしゃってたんですよ」

「誰か——早苗が招んだのか。訊いてみろ」

「でも、どっちにしても、おみえになったら、お引き取り願うわけにも参りませんものね」

「そうだな。——まだ生きとったのか」

「もしかしたら、靖江様かもしれませんね」

「ああ、そうかもしれん。靖江はいるのか」

「まだおみえじゃありません。——え？」

少し間があって、

「あと三十分くらいで着く。一人、連れて行くから席を用意しとけ」

「かしこまりました」

和代は電話を切った。

「一人連れてくって？　誰かしら」

と、郁子はそばで聞いていて言った。

「女の方です。たぶん——新しい秘書の方じゃありませんか」

和代は、少し素気ない口調になった。「そろそろ仕度を――。キャッ！」

和代がびっくりして飛び上りそうになる。

「どうしたの？　みどりじゃない、この子。何をびっくりしてるの？」

と、郁子が笑うと、

「――服が」

和代が青ざめている。

「私のを貸したから。私が二人いるとでも思った？」

「いえ……」

和代は、ちょっと息をついて言った。「裕美子さんかと思ったんです」


「すみませんね」

と、運転手が言った。「料金は結構ですから」

「当り前だ」

笹倉医師は、ブツブツ言いながらタクシーを降りた。

「すぐ空車が来ると思いますよ」

と、運転手は無責任に請け合って、車をゆっくりと走らせて行った。

駅前から乗ったタクシーが、エンジントラブルで、笹倉は途中で降ろされてしまったのである。

「今どきのタクシーはなっとらん」

と、口に出して言ってみても、当の運転手の耳には届かない。

笹倉は、やって来たことを、いささか後悔し始めていた。――確かに藤沢の家には大分儲けさせてもらったが、それはもう二、三年前の話だ。

二、三年？　いや、もっと前だったろうか。四年か？　五年だったろうか。

もう忘れちまった。ともかく昔の話だ。

いい金になった。――何もしないで、あれだけ稼いだんだからな。あの家には感謝しなきゃならん……。

もっとふっかけても良かったかな。あの家にとっちゃ大変なことだったんだ。あれがもし公になったら――。

それを思えば、あの倍はふっかけても良かった。そうだとも。

――空車は、なかなかやって来なかった。

あの運転手め、いい加減なことを言いおって！　笹倉は腹を立てていたが、いくら腹を立てても、空車が来るわけではない。

ふと、目の前があの坂だということに気付いた。そうか。こんな所で降りたのか。

笹倉は、ゆるく曲線を描いて、どこか遠い別世界へと続いているような坂道を、そっと見上げた。

今思い出してもゾッとする。——あれは何だったのだろう？

藤沢裕美子の棺が坂道に落ちて壊れると、血が——それもたった今、生きている裕美子に刃物を入れたような、生々しい鮮血が溢れ出るように坂道に流れた……。

いや、逆だったか？ 血が溢れ出たので、棺を落としたのか——。

もう細かいことは忘れてしまった。憶えているのは、あのときに青ざめていた藤沢やその女房の顔、そして、壊れた棺から投げ出すようにはみ出ていた、裕美子の白い手……。

フン、と笹倉は肩をすくめて、首を振った。

——もう忘れていたのに。

今日はどうしてここへ来たんだったか？ ああ、そうだ。あの下の娘、例の娘の誕生日だと言ってたっけ。何て名だったか……。

聞いたような気がするが、もう憶えていない。

うん。大体、誰が電話をよこしたんだったかな？

昨日、こっちがいい加減酔っ払っているところへ——。

「笹倉先生でいらっしゃいますか」

そう言ったんだ。——うん。女の声だった。若い女のようだった。

「ああ、笹倉だ」

と言うと、

「先生ですか。まあ、ちっともお変りにならないんですね。お声は以前のまま」

と、その女は言った。「ごぶさたしまして」

「ああ……。いや、どうも」

「お分りでしょ、私のこと。藤沢の……」

「うん、ああ、もちろんだ」

「良かった！　まだまだしっかりしておられますね」

「当り前だ。ちゃんと働いとるからな」

「まあ凄(すご)い！　先生、それでね、今日お電話さし上げたのは、明日うちで郁子の誕生日のお祝いをするんですの。先生にも、ずいぶんお世話になりましたから、ぜひおいで願いたいと思いまして」

郁子。――藤沢。ああ、そうか。あの藤沢だ。郁子ってのはあの娘だ……。

そう言われて、正直迷ったのだが、

「みなさん、先生にお目にかかりたがってるんですよ」

と言われると、何かうまい話でもあるか、という気になった。

「じゃ、行かせてもらうよ」

「良かった！　じゃ、お会いするのを楽しみにしておりますわ」

「ああ、こっちもだ」

「七時には食事を始めたいと思っていますので」

「分ったよ。ええと……」

「場所は憶えておいでですよね。〈人恋坂〉の上です」

人恋坂。——そう、そんな名だった。

笹倉は、電話を切って、さて、今のは誰だったのかと首をかしげたのだが……。まあ、誰だっていい。向うへ着けば分ることだ、と思い直した。

——人恋坂か。そうだった。

笹倉は、坂の下へ行って、ゆるく曲線を描きながら夜の中にひっそりと静かな坂道を見上げていた。

来て良かったのだろうか、本当に？

笹倉は、ふといやな予感を覚えた。今の自分がひどく場違いな気がして、何だかここで突然夢から覚めたようでもあった……。

「あの……」

と、おずおずとした声。

振り向くと、高校生らしい制服の女の子。鞄を前に両手でさげて、

「ここ、上って行かれるんでしたら、ご一緒してもいいですか？」

と言った。

「うん？――この坂を？」

笹倉は、少女を見て、それからまた坂を見上げた。

「一人だと怖くて……。もし、よろしかったら、一緒に上って下さい」

少女は、言葉づかいこそ落ちついていたが、そのつぶらな眼差し（まなざし）は哀願するような表情を浮かべていた。

この坂を上る？　とんでもないことだ！

笹倉は、とてもそんな気にはなれなかった。

「しかし……この坂は、ちょっとね」

と、曖昧（あいまい）に言うと、

「あ、ごめんなさい。私、てっきり――」

と、少女は口ごもった。「すみません。私、早とちりして」

「謝ることはないよ」

と、笹倉はつい微笑（ほほえ）んでいた。「ここを上るのは大変だろう。この先を回って行けばいい。バスも通るよ」

「いえ……。ありがとうございます。私、急ぐものですから。――一人で上ります。お邪魔してすみませんでした」

「そうかね……。ま、気を付けて」

笹倉はそう言って、坂道を上って行く少女の後ろ姿を見送っていたが……。

「——待ちなさい」

と、声をかけていた。「君!」

少女が振り向く。

「私も行こう」

「でも——ご無理なさらないで下さい」

「なに、今どきの若い奴とは鍛え方が違うぞ。この坂ぐらい……。少しゆっくり上ってもいいか」

少女は楽しげに笑った。

「はい、結構です」

「よし! それじゃ二人で坂を上るとしようか」

笹倉は、とりあえず少し大股に上り始め、その少女に追いついた。

「じゃあ——手をつなぎましょう」

少女が差し出した白い手を、笹倉はつかんだ。

その柔らかな感触は、笹倉をドキリとさせた。

「いいですか?」

「ああ、もちろんだとも」

笹倉も、つい笑っていた。

ずいぶん長いこと、笑うなんてことを忘れていたような気がした……。


「今晩は」

と、玄関で声がした。

むろん、すぐに分る。柳田靖江だ。

「叔母(おば)さん、いらっしゃい」

と、郁子は玄関へと急いで出て行った。

「あ、郁子ちゃん。お誕生日、おめでとう」

と、靖江はよっこらしょ、と上って来て、「もう十六ね！　早いもんだわねえ。お父さんは帰って来た？」

「今、途中。でも、飛行機じゃなくて車の中だから、じきに着くでしょ」

「あら、そう。じゃ、あの人にしちゃ上出来だ」

と、靖江は笑って言った。

「あ、靖江さん」

早苗が出て来た。

「早苗さん。元気？」

「ええ。どうもわざわざ。――さ、入って」

「ありがと。お招きいただいて、ってこっちが感謝しなきゃいけないところね」

「何を言ってるの。もう、食事を始めちゃってもいいけど……」

「でも、兄を待ってましょうよ。始めてなきゃ、『どうして始めなかった』って言うだろうけど、始めちゃったら、今度はきっとむくれるのよ」

さすがに妹だけあって、隆介のことは良く分っている。聞いていて、郁子はおかしくなった。

居間へ入った靖江は、

「あら、久しぶり」

と言った。

圭介が、少し前に着いていたのである。

圭介は小さく会釈をした。

「どうも」

「結婚したんですって？　届をさっさと出しちゃったって、兄さんカンカンで、電話して来たわよ」

と、靖江がソファに腰をおろして、「ホステスですって？　やめときなさい。この家の財布が目当てよ」

　と、いつもの調子。

「叔母さん」

　と、郁子が言った。「沙織さんよ、お兄さんの奥さん」

　手洗いに立っていた沙織が、居間へ戻ったところだった。

「あ、いらしてたの」

　靖江はさっぱりめげてもいない。パッと立つと、

「初めまして、柳田です」

　と、何くわぬ顔で挨拶(あいさつ)している。

　見ていた郁子は、その「切り換え」の素早さに感服してしまった。

　沙織だって、間違いなく靖江の言葉を耳にしているはずだが、やはり至って礼儀正しく、挨拶を返した。やや冷ややかに聞こえたのは仕方なかっただろう。

「母さん、後は誰が来るの？」

　と、圭介も話をそらしている。

「後はお父さんが帰ったらね……。他には梶原さん。車の具合で、少し遅れるかも、って連絡があったわ」

「梶原……。ああ、あの？　今、どこだかのプロダクションにいるんだろ？」

「そうよ。お父さんが紹介してね」

と、郁子が言った。

「良く知ってるじゃないか」

「奥さんもみえるわ、きっと」

と、郁子は、関係ないことを言って、「みどり、お腹の方は大丈夫？」

「うん。軽くいただいたから」

みどりが入って来て、ソファに落ちつく。

「――私、失礼した方が」

と、突然言い出したのは、沙織だった。

「何だい、急に」

と、圭介がびっくりしている。

「お義父様がお帰りになる前に。――私がいるとは思ってらっしゃらないわ」

「構うもんか！　君は僕の女房だぜ。帰るのなら、僕も一緒さ」

「あなた、忘れないで。今日は郁子さんのための集まりよ。そんなことで台なしにしたくないの」

「そんなこと。――沙織さん、いて下さい。私も、一人でも女の人が多い方が楽しいの」

郁子が、ためらいもなく言ったので、すっかりけりがついてしまった。

沙織は無言で郁子に感謝の気持をこめた視線を向けた。

ほとんど間もなく、

「おい！　誰かいるか！」

玄関から父の声が聞こえて来た。

「いるに決ってるじゃないの」

と、早苗が苦笑して、「――お帰りなさい、あなた」

と、居間を出て行く。

郁子も、母について行った。

「圭介は来てるか」

と、隆介が玄関で言った。「スーツケースを運ばせてくれ」

「はい。――圭介。お父さんの荷物」

「ああ。お帰り」

「車のトランクから出してここに運んでくれ」

「うん」

圭介がサンダルを引っかけ、戸を開けると、ガラガラとキャスター付のスーツケースを引いて来たのは、若いスラリとした女性だった。

「今、取りに行こうと――」

「大丈夫です。こう見えても力があるんです」

と、その女性は言った。

「おい、息子にやらせとけ。君は上って。――いいんだ」

隆介は、その活動的な印象の女性を中へ入れて、「新しい秘書の江口君だ」

「江口愛子と申します」

と、両手を揃えて頭を下げ、「奥様でいらっしゃいますね。よろしくお願いいたします」

「こちらこそ……」

早苗が、少し口ごもりながら言って、「お疲れさまでした」

「さ、上って。おい、江口君の席も用意してやってくれ」

「はい」

早苗は、ちょうどやって来た和代の方へ、

「もう始めましょう。後は梶原さんだけでしょ?」

「はあ……。笹倉先生が」

「あ、そうだったわね」

「あの医者、招んだの」

と、圭介がスーツケースを廊下へ上げて、「やれやれ。重いね。何が入ってるんだい?」

「色々付合いってものがあるんだ」

と、隆介は言って、郁子の肩を抱くと、「お前も大きくなった。なあ、早いもんだ」

いやに上機嫌である。酔っているのかと思ったが、アルコールの匂いはしない。

「――おお、来てたか」

隆介は、居間へ入って、妹の靖江を見ると、早速江口愛子を紹介した。

「お父さん」

と、郁子が言った。「沙織さんも紹介してあげて」

圭介が、居間の入口で足を止める。沙織は何を言われても感情を表に出すまい、という様子で立ち上った。

緊張した空気が一瞬、漂ったが、

「良く来た。体の方は大丈夫かね」

と、隆介は至って屈託のない口調で言ったのである。

「――はい、ありがとうございます」

沙織の顔に、意外そうな色が浮かぶ。

「ま、大事にしなさい。今が大切な時期だ。江口君、息子の圭介の奥さんで、沙織だ」

よろしくお願いいたします、と二人の女が挨拶を交わす。

圭介と郁子は、そっと顔を見合せた。――父がこんな風に態度を変えることは、想像もつかなかったのである。

もちろん、郁子もホッとしていた。しかし人間、「いつもと違うこと」はめったにしないものだ。

しかし、ともかく今は取りあえず喜んでおけばいい。——郁子は、ふと居間から母が出て行くのを見た。単に夕食の仕度のために急いでいただけかもしれないが、郁子の目には、なぜか母が「逃げ出して行く」ように映ったのだった。

食事を始めて間もなく、梶原が奥さんを伴ってやって来た。

「——誕生日おめでとう」

と、プレゼントを手渡してくれる梶原は、久しぶりに見る郁子に目をみはって、「やあ、すっかり大人になったね！」

その、感嘆の声には、遠い昔、梶原が裕美子を訪ねて来ていたころの面影があったが、しかし、今の梶原の外見は、あのころからの時の流れを感じさせて余りあるものだった……。

「やあ、すっかり中年じゃないか」

と、圭介が言うと、

「あなた、失礼よ」

と、隣で沙織がつつく。

――夕食の席では、さすがに接客を仕事にしていた沙織が、それとなく話を淀みなく流す役割を果していた。

「なに、梶原君とは古い付合いだ。なあ」

「お互い様じゃありませんか。特に額の生えぎわの辺り」

と、梶原がやり返し、みんながドッと笑った。

隆介が江口愛子を紹介すると、梶原はたまたま向い合せの席に座ったせいもあってか、

「先生のお仕事は大変でしょう」

と、話しかけた。

――これだけの人数がテーブルにつくと、両端の人間同士は話がしにくいので、どうしても左右で話が分れる。

郁子は、時折みどりとおしゃべりしながら、ひたすら食事に専念していた。どうせ、こうして集まれば中心は父、隆介ということになるし、郁子としてもその方が気楽だったのである。

みどりも、食べることにかけては熱心な子で、郁子は途中、手を止めて、並んだ顔を見回す余裕があった。

久しぶりに見る梶原は、哀しかった。単に太ったとか、髪が薄くなったというのではない。人は誰でも年齢をとり、それ相応に老け込んでいく。

しかし、梶原の場合は、藤沢隆介という「有名人」に対してどこか卑屈になっているところがあった。今、向いの席の江口愛子と話しているのも、父が彼女のことを気に入っていると察してであろう。

かつて、裕美子を訪れては、ベッドの傍で話し込み、また話に耳を傾けていたころの面影はどこにもない。求める方が無理なのかもしれないが、頭では分っていても郁子の覚えるもの哀しさはどうすることもできなかった。

この席で一番沈み込んでいたのは——意外なことに母の早苗だった。一体どうしてなのか、郁子には理解できなかったが……。

「ワイン、いかがですか」

和代が梶原にすすめる。

「ありがとう。いただきます」

「少なめにして下さい。お医者様にそう言われてるんだから」

と、妻の真子が口を出す。

郁子は、裕美子のあの葬式の日以来初めて梶原の妻を見たのだったが、これがあのとき、おどおどと台所に顔を出した女だろうか、と思った。

落ちつき、と言えば聞こえはいい。夫が一度失業して、隆介にすがって何とか仕事を見付けられたことも、むろん承知だろう。遠慮というものがほとんど感じられない。

大きな声でしゃべり、笑った。——ワインを、夫の倍は飲んでいる。

「お医者様っていえば……」

と、和代がふと思い出したように、「笹倉先生、どうなさったんでしょ」

テーブルの端に、一つ席が空いている。今まで、郁子はそのことを忘れていた。

「放っとけ、大体、誰が招んだんだ?」

と、隆介が言った。

「さあ……。靖江様かと——」

「私? 違うわよ! 私、知らないわ。会いたいとも思わないもの」

と、靖江は訊かれていないことまで言った。

「じゃあ……誰?」

と、早苗がテーブルを見渡す。

おしゃべりが止んで、ふと静かになったが、誰もが顔を見合せている。

「おかしいわ」

と、早苗が首をかしげ、「誰も招ばないのに、どうして郁子の誕生日を知ってるの?」

「それに……。お電話があって、かれこれ一時間ですよ。いくらのんびりいらっしゃるとしても……」

と、和代が時計を見て言った。

「どうだっていい」

と、隆介が肩をすくめて、「もう大分もうろくしとるだろう。道にでも迷ったんじゃないのか」

「そうね、結局やめることにしたのかもしれないわ」

と、早苗が気を取り直した様子で、「和代さん。どんどん食べてしまいましょ。その後でケーキを――」

「はい。あ、電話だわ」

と、和代が言った。「笹倉先生かも」

郁子は、何となくその電話が自分あてにかかったもののような気がした。時々、こうやって「感じる」ことがある。

「――郁子さん。お電話」

やっぱり。

席を立って行く。――受話器を取ると、

「はい、郁子です」

「あ。――倉橋です。充江の母です」

「どうも。あの……」

充江から何か言って来たのだろうか。――少し、電話が遠いような気がした。

「あなたに知らせなくちゃと思って」

と、充江の母親は言った。「今、K温泉にいるんです」

「はあ」

「ここの警察から連絡をもらって。今、充江と確認したところです」

「確認……」

「自殺しました、あの子」

涙声でもなく、激するでもない。その言葉は、郁子の胸に切り込んで来た。

「じゃあ……二人で？」

「いいえ。それなら、まだ……。いえ、せめてあの子が自分の好きな人と死んだのなら、あの子は幸せだっただろうって、自分を慰めることもできたかもしれませんけどね……。郁子さん」

「はい」

「あの子は一人で、あの旅館でずっと待っていたんです。好きな男が来るのを。旅館の人には、『仕事の都合で遅れて来る』と言って、自分の年齢を二十歳だと偽って。でも、一週間もやって来ない、電話もかからないなんて、そんな恋人がいます？――結局、旅館の人が怪しんで警察へ届ける相談をしているのを、充江は立ち聞きして、もうだめだと覚悟して……。それでも、その日の最後の列車が着くのを駅の前で待っていたそうです。そして、それにも乗っていないと知って、そのまま夜の山の中に入って行き、湖に身を投げたんです」

さすがに、母親の声は震えていた。

「そんな……」

郁子が愕然とした。――充江の恋は、何だったのか。すべてを捨てた充江に対して、相手の男はどうしたのか。

「――ごめんなさい」

と、母親はややあって、言った。「郁子さん、あの子けあなたのことを一番信じていたようです。ありがとう」

「いえ……」

「あ、もう行かなくては。――じゃあ」

「あの――」

と、言いかけたものの、何も言葉を思い付かない。「残念です」

とだけ言った。

――食卓へ戻ると、父がロンドンでの出来事を話していた。人前で話をすることにかけてはプロである。みんな耳を傾けている様子で、郁子にはありがたかった。

――充江。充江。

どんなに寂しかったろう。どんなにか悔しかったろう。ただひたすら男を待ち続けた充江の、永遠のように長かっただろう一週間を思うと、郁子は身を焼かれるように辛かった。

男なんて、そんなものなの？　恋って、そんなものなの？

「——そうよ」

と、声がした。「男なんて、信じても裏切られるだけ」

その言葉を、郁子以外の誰も聞いていないようだった。

——食卓の、一つだけ空いていた席が、今は埋まっていた。

郁子は、テーブルクロスを、固く握りしめた。クロスが裂けんばかりの力で。

「償わせるのよ、罪を」

と、裕美子が言った。

裕美子は、あの棺に納められたときの白装束だった。そして、首に巻いた包帯から真赤に血がにじみ出すと、たちまち白い衣装を染めていった……。

8　人恋坂の場

夜。

ゆるく壁を巻くように続く人恋坂を、青白く街灯が照らし出している。

制服姿の少女が、右手に鞄（かばん）を持ち、左手で、笹倉医師の手を引いて、坂を上って来る。

笹　倉「（少し息を弾ませているが、まだ余裕がある）そうか。君もあの家に招（よ）ばれてるのか」

少　女「ええ。大丈夫ですか？　少し休む？」

笹　倉「いや……。もう大分来たさ、そうだろう？　たぶん、半分以上は上って来てるね。実際、ここを上るのはずいぶん久しぶりだ。（足を止めて）何だかいやに長く感じる」

少　女「無理をしないで、一息いれましょう」

笹　倉「却（かえ）ってくたびれてしまいそうだ。いくら長くても、山登りじゃないんだし、上ろう」

少　女「そう？　きつかったら、いつでも言ってね」
笹　倉「ああ、君はやさしい子だね」
　少女と笹倉、しばらく坂を上って行く。笹倉、段々息づかいが荒くなって、左手をポケットへ突っ込み、探る。少女が気付いて振り向く。
少　女「どうかした？」
笹　倉「ああ……。ハンカチをな、ちょっと汗を拭こうと思ったんだが、どうやら忘れて来たらしい。（照れ隠しに笑って）なあ、少し蒸し暑い夜じゃないか」
少　女「（足を止めて）まあ、ひどい汗！　私のハンカチを使って」
笹　倉「（ハンカチを受け取り）ありがとう……。いや、実際、こんなに暑いとはね……」
　笹倉、ふっとよろけて、壁にもたれかかる。少女がびっくりした様子で、駆け寄る。
少　女「大丈夫？　休みましょう。――悪かったわ。無理だったのね、この坂が」
笹　倉「いやいや……。（しゃがみ込み）それにしても……こんなに長かったかな？　もう倍も――三倍も上って来たような気がする」

少　女「そんな気がするんだわ、きっと。下りならねえ、良かったのに。転がり落ちれば、アッという間だわ」

笹　倉「（ちょっと、少女から目をそらす）この坂は……どうも好かん。なあ、途中からは、坂の下も、上も見えん。今までどれくらい来て、あとどれだけあるのか分らんってのは、いやなものだよ」

少　女「人生のようね」

少女、壁にもたれて、ちょっと空を見上げる。

笹　倉「（喘ぎながら笑って）人生のようか。全くだ！　君は面白いことを言うね。しかし、私は、あとにそう残っとらん。君はまだまだ上る分の方がずっと長い」

少　女「そうとも限らないでしょう。若くたって、早く死ぬ子もいるわ」

笹　倉「そりゃそうだが……。可愛いハンカチだ。いい匂いがするね。（ハンカチを顔の近くへ持って行く）――ワッ！」

笹倉、突然声を上げて、ハンカチを投げ出す。

少　女「どうしたの？」

笹　倉「（うろたえて）すまん……。いや、今急に……何だかハンカチに……血がついているように見えたんだ」

少　女「あら！　どこか、けがでも？　（ハンカチを拾って）――血なんかついてないわ」

笹　倉「そうか。――いや、すまん！　君のハンカチを……」

少　女「いいえ、構わないわ。早く行って休んだ方がいいかもしれないわね。手を引いてあげるわ。行きましょう！」

少女が手を差し出すと、笹倉は催眠術にでもかかったように、その手を取り、フラリと立ち上る。

二人、再び坂を上り始める。

しかし、少し上ると笹倉は足がもつれ、苦しげに喘いで、座り込んでしまう。

笹　倉「（苦しげに息をして）もう上れん！　どうしたんだ？　こんなに遠いなんて。それに、真夏のように暑いぞ！　（シャツの胸もとを開ける）君、すまんが、一人で上って行って、あの家の者を誰か呼んで来てくれんか……」

少　女「（振り向いて）もう大丈夫。着いたのよ」

笹倉「何だって？——しかし、まだ見えんじゃないか。まだ着いとらんよ」

少女「いいえ、着いたのよ。ここで、あなたの坂は終ったの」

笹倉「私の坂……。何の話だ？（苛立しげに）ふざけてる場合か。早く呼んで来るんだ！」

少女「暑そうね。でも、あの日に比べれば……。アッという間に血も乾いたあの暑さに比べれば、楽なものでしょ」

笹倉「（少女を見上げて）何を言ってるんだ？冗談けやめてくれ。呼んで来ないと言うんだな？それなら……。上って行ってやる！」

笹倉、這うように坂を上りかけるが、ほんの数メートル進んだところで、突っ伏してしまう。

笹倉「（息も絶え絶えに）頼む……。助けを……」

笹倉、ふと自分の手を見て、目をみはる。ガバッと起き上って、

笹倉「（自分の手を見て）何だ、これは！血が……血がべっとりついて！——ここは

……。そうか、あのとき棺が落ちた所か！」

制服の少女、白装束の裕美子に変る。笹倉、それを見て悲鳴を上げ、坂を這い上ろうとする。

笹　倉「近寄るな！　お前だったのか！　こっちへ来るな！」

裕美子「助けを呼ぶといいわ。私も呼んだ。喉を切られて、血が流れ出ていくのを感じながら、声を出そうとしたわ。一瞬の間に死ねれば良かった。じわじわと血が失われて、次第に意識が薄れていく、今、死んでいくと自分で意識している、あの恐ろしさ……。あなたも、その何十分の一でも味わってみなさい」

笹　倉「裕美子……。私が何をしたというんだ！　私は――私は――。（胸をかきむしる）苦しい……」

裕美子「私が病気で死んだと偽の証明を出したわ。お金と引き換えに、私が殺されたことを隠したわ」

笹　倉「それは……悪かった。しかし……金が必要だったんだ！　許してくれ！　もう……目がかすんで、見えん……」

裕美子「苦しそうね。――楽にして上げましょう」

裕美子、落ちていたハンカチを拾い上げると、笹倉の傍に膝をつく。

裕美子「(ハンカチを笹倉の目の前へ出して)これが見える?」

笹　倉「よく……分らん。何か……白っぽいもんだ……」

裕美子「光ってるのよ。よく切れるでしょ、きっと。あなたは長く苦しまなくてすむわ」

笹　倉「(目をむいて)助けてくれ!　殺さんでくれ!　後生だ!　私は……言われた通りにしただけだ……(泣く)」

裕美子「一つ教えて。——私を殺したのは誰?」

笹　倉「(激しく咳込む)苦しい……。お願いだ……。救急車を……」

裕美子「言えば呼んであげる。私の喉を切ったのは誰?」

笹倉、何か言いかけて喘ぐ。裕美子、笹倉の口もとに耳を寄せる。

裕美子「何と言ったの?——もっとはっきり……」

笹　倉「私は知らん!　本当に知らんのだ……」

裕美子、ゆっくりと体を起す。そして、手にしたハンカチを笹倉の喉へ触れさせると、サッと払う。

笹　倉「（息をのみ、手を喉へ持って行く）ああ……。血が！　血が出てる！　お願いだ！　血を止めてくれ！――頼む。死んでしまう……。血がどんどん流れ出て……ああ、もう目の前が真暗だ！　許してくれ……。血を……」

笹倉、徐々に体の力が脱けて、その場に倒れ、動かなくなる。
裕美子、ハンカチを笹倉の上に投げる。そして、坂の上の方をハッと見上げる。

裕美子「あなたは！」

裕美子、誰もいない坂の上をじっと見つめて立っている。
坂に、雨が降り始める。

――幕

〈急〉

1 秋の予感

夏は死に絶えようとしていた。

ぎらつく太陽に一瞬まぶしい夏の光を感じさせることはあっても、それはすぐに力を失って、熱い紅茶の中の角砂糖のように崩れていく。

「日の傾くのが早くなったわね」

母の言葉に、郁子はふと寂しげな響きを聞き取って、

「お母さん……。どうかしたの」

と、訊いていた。

「――どうして?」

早苗の振り向く顔に、郁子はハッと胸を突かれた。光の具合か、母の髪が急に白いものを増したように見えたのである。

「持つよ、それ」

と、自分のさげていたスーパーの袋を左手に持ち換え、空いた右手で母の手からもう一つの袋を取ろうとする。

「いいわよ、これぐらい」

と言いながら、さほど逆らうでもなく渡すと、「和代さんに頼んどけば良かったわね。まさか急にお休みするとは思わなかったから……」

「いいよ。どうせ明日は日曜日だし、買物ぐらい……」

「重くない？」

「ちっとも。——こっち側、歩いたら？　日かげだよ」

「もう、日射しも大して苦じゃないわ」

と、それでも早苗はまぶしげに木々の枝を縫って落ちてくる陽光を見上げる。

「お母さん、暑さに弱いからな」

と、郁子は言った。

「本当に……。今年の夏は長かった」

と、ため息。

——この夏、早苗は暑さに負けて寝込んでしまった。胃腸がもともと丈夫でないこともあって、おかゆのようなものしか食べられず、すっかりやせてしまったのだ。

やっと起き出して、まだ一週間ほど。

昨日から出歩けるようになったばかりだった。買物も、少し値段は高いが近くのスーパーにしての帰り道。

土曜日の午後、学校から帰った郁子の顔を見て、早苗は申しわけなさそうに買物に誘ったのだった。

「無理しちゃだめだよ」

と、郁子は言った。「もう六十なんだから、お母さんも」

「そうね……。言われなくても、自分の年齢ぐらい分ってますよ」

早苗が、わざと元気なところを見せるように、可愛(かわい)くすねて見せる。——郁子は、久しぶりにこういう母の表情を見たと思った。

逆に言うと、母の顔から笑顔が消えてずいぶんたつということでもある。

「あ——」

母が、何かにつまずいた。前のめりによろける。

危い！　普段なら、転ぶほどのことでもないのだろうが、今の母は踏み止まることができずに、体が前へ泳いだ。

と——ちょうどすれ違いかけた少年が、パッと手を出して、早苗の体を受け止めた。背の高い、たぶん高校生らしいその少年は、素早く腰を落として早苗を支えたので、

「あ……。どうも」

と、早苗も胸に手を当てて、「ああ、びっくりした！」

「こっちよ、びっくりしたのは」

郁子は、あわてて、「大丈夫？――ありがとうございました」

と、少年の方へ礼を言う。

「ほら、足下、気を付けて」

「はい、はい。もう大丈夫よ。すぐそこじゃないの、うち」

早苗は少し腹を立てている。他人の前で年寄り扱いされるのはいやらしい。

「先に、玄関開けとくから」

と、郁子が二つのかさばる紙袋を左手にまとめて、ポケットから鍵を出そうとしている
と、

「僕が荷物を持ってるよ」

と、その少年が言った。

「えっ？」

「藤沢郁子って――君？」

「ええ……」

「そうか。良かった！　会いにきたけど、誰もいなくて帰ろうとしてた」

「あなたは？」

「相沢というんだ。親父が君の学校の教師をしてる」

「ああ！　相沢先生の息子さん？」

郁子はびっくりした。こんな大きな息子がいるとは思ってもいなかったのだ。

「郁子、早く鍵を」

と、早苗が言った。

「あ、はい。──どうも」

と、郁子は相沢という少年へと会釈した。

相沢則行(のりゆき)。

それが少年の名で、郁子より一つ上の、十七歳、高校二年生だった。

「──お待たせしました」

郁子が少しかしこまって、お茶を出す。

「すぐ失礼するから」

照れているところは、柄に似合わず幼い感じである。

「先生、具合はどうなんですか」

と、郁子はソファにかけて訊いた。

相沢は夏休み前から少し体調を崩していたが、休み中に入院したとかで、二学期になってからはずっと学校へ出ていない。

「うん、大分良くなったんだけど、何しろ夏の間、寝込んでいたんでね。もう少し体力が戻ってからってことにして」

「良かった。今年の暑さひどかったものね」

と、つい気楽な口をきいてしまう。

「これ……。預かって来たんだ」

と、相沢則行はポケットから取り出した物をテーブルに置いた。

キーホルダーである。小さな、木彫りの熊が鎖の先についていた。

「これ……。もしかして――」

見憶（みおぼ）えがあった。手に取って、

「あの――充江のでしょ？　倉橋充江の」

「うん。英語部の部室に落ちてたんだって。親父（おやじ）が、あの後で拾ってね。きっとその子のだと思って遺族に渡そうと思ったらしいんだけど。病気で渡しそびれて、ずっと持っててね。気にしてたんだって。二、三日前に、退院のときに失くすといけないからって、僕に預けたんだよ」

「そうですか……」

郁子は、そのキーホルダーにまだ充江の手のぬくもりが残っているかのように、そっと両手の間に挟んだ。

「君に渡せば、遺族に届くだろうって……。迷惑かな」

「いいえ、ちっとも！　できたら、私が持っていたいけど。うかがってみるわ、充江のお母さんに」

と、郁子は言った。

「――仲が良かったんだね」

と、相沢則行は言った。

「友だちだった。本当の友だち。自分が信じた分だけ、向うも信じてくれてるって分ってた。そんな人って少ないわ」

「そうかもしれないね」

「可哀そうに、充江……。まだ分らないんですよ、充江の待ってた男が誰なのか」

と、郁子は言った。「充江の恨みが届いて死んじゃえばいいんだわ」

則行は何も言わずにお茶を飲んだ。

「でも……充江の恨みじゃなくて、私の恨みかな。充江が男のことを恨んでたかどうか、分らないし」

と、郁子は言って、木彫りの熊をそっと指先で撫でた。

「でも、ひどい話だな」

と、則行は言った。

「ねえ。――でも、充江はきっと恨んでなかったと思う」

「どうしてそう思うんだ？」

「恨んでたら、自分が死ぬことを男に言い遺していくと思うの。それとも、遺書で男の名前を明かしておくとか」

「そうか……。何も遺さなかったのか」

「ええ。遺書はなかったの。知らなかった？」

則行は肩をすくめ、

「細かいことは知らないんだ。親父も話したがらないしね」

「そうですね。――ごめんなさい。あなたは充江のこと、知らないんですものね」

郁子は、電話が鳴り出したので、「ちょっとすみません」

と、立ち上る。

「あ、もう失礼するから」

と、則行が声をかける。

電話に出た郁子は、

「――はい、藤沢です。――お兄さん？　どうしたの」

と、訊いて、「――え？　本当？　おめでとう！――お母さん」

早苗がタオルで手を拭きながらやって来る。

「何なの、お客様の前で大きな声出して」

「お兄さんよ。沙織さん、女の子が産まれたって!」

早苗は、ちょっと無表情になった。

「そう。——無事ですって、沙織さんも?　良かったわ。おめでとうと言っといて」

「ちょっと、お母さん!」

郁子は、母が台所の方へ戻って行ってしまうのを見て、ちょっとため息をついた。「もう……」

送話口を手で押えていたので、兄の耳に届いてはいないだろうが、それにしても、父が今ではそういやな顔を見せないのに、なぜか母の方は頑なである。

「——あ、もしもし」

と、郁子は明るい声を出して、「お母さん、今手が離せないの。沙織さんにおめでとうって」

「分った」

圭介も、事情は分っている様子だった。「ともかく、一応知らせとこうと思ってさ」

「見に行ってもいい?」

郁子の言葉に、圭介は嬉しそうに、

「いいよ、もちろん。でも——忙しいんじゃないのか」

「明日は日曜日。いいときに産まれて来たよね。名前、決めてあるの?」

「まだこれからさ」

「そう。楽しみだね。じゃ、後で行くよ」

「分った。俺もいるから」

「じゃあ」

電話を切って、「——あ！　ごめんなさい！」

相沢則行が、どうしたものか困った様子で、突っ立っていたのである。


「——坂を下りると近いの」

と、玄関を出た所で郁子は言った。「じゃ、どうもありがとうございました」

病院へ行くので仕度をして、相沢則行と一緒に出て来たのである。

「僕も下りよう。駅へ出るのも、その方が近いんだろう？」

「ええ。でも——長いですよ、坂」

「下りじゃないか。それに、もう暑くないし」

「そうね」

と、郁子は微笑んで一緒に坂を下りて行ったのだが……。

「——私の部屋からここが良く見えるの。ほら、あの窓が私の部屋」

と、足を止めて、指さす。

そんなことを教えてもらっても相手は面白くもあるまいが。

「長い坂だね。何という名前？」

「この坂？〈人恋坂〉」

「へえ。ロマンチックだな。ここを通ると恋でもするの」

「そうじゃないわ」

と、笑って、郁子は名前の由来を教えてやった。

「——君はやさしいな」

ちょっと唐突に聞こえて、

「どうして？」

「兄さんに気をつかって。——聞いてて、良く分ったよ」

「変なこと聞かれちゃって」

と、少し頰を染め、「母がお嫁さんのこと、気に入ってないの。それで……」

「分る。どこだって、そういうことはあるさ」

と、則行は足下に目を落としながら、「でも、やさしそうなお母さんじゃないか」

郁子は戸惑った。否定するのもおかしなものだが、ええ、と言うのもなぜかはばかられる。

一つ年上のこの少年が、何か鉛のように重いものを吞み込んでいることを、郁子は敏感に感じていた。

無言になって、二人は坂の下の方まで下りて来た。――妙な気分だった。郁子は、あれこれしゃべっているときは何ともなかったのに、こうして黙っていると「何か話さなくちゃ」という気持にせかされて、それでも何を言っていいのか分らず――ついさっき会ったばかりなのだから当然だが――ただ気持ばかりが胸の辺りにひしめいて熱でも発している、という具合だった。

今日の坂はいやに長くも短くも感じられた。早く下まで着いてほしいと思いながら、下へ着いたら、何だかもう話ができないような気がしていたのである。

「――あ」

妙な所で、妙なことを思い出すもので、「いけない！」

「どうかした？」

と、則行が顔を向ける、

「お財布が……。バッグ、違うの持って来ちゃった。これじゃ、バスにも乗れないわ」

と、小さく舌を出す。

「何だ。貸してあげるよ、バス代くらいなら」

「いいえ。何かお菓子くらい買ってってあげようと思ってたから。一旦(いったん)戻るわ。坂を上るだけだから」

「大変だね」

「慣れてるの、ここを上り下りするのは」

と、郁子は笑って、「ドジだなあ。こんな風だから、いつまでたっても……」

もう、坂を下り切った所である。

「じゃ、ここで。──ありがとうございました」

と、郁子はピョコンと頭を下げた。

「こっちこそ──。また……会いたいね」

そう言って、少し照れたのか、「それじゃ！」

と、則行は小走りに行ってしまった。

郁子は何となくホッとした気分で、というのも、もし駅までずっと一緒だったら、途中何を話していようかと悩みそうでもあったからだ。

また会いたいね。──十七歳の男の子が社交辞令でもあるまい。

少し遠くまで行って、則行が振り返り、手を振った。郁子も手を振り返して、

「気を付けて……」

などと、聞こえるはずもないのに呟(つぶや)いていた。

郁子は、坂道を上り始めた。

何だかいやに足どりは軽くて、いつもよりずっと早く上って行く。

きっと母が笑うだろう。いや、笑ってくれれば、それはそれで郁子のドジも少しは役に立ったというものだが……。

相沢先生のお宅も、あの則行の口ぶりでは色々あるらしい。——もちろん、あって当然なのだろうが、特に病人がいると家庭の中は何かと大変である。

郁子の家に、もし和代を雇うほどの余裕がなかったとしたら、寝たきりの裕美子と、赤ん坊の郁子を早苗がみることは、とてもできなかったに違いない。もともと早苗は丈夫ではないし……。

タッタッ。——小気味よく路面を踏んで上って行く郁子は、何か黒い汚れが同じくらいの間隔を置いて路面に残っていることに気付いた。

何だろう？　泥ではあるまい。別にこのところ雨もないし、水たまりらしいものも見当らなかった。

この跡は——たぶん、あの相沢則行の足跡だ。たった今下りて行ったのだから、道のどの辺を通っていたかも憶えている。

坂を上って行くと、路面に規則正しく印された汚れは少しずつはっきりと、わずかずつではあるが、大きくなって来た。

上りながら、郁子の目はひたすらその「汚れ」に引き寄せられていた。——一歩、また一歩と上って行くにつれ、郁子の顔は厳しさを増し、心臓は次第に早く打ち始めた。

まさか。——どうしてそんなことが？

しかし、やがてそれは疑いようのない事実になった。

間違いない。でも、なぜ？

郁子は足を止めた。——だが、そこから足跡は始まっていた。そして、第一歩はくっきりと靴の形を描き、その色さえも……。

郁子はかがみこむと、手を伸し、指先でそっと黒ずんだその跡に触れてみた。

郁子は自分の指先を見て青ざめた。——指先は汚れていた。血の、生々しい赤が、指を濡らしていた。

「お姉ちゃん……。どうしたの？　どうしてこんなことが……」

呟くと、郁子は周囲へ目をやった。誰かに見られているような気がした。

「お姉ちゃんなの？」

郁子は不安になって、口に出してみた。

むろん返事はなかったが、郁子には分っていた。どこかから裕美子がじっと自分を見つめているということが。

ふと日がかげった。

まるで、突然夜になったようで、郁子はドキッとした。坂だけが影に包まれたかのようで、しかし、それは長くは続かなかった。

すぐに坂に日が射し、郁子はホッとした。大方雲が通って日を遮ったのだろう。

そして、郁子は再び足下に目を落として、立ちすくんだ。

あの足跡が、消えていた。下へずっと続いていたのが、すべて跡形もなく消えていたのである。自分の指を見ると、やはり血の汚れなど幻だったかのように、きれいになっていた。

そして——郁子には分かった。

裕美子の気持が、分ったのである。


「あら、郁子ちゃん」

振り返る前に、それが誰だか分っていた。

「今日は、叔母さん」

それにしても意外だった。——どうして柳田靖江がこんなに早く病院へやって来たのだろう？

「珍しい所で会うわね」

と、靖江は言って、ふと真顔になり、「ちょっと。——ちょっと」

と、郁子を引張るようにして病院の廊下の奥へと連れて行く。

「叔母さん……」

郁子は面食らっている。「どうしたんですか？」

「どうした、じゃないわよ」

ソファのある一角へ来て、二人して座ると、「――ね、お母さんには黙っててあげるから、話してごらんなさい」

「――え？」

郁子は、一旦家へ戻ってから出直して、圭介と沙織の赤ちゃんの顔を見に来たところである。

大きな総合病院で、迷子になりかけたものの、やっと産婦人科の病室を見付けてホッとしたところだった。

「叔母さん、何のこと？」

と、郁子は言った。

「ごまかしてもだめ！ 見付かっちゃったんだから、諦めなさい。この前の誕生日祝いの席で貧血起こして倒れたり、おかしいと思ってたのよ。でもまさか……。あんた十六になったばかりじゃないの」

「はあ……」

「正直におっしゃい。誰なの、相手？」

と、声をひそめる。

「相手って……」

「お腹の子の父親よ。どうせニキビの消えてない男の子なんでしょ」

郁子は啞然とし、それからやっと靖江の言うところを理解した。〈産婦人科〉へやって来た郁子を見て、早とちりに結論を出したのだ。

「ひどいわ、叔母さん！　勘違いよ、そんな！」

「じゃ、どうしてこんな所へ来たの？」

「叔母さん、知らないんだ。沙織さんが赤ちゃん産んだの」

今度は、靖江の方が目をパチクリさせている。郁子の説明で、やっと了解すると、

「何だ！　叔母さん、びっくりしちゃったわよ」

と、笑い出す。

「こっちだわ、びっくりしたのは」

「ごめんごめん！」

と、手を合せたりして、郁子も笑ってしまう。

「じゃ、叔母さんはどうしてここに？」

「亭主がここに入院してるの」

「あら」

入院していること自体、初耳だった。何しろ、この叔母の前では、昼間の月のごとく影

「ちょっと！　それじゃ、後を尾けてたの？　叔父さんが産婦人科に入院してるわけないもの」

「見舞って、帰ろうと思ったら、郁子ちゃんがいるじゃない。びっくりして――」

が薄い人なのである。

「ああ。――まあ、そうね」

と、涼しい顔で、「で、赤ちゃん、どっちだって？」

「すぐごまかす。得意なんだから」

と、郁子はにらんだ。「女の子。一緒に見に行く？」

「はいはい。それで勘弁してもらいましょ」

「変なの」

と、郁子は苦笑した。

廊下を歩き出して、

「でも、郁子ちゃん、あの後は大丈夫？」

「え？　ああ、貧血のこと？　あれからはないわ」

「夏、暑かったものね」

「お母さんの方が参ってる」

「そうか。寝込んでたのね。忘れてた。ごめんなさい」

「もう起きてるけど……。今日やっと買物に出たの」

「色々あるからね、ストレスもたまるわ」

と、靖江は小さく首を振って、「笹倉先生じゃないけど、無理して坂を上ろうとして死んじゃうなんてこともあるわ。くれぐれも無理させないで」

「ええ……」

と、郁子は、ちょっと目をそらす。

「大変だったわね、あのときも。朝まで見付からなくて、大騒ぎで……」

「あ、お兄さん」

圭介が廊下をやって来るのが見えて、郁子は手を振った。

「——やあ！　ありがとう、来てくれて。叔母さんも？」

と、圭介がびっくりしている。

郁子が口を開く前に、

「ちょうどお宅へ電話したら、教えてくれてね。郁子ちゃんとここで待ち合せたの」

と、靖江は澄まして出まかせを言っている。

郁子は呆(あき)れて、怒るより感心してしまう。

「わざわざすみません。今、沙織は授乳室にいます。ガラス越しですが、赤ん坊は見ていただけますよ」

圭介は、いつになく声も弾んで、嬉しそうだった。郁子は、こんな兄を初めて見たような気がした。

案内されて、広い窓のある部屋の前で足を止め、

「待ってて下さい」

と、圭介が入って行く。

「――人並みにパパしてる」

と、郁子が言うと、

「そんなもんよ」

靖江は分ったような口をきいた。

窓の向うに、圭介が少し危なっかしい手つきで赤ん坊を抱いて現われた。沙織がガウン姿でついて来ている。少し疲れている表情だが、笑みは満ち足りたものだ。

郁子は手を振って見せた。

圭介が得意げに赤ん坊をガラス窓へ近付けて、郁子たちの方へ顔を向けた。

ふっと、何かある衝撃が郁子の胸を突いた。

それは、間違いなく自分と血のつながりを持った新しい生命がそこにあるということでもあり、同時に、一人の赤ん坊としていかにも「生れて来て良かった！」という表情を浮かべているのが驚きだったからでもある。

ともかく、その従妹に対して、郁子はある種の感動を覚えたのだった。

頑張って。――いつしか、郁子は赤ん坊へそう呼びかけようとしていた。

頑張って！　しっかり生きて行ってね。

赤ん坊は、郁子の心の声が聞こえたかのようで、圭介の手の中で小さな手を振ってくれた。郁子は思わず笑って、

「ちゃんと人間らしい顔してる！」

と、兄が聞いたら怒りそうなことを言った。

「ね、叔母(おば)さん、お兄さんに似てるかな」

と振り向き――。

靖江はハッと我に返ったように、

「そうね。似てるんじゃないかしら」

と早口に言うと、「じゃ、郁子ちゃん。私、ちょっと事務へ寄ってかなきゃいけないの。またね」

「はい……」

何だろ？　兄たちへ窓越しに会釈して見せ、そそくさと行ってしまう靖江を見送って、郁子は首をかしげた。

　少しすると、圭介が廊下へ出て来た。

「叔母さん、どうしたんだ？」

「さあ……。何か事務に寄るって」

「そうか。忙しい人だな」

圭介は、気付いていない様子だった。しかし、郁子は見ていたのだ。

赤ん坊を見た靖江が、なぜか青ざめ、そして逃げるように立ち去ったのを。

2　歌声

「いいお天気ね」

と、女はコーンに入ったソフトクリームをなめながら言った。

それは、あまりに平凡なセリフだと梶原には思えた。——そうだろう。こんな日には、もう少し特別な言葉が似合いそうなものだ。

「——少し座ろうか」

と、梶原は言った。「何か食べるかい?」

「まだお腹は空いてないわ」

女はそう言って、「でも、日に焼けそう。日かげに入りたい」

と、まぶしげに空を仰ぐ。

「じゃ、そこへ入ろう。コーヒーでも飲むさ」

二人は、遊園地のあちこちにある休憩所の一つに入って、空いた椅子に腰をおろした。

「待っててくれ」

ここは、ただ飲物の自動販売機が並んでいるだけだ。梶原は立って行って、アイスコーヒーの缶を手に戻って来た。

「今日は休みなの？」

と、女が訊く。

「ああ。——休みを取ったのさ。休める日を待ってたら停年になっちまう」

と、梶原は言って、缶コーヒーを空け、一気に半分ほど飲んだ。

「喉がかわいてるの？」

「ああ。——糖尿病かな。その気があるんだ、以前から」

「大丈夫？　ひどくなると、あっちの方がだめになるって言うじゃない」

「今日はだめじゃなかったろ？」

「そうね。今日はよく頑張った」

と、女は声を上げて笑う。「ホテル代だけで勘弁してくれってわけ？」

梶原の顔が少し歪んだ。

「——図星ね」

「ボーナスの時期でもない。月給からひねり出すのは大変なんだ」

と、梶原は女の方をうかがうように見て、「少し待ってくれ。——な？」

「大方そんなことだと思ったわ」

女はパリッとコーンをかじった。

梶原は、缶の表面の露で濡れた指先をズボンで拭いて、

「女房もおかしいと思い始めてる。——給与明細を見せろと言われりゃ、それまでだ。ばれたら色々厄介だよ。そうだろ?」

女は冷ややかな目になって、

「そんなの、私の知ったこっちゃないわ。取引きですもの。これは。都合をつけるのはあんたの仕事。私が事情をいちいち考えてたら、取引きなんて成立しないでしょ」

梶原の表情がこわばる。

重苦しい沈黙があって、やがて女が弾けるように笑った。

「そう深刻な顔しないで。——いいわ。待ってあげるわよ」

「すまん」

と、梶原はひきつったような笑みを浮かべた。

「でも、暮のボーナスまでなんて言わないでね」

「ああ、それまでには必ず何とかする」

「当てにしてるわ。ちょっと欲しいバッグがあってね」

女は、コーンも全部食べてしまうと、指先にべとついたクリームをハンカチで拭いた。

「——それにしても、遊園地なんて久しぶりだわ」

二人は外へ出た。

「平日でも、結構お客が入ってるものなのね」

「ああ、あんまり空いてる遊園地ってのも寂しいじゃないか」

「それもそうね。——でも、どうしてこんな所に?」

「たまにゃ気分を変えようと思ってさ。何か乗ってみないか」

「変な人!」

と、女は笑った。

とりあえず、こんな爽やかな空の下、ぶらぶらと歩き出した。

「——ここんとこ、先生はどうだい」

と、梶原は言った。

「どうって? お元気よ」

「そうじゃなくて……。あの女——何てったっけ」

「江口愛子? よく心得てるわ。お年寄りを喜ばす手を」

「じゃ——やっぱり先生と?」

「ロンドンからよ、それは」

と、和代は言った。

「初めから?」

「だから、戻ったとき、圭介さんたちにやさしかったんじゃない。自分に女がいるんだから、息子に厳しくするのはさすがに気が咎めたのよ」

「なるほど。そういうことか、あの心変りは」

と、梶原は肯いた。「じゃ、奥さんが寝込んだのもそのせい？」

「もともと暑さには弱い方だから。でも、無関係じゃないわよ、当然」

「そうだろうな」

「でもあの女――江口愛子って、したたかよ。もし奥様に何かあれば、後釜に入り込むでしょうね」

「そこまで先生が？」

「十中八、九ね」

和代は息をついて、「――こんな所で遊んでくの？　私、買物にでも行くわ」

と、足を止める。

「せっかく来たんだぜ。何か乗って行こう」

「私、ああいうの、苦手」

和代は、地鳴りのような音をたてて駆け抜けるジェットコースターから、風に乗って聞こえてくる悲鳴とも歓声ともつかない甲高い声に、顔をしかめた。

「じゃ、これがいい」

と、梶原はどぎつい看板を見上げて、「〈ホラーの館〉か。昔は〈お化け屋敷〉っていったもんだけどな」

「やめてよ」

と、和代は情けない顔になって、「私、怖いものってだめなの。お化けとか、全然だめ」

そう聞いたとき、梶原は心の底から笑い出しそうになった。

言ってくれるよ。お前こそ化け物のくせに！　人の生血をすすって平気で口を拭ってる怪物じゃないか！

危うく口から本当にその言葉が飛び出しそうで、梶原けあわてて抑えた。

「じゃあ……。〈世界一周〉にしよう。あれなら怖くない」

「〈世界一周〉？――へえ」

和代は半信半疑という表情で、その建物を見上げた。

日曜日や祭日には〈何十分待ち〉の表示が出るのだろうが、今日はほんの七、八人が並んでいるだけだった。

係の男も欠伸しながら、

「はい、どうぞ」

と、ボートが来ると、ろくに見もせずに客の好きなようにさせている。

「ボートが勝手に動いて、世界の名所のミニチュアを回るのさ」

と、梶原は言った。「さ、前の列に乗ろうよ」

だった。

ので、ボートの前の列に二人が乗ると、次のグループは別のボートを待つことにしたよう

二人ずつ三列しか席がなく、ボート一隻に六人である。しかし、詰めて乗る必要もない

和代はボートが揺れて、尻もちをつくようにして席についた。

「揺れる！――キャッ！」

「――お一人ですか？　じゃ、これにどうぞ」

係の男の声がして、一人の客が梶原たちのボートに乗って来た。二列目に一人で、その

女は座った。サングラスをかけて、無表情な口もとをキュッと結んでいる。

「――一人で来てるのかしら」

と、和代がそっと囁く。

「しっ。聞こえるよ」

ボートが動き出す。

水路は暗いトンネルの中へ入って行った。

「いやだ……怖いじゃないの」

と、和代が文句を言う。

「すぐ明るくなるさ」

ボートが暗がりの中を進んで行く。水のはねる音がかすかに聞こえて、やがて歌声が響

いて来た。

「フォスターね。〈草競馬〉だっけ?」

視界が広がると、天井の高い空間に、アメリカの大平原が展開し、精巧な列車のミニチュアが走り、蒸気船がミシシッピーをゆっくりと下って行く。にぎやかなバンジョーの音。ヴァイオリンがキイキイと鳴って、西武開拓民の踊りが、ほとんど実物大の人形でショーになっていた。

「よく、あんなに動くわね」

和代は、ついさっきの文句は忘れてしまった様子で、面白そうに眺めている。

ボートは、パリのセーヌ河畔へ出たかと思うと、ヴェニスのゴンドラとすれ違った。

「——〈旅情〉を思い出すわ」

と、和代はしみじみと言った。「知ってる? ハイミスのアメリカ女性がヴェニスにやって来て、イタリア男と恋に落ちる。——でも儚い夢なの」

少し間があって、

「君は、どうして独りなんだ」

と、梶原は訊いた。

「好きで独りでいるわけじゃないわ。機会もないし……。もう三十六よ」

和代は肩をすくめて、「お金を貯めて、好きなことをして……。でも、子供の一人でもいたら、って思うわね。——あんたは私のこと、鬼だと思ってるだろうけど」

二人はちょっと笑った。

アラビアの砂漠をラクダが行く。——和代は、じっとその光景を見ていた。

「〈月の砂漠〉か……。私、こうやって〈世界一周〉して……。偽物の世界一周で終るのかしらね。——でも、たいていの女はそうよね。ここで夢を見て、外へ出たら、現実が待ってるんだわ」

和代は、天井に映し出された星空に見とれている。

「いつか……こんな星空を見たいわ。作りものじゃなくて、本物の星空を」

——ボートは更に東洋を回り、出口へ続く暗いトンネルへと、滑り込んで行った。

「もうおしまいね？——結構楽しかった」

和代の声には、暖かいものがあった。

「おしまいだ」

と、梶原は言った。

後ろの席の真子が、細い紐を和代の首へかけた。和代がハッとのけぞる。

「あなた！　押えて！」

と、真子が言った。

梶原は和代にのしかかるようにして、手足を押えつける。真子が紐を固く固く引き絞った。和代の体がガクガク震え、梶原はともすれば凄い力で弾き飛ばされそうになった。

「急げ！」

と、梶原が言った。「出口だ」

突然、和代の体から力が抜けた。

「──やったわ」

と、真子が言った。「早く水の中へ」

梶原は、和代の両足をかかえ上げると、ボートの外へ何とか押し出した。

ザブッと波が立って、ボートが揺れる。

「──大丈夫よ」

と、真子は言った。「ちゃんと座って！」

「ああ……」

梶原は汗をかいていた。

ボートが明るい場所へ出た。

ボートが停り、梶原は降りたが、一瞬膝に力が入らず、よろけた。

「大丈夫ですか？」

降ろす係の男に言われて、

「ああ、何ともない」

と、足早に歩き出す。

「落ちついて！」

真子が追いついて来て言った。「普通に歩くのよ！」

「普通だって？　どんなのが普通だっけ？　忘れちまった」

「真青になって！　顔を洗ってらっしゃい」

と、真子は夫を押しやった。

「由紀子は？」

「あそこよ。連れて来るわ」

真子は、娘を置いて来たベンチへと急いだ。——大丈夫。ちゃんと座っている。

「あら、眠っちゃったのね」

六歳になる由紀子は、一人ベンチで気持良さそうに眠り込んでいた。

「由紀ちゃん。ごめんね」

と、真子が軽く肩を揺すると、由紀子は目を開き、大きな欠伸をした。

「もう、ご用はすんだの？」

と、目をこすりながら訊く。

「ええ、すんだわ」

「じゃ、アイスがほしい」

「いいわよ。手で持つやつ？」

由紀子はたちまちご機嫌になって、ママと手をつないで歩き出した。

「ウン！」

「──パパは？」

「お手々を洗ってるわ。──ほら来た」

梶原は、ハンカチで手を拭きながら戻って来ると、

「もう帰るか」

「あら。せっかく来たのに？　これから由紀ちゃん、アイスを食べるんですって。ね？」

「パパも食べない？」

梶原は、さっき和代がコーンに入ったソフトクリームをなめていたのを思い出した。

「いや、パパはいらない」

「それじゃママと二人で食べましょ。ね、由紀ちゃん」

「うん」

梶原は、手をつないで軽やかに行く妻と娘を見送って、深々と息をついた。

──和代を殺した。人殺しをしたのだ。

梶原は怖かった。一刻も早くここから出て行きたかった。

当然、和代の死体はじきに見付かるだろう。警察もやってくる。それまでにここを出て

いたい。

しかし、真子は全く何ごともなかったかのように、由紀子と手をつないで歩いている。

――アイスクリームだって！

梶原は、重い足どりで妻と娘の後をついて行った。

いくつも売店があるというのに、よりによって、真子たちは和代がソフトクリームを買った所に足を向けていた。

「――由紀ちゃん、何がいい？」

「ソフトクリーム」

「じゃあ、ママはチョコレート。――ソフトとチョコね」

「はい」

ベレー帽のような赤い帽子をかぶって、コーンにサーバーでクリームを入れているのは、さっきの和代のときと同じ女の子である。

梶原はその子から見えないように、わきへそれて立っていた。

「あなた。――何をすねてるの、そんな所で？」

と、真子がクリームをなめながらやって来る。

「おい……。あそこの子は俺と和代を見てるんだぞ」

「知ってるわよ。だからどうだっていうの？」

「もし、警察にでも訊かれて――」

「しっ！」

真子は厳しい目で夫をにらんで、無心にソフトクリームをなめている由紀子の方へチラッと目をやってから、「由紀の前で、『警察』なんて言わないで」

と、抑えた声音が一段と怖い。

「ああ……。怖くないのか、お前」

「怖いのは、あなたが自首でもするんじゃないかってことの方ね」

梶原は、改めて真子を眺め、

「お前も変ったな」

「あなたが変えたの。間違えないで」

と、真子は言い返した。「私はね、後悔なんて決してしないわよ。あなたと由紀と……。私たち三人の生活を守るためにやったんですものね。間違ったことをしたんじゃないわ」

梶原は、あのボートで和代がふと心の弱味を覗かせて話していたことを思い出した。もちろん、和代を憎んでいた。しかし、和代は誰を憎んでいたのか。いや、誰か、和代を愛してくれる人間はいたのだろうか。

今になって――和代がこの世の者でなくなってから、梶原は初めて和代がどんな女だったのかと考えていた。

「──見て」

と、真子がそっと視線を遠くへ送る。

あわてた様子で駆けて行くのは、確かさっきボートに乗る案内をしていた男だ。

「見付けたな。もう出よう」

「今、あわてて出て行ってごらんなさい。それこそ誰かに顔を憶えられるわ」

「しかしあの男が──」

「あんな薄暗い所で、しかも欠伸しながらやってたのに、誰があの女と一緒に乗ったかなんて、憶えてるわけないじゃないの」

真子は事もなげに言った。「由紀ちゃん、もう食べた?」

「もう少し」

「あらあら。お口の周りが真っ白」

と、真子は笑って、「食べたら、きれいに洗いましょ」

「お馬さんに乗りたい」

「はいはい。でも、お馬さんもお手々がベタベタの子はいやだって。──あそこに行って、手を洗わせてもらいましょ」

コーンの残りを、名残惜しげにかじっている由紀子を促し、真子はレストランの方へ歩き出した。

梶原は、仕方なくその後について行った。

レストランに入ると、由紀子は「お馬さん」のことは忘れて、

「お腹空いた」

と言い出した。

「ハンバーガーを見付けたのね」

と、真子は笑って、「お昼、ほとんど食べてないし、食べに行きましょうか」

由紀子がパチパチと拍手をする。

梶原は諦めの気分で、テーブルについた。

真子は由紀子の手を洗ってやり、テーブルへやって来た。

「じゃ、ママは何を食べようかな」

と、のんびりメニューを眺める真子は、以前の真子とは別人のようだ。

夫の弱味を知り、それを自分の手で解決してやったことで、真子は「妻の座」に自信を持ったのだろう。

だから、梶原が和代にゆすられ続けていたと告白したときも、意外なほど真子は冷静で、怒りを見せなかった。

「――あなたも食べて」

「俺は……」

「ちゃんと食べて」

「分ったよ」

オーダーをすませ、水をガブ飲みしていると、かすかにサイレンが聞こえた。

「――何でもないわよ」

と、真子が穏やかに言った。

「分ってる」

「じゃ、普通にしてて」

真子は由紀子が紙のランチョンマットにボールペンでいたずらがきしているのを見ながら言った。「あなたが、もし自首するなんて言い出したら――。上手ね、由紀ちゃん。それ、何？」

「ハンバーガー」

「あ、そうか」

と笑って、「――私、あなたを殺すわよ」

サイレンは次第に近くなっていたが、梶原の耳には、まるで遠ざかっていくかのようにも聞こえていた……。

3 平　和

「あいにくだな」

と、則行が言うと、

「ちっとも」

郁子は、膝の上の包みをガサゴソと開けた。

「弁当か」

「おにぎり、作って来たの。形は良くないけど、そう味は悪くないと思うわ」

と、郁子は予め断って笑った。「私と同じ!」

相沢則行は、笑いながらおにぎりを一つつかんで、一口で半分近くも頰ばってしまった。

「そんな食べ方!――ほら、むせて!」

則行が目をむいて、苦しそうに喉を押える。郁子はあわてて水筒を取ると、

「ほら、お茶飲んで!　ね、早く、これ――」

急いで蓋にお茶を注いで渡そうとする。

と、則行はケロッとしていて、

「うまいぞ、おにぎり」

と言った。

「――もう！」

「ハハ、びっくりさせたのさ」

「頭からお茶かけてやろうか？」

「やめてくれ！　ごめん！」

大げさに両手で頭をかばう仕草に、郁子もつい笑ってしまう。

「あなたって結構ひょうきんなのね」

「でなきゃ、やってけるかい」

「あら、大人びたこと言って」

「大人だ」

「一つしか違わないくせに」

と、郁子が言い返し、「わあ、凄い降りだ」

――雨は一段とひどくなった。

二人はほとんど目の高さの位置に、雨が煙のようにたなびいている地面を見ていた。

無人の野球場。

日曜日の午後、郁子は相沢則行に野球部の試合を見に行こうと誘われていた。

朝からどんより曇っていたのだが、早く起き出した郁子は、ゆうべタイマーをかけておいた、炊きたてのご飯でおにぎりを作った。

待ち合せた駅までは良かったのだが、電車に乗っている内、雨が降り出して、この貸グラウンドにやって来たものの、〈本日中止〉の貼紙(はりがみ)一枚、人っ子一人いないという当然の状況が待っていたのである。

「せっかくだもの、どこかで食べよう」

と言う郁子に、それならと、このベンチへ入っての昼食となった。

奥の方に座っているので、さすがに雨も降り込んで来ないが、それでもとても出て行く気にはなれない降りだった。

「――この前も、ひどく雨の降った日があったな」

と、則行が言った。

もう二つめのおにぎりを食べている。

「うん。――和代さんのお葬式の日」

「ああ、遊園地で殺された――。犯人、捕まってないんだろ?」

「まだよ」

と、郁子は言って、自分もお茶を一口飲んだ。「――お願い。その話はやめよう」

「うん。何を話そうか」

「何も。何も話さなくていい。おにぎり、食べて」

「お安いご用だ」

　と、則行は笑った。

　雨が、今の二人にとっては都合のいいBGMになっていたかもしれなかった。何も音がないわけでなく、それでいて注意をひかれる音楽も言葉もなく、ただ途切れることなく聞こえている雨の音は、柔らかい音の絨毯（じゅうたん）のようにぼんやりと広がって、他のすべての物音を消している。

　黙って、おにぎりを頬ばり、お茶を飲む則行を眺めていると、郁子は今彼がこの身近に、手をのばせば届く間近に生きていることを、心から感謝したいと思った。

　則行が一言、

「君も食べろ」

　と言った。

「うん」

　我ながらおいしい、というのは気のせいか。

　このまま、何時間でも過していられそうな気がした。いつまでも、夕方が来なければいいのに……。

　――でも、実際にはたぶん、ほんの十五分くらいのものだったろう。おにぎりが全部なくなるまでに、何時間も要したわけがない。何十個もあったわけではないのだから。

「旨かった」

と、まだ最後の一口を頰ばって、則行が言った。「手を洗うか」

「待って」

おにぎりを入れて来たタッパーウエアの中から、ウェットティシュを取り出す。「これで指を拭いて」

「手回しいいんだな」

「これくらい……。私だって気が付くわよ」

「誰かに──」

「え?」

「いや……。他の誰かにも、おにぎり作ってやったことと、あるのかなと思ってさ。やっぱり、指を拭くように用意して」

と、則行は何となく目をそらして、「別にいいんだぜ。だからどうっていうんじゃないけどな」

「もしあったら?」

「だから──あったっていいって言ってるじゃないか」

「私、十六よ。男の子と付合ったことなんかないもの」

「そうか……。俺も……」

「お父さんが先生だと、やっぱりうるさい？」

「先生ったって、普通の男さ」

則行の声に突然苦い調子が混って、郁子はびっくりした。

「先生が——」

と言いかけ、「ごめん。そういうことは忘れようね、今は」

「うん」

則行は微笑んだ。

「いい笑顔だね」

「そうか？　そんなこと言われたことないぜ」

「照れてる！　こら！」

手を伸すと、郁子は則行の髪に指を入れてクシャクシャッとかき回した。

「何すんだよ！」

と、言いながら則行も怒ってはいない。

「可愛いよ、そういう頭にすると」

「男捕まえて『可愛い』はよせって」

「だって、可愛いんだもん」

「お前の髪もやってやる」

「だめだめ！　やめて！」

と首をすぼめる郁子に、則行の手は郁子の頭にかかったまま止って……。

二人がふと黙って目を見かわす。ほんの数秒。

そして、わずかに則行の手に力がこもると、郁子は滑るように近付いて、唇に唇を受けた。

雨の音が一瞬遠のく気配。瞼が震えながら閉じたが、じきに唇は離れて瞼も上り、ほとんど瞬きと変りない。

「──初めてか」

「分る？」

「分らないから訊いてるんだろ」

「じゃ、もう一度」

唇が再び重なって、今度は互いの息の暖かさを感じるゆとりもあった。

郁子は身をひいて息を吐くと、

「──今のは初めてじゃない」

と言って笑った。

「変な奴だな、お前」

郁子はもう一度唇を自分から触れていくと、深く息をついて、則行の肩に頭をもたせかけた。

「やっぱり変だ」

「賞められたと思ってる」

「変な奴って言ったんだぜ」

「ありがとう」

「――雨で良かった」

と、郁子は言った。「晴れてたら、こんなこと、できないものね」

そうしたら、一度もキスなんかしないままで終ってしまったかもしれない。

生きていくことって、偶然の重なりなのだろうか。

「――寒くないか」

則行が郁子の肩を抱く。

互いのぬくもりが通い合う。それは郁子の体の奥深くしみ通っていくようだった。

「寒くない……」

郁子は目を閉じて、則行の胸に身をよじってもたれていった。「あったかい……。もっとあったかくして……。則行……」

則行の腕の中にすっぽりと抱かれて、郁子は休日の朝に目覚めて、まだゆっくり二度寝できると分ったときのような、言い知れぬ心地良さに包まれていた。

「——ただいま」

郁子には、玄関を上りながら、何か起ったのだと分っていた。

インターホンで呼んでも誰も答えてくれず、自分で鍵をあけて入って来たのである。

それでも一応は「ただいま」と言ってみたが、やはり誰も応じてはくれない。

「どうしたんだろ……」

郁子は、呟きながら、ともかく靴下が濡れてしまったので、とりあえずお風呂場で脱ぎ、足をタオルで拭いてから二階の部屋へ上って行った。

まるで則行に体重を吸い取られたかのように、まだ体が軽い。息も乱れず、タッタッと階段を上って——。

ドアを開けると、窓辺に彼女はいた。

「——また雨ね」

郁子の方を見ないで、裕美子は言った。

「お姉ちゃん……」

郁子は、突然夢から覚めたような気持で、「私……」

「分ってるわ」

と、裕美子は言った。「心配することはないわよ。みんな病院」

「病院？——何かあったの？」

「柳田の叔父さんが危篤なのよ」

靖江の夫である。そんなに悪いとは思っていなかった。

「じゃあ……行った方がいいね」

「居間のテーブルに、お母さんのメモがあるわ」

「分った」

郁子は、ともかく着替えることにした。

「郁子」

「うん？」

「男は男よ」

郁子の手が止った。裕美子はゆっくりと振り向いた。

「傷つくのはあなたよ」

「彼は……いい人よ。みんながみんな、同じようじゃないわ」

「今に分るわ」

裕美子は、少し寂しげな目で郁子を見つめていた。

「私……着替えて病院へ行くね。どれくらい前にお母さんたち……」

「一時間くらいでしょ。まだ間に合うわ、きっと」

「そう」

「郁子。——どうして私の目を見ないの?」

「別に……。着替えてるだけよ」

「彼に抱かれて、気持良かった?」

郁子が顔をサッと赤く染めた。

「お姉ちゃん……。私だって十六よ。男の子と付合ったって、いいでしょ」

一気に言って、郁子はゾッとした。裕美子に向って、こんな口をきいたのは、初めてだった。

裕美子が、則行と郁子の付合いを快く思っていないことは分っていた。しかし——郁子も「自分」を持っているのだ。裕美子の気持は痛いほど分りながら、則行との心の休まる時間を捨てることはできなかった。

「郁子——」

と、裕美子が言いかけたとき、電話の鳴るのが聞こえて、郁子は急いで廊下へ出て取った。

「——はい。——あ、お母さん」

「メモ、見た?」

と、少し抑えた声で早苗は言った。「柳田さんが危いの。すぐ来られる?」

「うん。今、着替えてたところ」

「じゃ、待ってるわ。病室は……何号だったかしら」

「訊くからいい。すぐ出るわ」

と、郁子は言って、電話を切った。

部屋へ戻ると、もう裕美子の姿は消えていた。——少し胸が痛んだが、今は早く仕度して出かけることだけを考えることにした。

それでいて、部屋を出るとき、郁子は一旦振り向いて、そこに裕美子がいないことで落胆していた。

階段を下りる。タクシーで行こうか。いや、むしろバスと電車の方が確かだ。

雨の中へ、傘を広げて郁子は出て行った。

何だか、ドラマチックな場面に来合せてしまった。

郁子は、病院の廊下を急いで、やっと柳田の叔父の病室を見付けたところで足を止めた。

ちょうどドアが開いて、母が叔母を抱きかかえるようにして出て来る。

郁子は一瞬立ちすくんだ。——何ごとがあったのか、と思った。

しかし、考えてみれば「起ること」は分り切っていたのである。郁子が当惑したのは、叔母が肩を震わせて泣いていたからだった。

「あ、郁子、来たの」

と、早苗が言った。「今、柳田さん……」

そうか。――亡くなったのか。

「お別れしといで」

「はい」

郁子は、叔母に何か言おうか、せめて頭だけでも下げようかと思ったが、向うは全く郁子が来たことにも気が付いていないのである。

病室の中へ入ると、たった今、臨終を迎えたらしい。まだ医師が看護婦に何か言って書き取らせており、傍では若い看護婦が静かに、しかし手早く酸素吸入器や、心拍を見るオシロスコープを片付けていた。

ベッドの前には、父と兄が立っていた。

「お前か」

と、圭介が郁子を見て、「静かに逝ったよ」

「そうだな」

と、父、隆介がポツリと言った。「こういう風に死にたいもんだ」

郁子はギクリとした。父がそんなことを言うのを、初めて聞くような気がした。

――意外なことだった。

あんなにも「忘れられた存在」だった叔父が、死によってこんなにも周囲を厳粛な気持にさせるとは。

叔母があんなに泣き崩れていたのも驚きだったが、すでに息をしなくなった叔父を見る父の目に、一種恐れにも似た身近な何かを覚えているらしい様子を見てとって、郁子は驚いたのである。

「後のことについては……」

と、半ば髪の白くなった医師が言いかけると、ドアが開いて、

「失礼いたします」

と、江口愛子が入って来た。「遅れまして。――お悔み申し上げます」

「うん」

隆介は、小さく肯くと、「靖江は今、少し取り乱している。君、細かいことをやっといてくれるか」

「かしこまりました」

「先生、この江口君が承ります」

と、隆介は医師に言った。

「分りました。では、こちらへ」

江口愛子は医師へついて行こうとして、ふと隆介の方へ戻ってくると、

「対談は来週に延期してもらいました」

と言った。

「——ああ、そうか。ありがとう」

郁子は、ベッドのわきに立って叔父の穏やかな死顔を見ていたが、チラッと父の方へ視線をやって、江口愛子が一瞬父の右手を両手で包むように握りしめ、黙って軽く揺するのを見た。

江口愛子が出て行くと、隆介は大きく息をついて、

「圭介」

「うん」

「後を頼む。靖江が少し落ちついたら、相談してくれ。具体的な手配は江口君がする」

「いいよ。——父さんは？」

「少し疲れた。先に帰って休む」

「分った。母さんにも言っとく」

「うむ……。会えば自分で言うがな」

隆介は病室を出て行った。

看護婦もいなくなり、圭介と郁子が残ることになった。

「――出るか」

と、圭介が言った。「沙織にも知らせてやらないとな」

沙織は、早百合（そういう名になった）を連れて故郷へ戻っている。隆介の気が変ったせいで、圭介たちも家に同居することになっていた。

「でも、すぐには出て来られないでしょ」

「そうだな。ま、俺がいるからいいか」

「――お兄さん」

「何だ」

「お父さん、何がショックなんだろ」

「ああ……。人間、自分と年齢の近い奴が死ぬと、他人事じゃないからゾッとするのさ」

「それだけ？――だって、お父さん……若いじゃないの。忙しいし、元気だし、それにあの江口さんと……」

「それはそれだ。若いと信じたくて、女を抱くんだろうから、実は若くないってことを知ってるのさ。知るのが怖いのかな」

そうだろうか？

若い女の肉体を征服することも、結局死を前にしては何の力にもならないということ……。父はそう思っていたのではないか。

「だけど、このところ葬式が続くな」

と、圭介がため息をつく。「気がふさぐぜ、こっちも」

それは事実だ。

小野、笹倉医師、和代。そして今、柳田の叔父……。

単に仕事上の付合いとか、そういう範囲でならともかく、血縁という点では柳田だけだが、他の三人も家の中にまで入って来る知り合いだった。

しかも、その内の一人は殺されている。

圭介が「気がふさぐ」と言うのも無理からぬところだった。

「うちは呪（のろ）われてるのかな」

と、圭介が冗談めかして言った。

「やめて、そんなこと言うの」

「何だ、怒ったのか。珍しいな」

「お兄さんの所は、赤ちゃんが産まれたばかりじゃないの。そんな縁起でもないこと、言うもんじゃないわ」

圭介は真顔になって、

「郁子。——お前、沙織に初めからやさしくしてくれたな。お前はいい奴だ」

と言った。「柳田の叔父さんも、お前のことを気に入ってたよ」

「でも……何だか気の毒みたい。生きてるときに、もっと『いい人だ』って言ってあげたかった」

「仕方ない。そんなもんさ、人生ってのは」

圭介は、郁子の肩を叩いて、「さ、行こう」

自分はドアまで行って手をかけたが——。郁子がベッドのそばにじっと立って動かないのを見て、

「どうした」

と、呼んだ。「郁子——」

突然、郁子が床に崩れるように倒れた。

「郁子！」

圭介がびっくりして駆け寄る。「どうした！——郁子！」

自分が妙なことを言ったせいか。一瞬、本気で心配したが、手首をつかんでみると、脈はあった。

「待ってろ……。誰か呼んで来るからな」

圭介は、病室を飛び出して行った。

4　青い死

「お世話様でございます」

と、柳田靖江は医師に深々と頭を下げた。

「ご愁傷様でした。しかし、まあ苦しまずに逝かれたと思いますよ」

と、医師は言った。

「はい。本当にありがとうございました」

「では、これで」

医師と看護婦が行ってしまうと、靖江はフッと肩の力を抜いた。

霊安室は地下一階にある。――夫の遺体と二人きりになると、いくら夫婦だったとはいえ、あまりいい気持がしない。

その内、誰か夫の会社の人が来てくれる。そしたら、通夜やお葬式の打ち合せで気も紛れるだろう。

靖江は椅子に腰をおろした。涙が乾いて、目の周りが少しカサカサしている。

――クシャクシャになったハンカチを手にしていた。もう涙は乾いていたが、ハンカチには多少湿った感触が残っている。

靖江は、今ここにいた看護婦が何か言いたげにしているのに気付いていた。医師はそういつも靖江を見ているわけではないから分からないだろうが、看護婦たちの間では、靖江のことはかなり知れ渡っている。その辺の状況は正確につかめるのである。

——あの奥さん、ワーワー泣いてさ。それくらいなら、生きてる間にもっと大事にしときゃ良かったのよ。

——ねえ。やってくれるもんだわね。

ふしぎなことに、そんな会話が本当に聞こえてくるようでさえある。

ええ、ええ。何とでも言ってちょうだい。

あなた方も分るわ、その内には。自分が夫を持ち、子供を持ち、忙しく家の用事に追い回されるようになれば。そして何十年もそれが続いたら。

夫なんか、「空気」のような存在になる。いないと困るが、いても気付かない。夫はそれで自ら満足している人だったのだ。

確かに、靖江の方が少々活動的だったのは事実だが、夫はじっとしていることの方が性に合っていたのである……。

だから——今、夫はたぶんホッとしているだろう。いつまでも眠りたい、と言っていた人なのだから。

もう、いつまでも寝て下さい、あなた。——靖江はそう心の中で呟いた。いつしか靖江はウトウトしていた。

椅子にかけて、あまりに静かなのと、泣き疲れてしまったせいか、いつしか靖江はウトウトしていた。

椅子からずり落ちかけてハッと目を覚まし、

「いやだ……」

と、頭を振ると、

「——靖江さん」

と、呼ぶ声がした。

「え？——はい」

つい返事をして、でもどこで呼んだのか分らない。

「靖江さん」

少し遠い感じの声。誰だろう？

靖江は立ち上ると、霊安室を出た。

廊下……。こんな風だったかしら？

少し眠ってしまったせいか、頭がボーッとかすんでいるようで、その廊下がどこか奇妙だということにも気付かなかった。

寒い。——ひんやりとした冷気が動いていた。足下をゆっくりと生きもののように流れている。

青い光が満ちていた。

廊下はのっぺりと続き、床も、壁も天井も、ただツルツルと光っていて、青い光に染っていた。

「――靖江さん、こっち」

廊下の奥から声がした。

「誰ですか？――看護婦さん？」

靖江は、廊下を歩いて行った。

もちろん、看護婦が「靖江さん」などと呼ぶわけもない。早苗さん？　ああ、きっとそうだ。

靖江は、少し足どりを早めたが……。

「靖江さん」

声がフワッと自分を包むように響いて、一体いつ廊下が終ったのか、靖江は自分が広い部屋の中を歩いているのを発見して当惑した。

ここは……どこだろう？

やはり青い光が部屋を満たして、冷気は一段と強くなったようだった。

足を止める。――目が覚めたようだった。

そこには、白い布で覆われた台が整然と並んでいた。三列——いや四列か。

一体いくつ並んでいるのだろう？　広い部屋の奥の方は青い闇の中へ溶けて行った。

その白い布は、どれも人の形に盛り上り、台のわきへダラリと下っている。つまり……

これは全部死体なのだ。

どうしよう？　とんでもない所へ来てしまった。

そう。きっと病院の中でも、ここは入ってはいけない所なのだ。呼ぶ声につられて、きっと方向がよく分らず、こんな所へ迷い込んでしまった。

戻ろう。夫の所へ。でも、どうやって戻ればいいのだろう？

振り向いてみても、扉らしいものがない。そんな馬鹿な！　入って来たのだから、出られないわけがない。

靖江がともかく来た方へ戻って行こうとすると——背後で何か布ずれの音がした。

振り向くと、一つの台を覆っていた白い布がゆっくりと滑り落ちていくところだった。

スルッと床へ落ちて、音もなく波打つように広がる。

台の上には、青い光を受けて、青白い若い女の体が横たわっていた。全裸で、真直ぐ伸した両手が体のわきへピタリと寄せられている。

もちろん、生のきざしは全くなかった。

見たくなんかない！　死体なんて、会いたかないわ。

しかし、その女の死体から、靖江は目を離せなかった。少し離れていたし、見えているのは横顔で、それも明るいとは言えない青い光の下である。

それでも、靖江はその女に見憶(みおぼ)えがあるように思えてならなかったのだ。誰だろう？　誰かに似ている。

もう行こう。誰に似ていたってそんなこと構やしない……。

そう思いつつ、靖江の足はその台へ向って動き出していた。

どこかで……。そう、知っている。この人を知っている。

表情がなく、目を閉じていると、こうも見分けられないものか。靖江は台のそばへ寄って、その顔を見下ろした。

この人……。裕美子ちゃんに似てるわ。

そう。確かに似ている。それでも、人は、目がきちんと開いていて、表情のあるときでないと見分けられないものだ。

若い娘なんて、誰も似たようなものだ。それに裕美子がこんな所にいるわけがない。裕美子はもう何年も前に灰になって、お墓の中で安らかに眠っている。

――安らかに？

そうだろうか。裕美子は何もかも知っていたわけではなかった。今、郁子が日に日に裕美子に似てくるようで、靖江は時々ギクリとすることがある。

それはそれで当然のことではあるのだが……。

もう行こう。裕美子はもう死んだ。これはよく似た、全く知らない女の子なのだ。

靖江はその台から離れようとした。すると……。

何かをこするような、キューッというかすかな音がした。——何だろう？

靖江はもう一度、その若い娘の死体を見下ろして、目を疑った。

娘の白くか細い喉に傷口が開いて来たのである。血は出なかった。まるで一旦縫った縫い目がほころぶように、傷口がパックリと口を開けた。

そうすると、その娘はもう裕美子そのものになった。

靖江は、なぜか恐ろしいよりも懐しい気分で、我知らず手をそっと出して、娘のつややかな肩の丸味に触れた。その肌は、生きているようにつややかだった。

裕美子が目を開けると、靖江を見上げて、

「今晩は、叔母さん」

と言った。

靖江は、金縛りにでもあったように、動かなかった。

「よくしゃべれるわね、喉がそんなで」

自分でもびっくりするような、とんでもないことを言っていた。

「もう痛くないわ」

と、裕美子は言った。「ずっと昔のことだもの」

「そうね……。ずいぶんたったわね」

裕美子がゆっくりと体を起こした。

「叔母さん。私の体、きれいでしょ」

「ええ……。きれいだわ」

その裕美子の白い裸身は、実際均整の取れた、立派なものだった。

「私は、愛する人にこの体を抱きしめてもらいたかった。――愛撫してほしかった。でも、結局何も知らずに死ななきゃならなかったのよ……。叔母さんにも分らないでしょう」

「裕美子ちゃん、私は……」

「訊きたいことがあるの。――正直に答えてね。叔母さんもまだ生き
ていたいでしょう？」

靖江は、初めて恐怖を覚えた。後ずさり、逃げ出したいと思ったが、足が言うことを聞かない。

「叔母さん」

裕美子がスッと台を下りて床に立った。白い体は青い光に染って、まるで青い服を身につけているかのようだ。

「裕美子ちゃん……」

膝が小刻みに震えた。

「叔母さん。どうしてお母さんは私を憎んでたの？」

思いがけない問いだった。

「――早苗さんが？　憎むだなんて……。そんなこと――」

「いいえ。普通の母親なら、娘が子供を産んだら、心配してくれるものだわ。お母さんはただ、世間の目ばかり気にしていた」

「そんな……」

「私が死んだときも、お母さんは泣きもしなかったわ。――私をなぜ愛してくれなかったの？」

「裕美子ちゃん……。それは――」

と言いかけて、「何も知らない方がいいのよ！　ね、そういうこともあるのよ」

「叔母さん。――何も知らずにいた私が、あんなひどい目に遭って、あんな死に方をしなきゃならなかった。許せない。そうでしょう」

靖江は、自分が死んだ人間と話していることを、忘れそうになった。

「ええ、その気持は……」

「知っていることを話して。二度と目が覚めなくなるかもしれないわよ」

白い指がゆっくりと靖江の喉へ伸びて来て、かすかに触れた。それは氷のように冷たく、靖江の全身を凍らせんばかりだった。

「やめて……。裕美子ちゃん、お願い！」

と、かすれた声を出していた。

「私は、もっともっと寒い所にいるのよ」

靖江は、立っていられなくなって、冷たい床にベタッと座り込んでしまった。

床に手をついてやっと体を支え、

「早苗さんを責めないで。あの人も辛い思いをして来たのよ……」

と、裕美子を見上げながら言った。

「それが私のせいなの？」

「あんたは……早苗さんの子じゃなかったからよ」

裕美子は長い間何も言わず、立っていた。ただ、青い光を浴びて立っていた。

靖江には、裕美子の目だけが激しい怒りとも驚きともつかぬ色を発しているのが感じられた。

「――そういうことか」

と、裕美子は言った。「そういうことだったの」

「隆介兄さんは……いつも誰か女を作ってたからね。早苗さんは、圭介さんを産んでから体調を崩して、もう子供のできない体になったのよ……」

靖江は、やっと少し普通に声が出せるようになった。「許してあげて。早苗さんは、あんたも郁子ちゃんも——」

「私や郁子に何の罪があったの？」

「ええ……。分るわ。分ってる。でも、早苗さんの身になれば……」

「叔母さん、もう一つ訊くわ。私を辱めたのは誰？」

靖江がハッと息をのむ。

「知らない。——それは誰も知らないのよ」

「目をそらしたでしょ。知ってるんでしょ、叔母さんは」

「知らない。知らないのよ」

と、首を振った。「知ってどうなるの？　今さら何も変らない。そうでしょ？」

「罪は償わせるわ」

と、裕美子は言った。「その男が、私を殺したはずよ。でなければ、眠っている、寝たきりの女の喉を切るなんて、そんな残酷なことができるわけがない。——叔母さん。言って」

「お願い。勘弁して、裕美子ちゃん！　もうこれ以上は——」

靖江は、床に頭を抱え込むようにして、キュッと目を閉じた。「裕美子ちゃん……。裕美子ちゃん……」

ガタガタと震える靖江の首筋を、ヒヤリと冷気が撫でて通った。

郁子は目を開けて、圭介がベッドの傍の椅子に腰かけたまま、居眠りしているのを見て、びっくりした。

「——お兄さん」

「うん？」

圭介はハッと目を開け、「郁子。——お前大丈夫か！」

——もう、朝になっていた。

病室の窓から光が洩れ入って、ドアの外には人の話し声がする。

「私……貧血起こしたのか」

「うん。しかし、かなりひどいぜ。ほとんど一晩眠り続けてたんだからな。ちゃんと検査してもらえよ」

「ありがと。でも、もう何ともない、ぐっすり眠った感じ」

と、伸びをして起き上る。

圭介は苦笑して、

「呑気だな。人に心配かけといて」

「お母さんは？」

「帰ったよ。いるって言ったけど、俺が無理して一緒に倒れたら困る、って言ってやったんだ。それに、医者が一応お前を診察して、過労だろうとしか言わなかったからな」

「過労か、勉強のしすぎかな？」

「おい……」

郁子は、軽く頭を振った。

「ごめんね、心配かけて。たまに貧血気味になるの。女の子にはそういうことって、あるのよ」

「分った。ま、どうせ叔父さんのこともあるしな」

「あ、そうか！　今日は学校があったっけ」

「それで勉強のしすぎか？」

と、圭介が笑った。「母さんが学校へは電話してる」

「そう……」

郁子は、ベッドから足を下ろし、「身だしなみを整えるから、ちょっと出てて」

と言った。

「分った」

圭介がドアを開けると、

「あ、藤沢さんですね」

と、看護婦が何やらあわてた様子で立っている。「昨日亡くなられた柳田さんの——」

「ええ、親戚ですけど」

「柳田さんの奥様がどこかへ行かれてしまって、見当らないんです」

圭介は、振り返って郁子と顔を見合せた。

「——どこに行ったんだろ？　ここへは来てません」

「霊安室におられたんですけど、いつの間にかお姿が見えなくなって……。今朝になっても、戻っておられないんですよ」

「変だな。——じゃ、ちょっと父へ連絡してみます。兄ですから」

「お願いします。ショックで一時的に放心状態になる方もおありなんです」

「分りました」

圭介は廊下へ出て、公衆電話へと急いだのだった。

郁子は、診察でゆるめたままのスカートやブラウスをきちんと着て、鏡の前で髪を直した。

個室を借りてくれていたので、小さな洗面台もあり、顔を洗った。

やっと目も覚めて、病室を出ると、圭介が戻って来た。

「今、母さんも来るって。——どうしちまったんだろうな」

と、眉をひそめる。

「変ね。——でも、叔母さん、しっかりしてると思うけど」

「ああ。俺もそう思うけどさ。人は見かけによらないって言うじゃないか」

と、圭介は言った。「お前は家へ帰ってろよ。タクシーに乗ってけばいい」

「どうせ、学校は休んじゃったんだから」

と、郁子は肩をすくめ、「それより、お兄さんは？　仕事、いいの？」

圭介は、何となく訊かれたくない様子で目をそらした。

きっと、また仕事を変ったんだろうと郁子は思った。いつも長続きしないのだ。

しかし、圭介も今は一人の子の父親でもある。いつまでもそんなことをしてはいられないだろうが。

そのとき、さっきの看護婦が廊下を走って来た。

「藤沢さん！」

ただごとでない様子。青ざめた顔は、郁子たちをドキリとさせるに充分だった。

「あの——叔母が？」

と、圭介が訊いた。

「ええ……。いらっしゃいました」

「どこに？——叔母の身にも何か？」

看護婦が問いに答えなかったので、圭介も郁子も悪い想像をせざるを得なかった。

「叔母も――もしかして亡くなったんでしょうか？」

圭介の問いに、

「あ、いえ。そうじゃありません。亡くなってはおられません。本当です」

「それなら……」

「ともかく、一緒にいらして下さい」

と、看護婦が先に立って行く。郁子と圭介は仕方なくその後をついて行った。

地下へ下りて行くと、何となく低い騒音が足下を揺るがすようで、

「――この奥です」

と、看護婦が言った。「一体どうしてこんな所へおいでになっていたのか分らないんですけど」

「何ですか、ここ？」

「洗濯室です。シーツやベッドカバーや、ナプキンや、そういう物を洗濯して乾燥機が乾かしてるんですけど」

大きな扉がスルスルと自動的に開くと、ゴーッという響きが郁子たちを包んだ。

びっくりするほど広い部屋に、大きな洗濯機、乾燥機が並んでいる。

「霊安室も地階なんですけど、ずっと離れてるんですよ」

機械と、立ち働いている人たちの間を抜けて行きながら、看護婦が言った。

少し大きな声を出さないと、聞こえない。

「こんな所に叔母がいたんですか」

と、圭介が言った。

「ええ。──洗濯物の山が、ゴソゴソ動いてるっていうんで、係の人が気味悪がって警備員を呼んで来たんです。で、シーツの山を取り除いてみると……」

看護婦がドアの一つを開けた。

「どう?」

休憩室らしいその部屋では、中年の女性たちが五、六人、タバコをふかしていたが、看護婦の顔を見ると、

「ああ。大分落ちついたようよ」

と、一人が言った。「でも、まだ時々震えが来てるけど」

「先生に診ていただくわ。──柳田さん。甥ごさんたちがみえましたよ」

部屋の隅で背中を丸めてうずくまっている。──誰かが。

郁子は、それが叔母だとは思わなかった。看護婦が誰か別の人と勘違いしているだけで……。

そう。あれが叔母のわけがない。あの白髪の老婆が。

「──郁子ちゃん」

と、その老婆が言った。「もう大丈夫なの？　具合悪かったんでしょ」

「――うん。もう何とも……」

「そう。良かったわね」

「叔母さん……。あの――上に行きましょ。みんな心配してる」

郁子は、兄の方を見た。ただ呆然として靖江を眺めている。

靖江の髪は、まるで白く塗り潰したように、真白になっていた。――顔つきは少しも変っていない。それだけに髪の白さは異様に際立った。

「そう……。ごめんなさいね。自分でもどうしたのか、よく憶えてないの。何だかボーッとしてたらしいわ。――行きましょうね」

「ええ。歩ける？」

「大丈夫よ……。別に気分が悪いわけじゃないんだもの。本当よ」

郁子は、靖江の腕を取って、そっとその部屋から連れ出した。

「――何があったんだ？」

と、圭介が言った。

「お兄さん。今は黙ってて」

と、郁子は小声で言った。「それより、お母さんたちを玄関で待ってて。このことを話しておいてちょうだい」

「分った。いきなり見たら、ショックだろうな」

と、圭介は呟くように言った。「何か——よっぽど悪い夢を見たんだ」

「そうね」

郁子は、靖江に肩を貸して、ゆっくりと歩いて行った……。

5　棚の中

「お疲れ様でございました」

と、江口愛子が玄関で待っていて、頭を下げた。

「いいえ。江口さん。すっかりお世話になって」

と、靖江が礼を言った。「本当に何から何まで、良くやって下さって」

「とんでもありません」

と、愛子は首を振った。「それより、奥様こそ、お疲れが出ませんように」

「ありがとう。——今夜から家にあの人がいないと思うと、妙な気分ね」

「靖江、何してるんだ。さ、上った上った」

と、隆介が後からやって来て、妹をせかせる。

「はいはい。そう急かせないでよ。若くないんですから」

「和代さんにお塩を——」

と、早苗が言いかけてハッと口をつぐむ。

「本当ね」

と、郁子がすぐ引き取って、「まだ和代さんがいるような気がして、つい名前を呼んじゃうわ」

「私がいたします」

愛子が、浄めの塩をサッと簡単に打って、すぐに奥へ入って行く。

「さあ、休もう」

と言った隆介が、見たところでは一番休みを必要としているようだった。

靖江は、少なくとも外見はそうひどく疲れたり落ち込んだりしている風ではない。白くなった髪をすっかり黒く染めたので、むしろ見た目には若くなったようだ。

「――先生」

と、梶原が玄関の外から声をかけて、「私どもはこれで」

「何だ。いいじゃないか、ちょっと上れ。奥さんやお嬢ちゃんもお腹が空いたろう。寿司が来ているはずだ。食べて行ってくれ」

と、隆介が言うと、梶原は迷って妻の真子の方を振り向いた。

真子は、由紀子の手を引いて立っていた。

柳田の葬儀に、必ずしも真子は出ることもなかったのだが、江口愛子から、

「手が足りないので」

と言われ、由紀子を置いてくるわけにもいかなくて連れて来たのだ。

「じゃ、せっかくですから上らせていただきますわ」

と、真子が言うと、

「ああ。そうだな。せっかくだからな」

と、梶原がホッとしたように言った。

郁子は、二階へ上りかけながら、その梶原と真子の会話を聞いていた。

——一体何があったのか。真子が今ではすっかり夫を引張る立場である。

母は強し、ということに過ぎないのなら、それでいい。しかし、梶原の、妻に対してさえおどおどした態度は不可解だった。

「由紀ちゃん、おとなしくしてるのよ」

と、真子は玄関で娘の靴を脱がしてやりながら言った。

「はい。——お腹空いちゃった」

と、子供は大らかだ。

聞いていた人たちは笑った。

その一言が大分居合せた人たちの気持を楽にしたと言っても良かったろう。

——郁子は、ともかく制服を早く脱ぎたくて、二階へと上って行った。

「兄さん、すっかりお宅を借りちゃって、ごめんなさい」

と、靖江が言った。

「水くさいぞ。うちの方が広くて便利だからだ。それでよかろう」

隆介は、ブラックタイを外し、ワイシャツの喉もとのボタンを外すと、「今夜泊っていったらどうだ。部屋はある」

「いえ、結構よ。いくら何でも、私も柳田家の嫁ですから。亭主のお葬式の晩から外泊ってのもうまくない」

「それもそうか。では圭介に車で送らせよう」

「お願いしようかしら。明日が心配」

「いつでもうちへ泊りに来い。――早苗、お前も着替えろ」

「ええ。――でも、もうずっと着っ放しでもいいみたい。いやになるくらい、お葬式が続くわ」

「そりゃ仕方ない。俺たちがみんなそういう年齢になったということさ」

隆介はそう言って、洗面所へ行った。

冷たい水で顔を洗うと、少し気持が鎮まっていく気がする。

タオルで顔を拭き、鏡を見ると、愛子が静かに立っていた。

「何だ。――どうした」

隆介が振り向くと、愛子が抱きついて来た。

「おい……。誰が来るか分らんぞ」

と、ためらいがちに愛子の背中へ手を回す。

「分ってます……。でも不安で……」

「不安？　何がだ。俺も先が短いからか？　そりゃ、お前ほど長くはないけどな」

と、隆介が笑うと、

「いいえ。――いいえ。あなたが一番良く分ってるでしょう。あなたが不安だから、私も不安でたまらないの」

隆介は、何も言わずに愛子の髪をそっと撫でた。そして軽く息をつくと、

「――仕方ない。俺はもう年齢だ。同じような年齢の奴が死ぬと、つい次は俺の番かと考えてしまうんだよ」

「あなたを失うことが怖いんです。――こんな気持になったのは初めて」

「ああ……。こんなに不幸が重なれば、誰だってやり切れなくなるさ。な、落ちつけ。俺はまだ大丈夫だ」

「ええ……」

愛子は、やっとの思いで隆介から離れると、「――すみません。取り乱して」

と、目を伏せた。

「気にするな。さ、みんなに手伝わせて、お茶の仕度をしてくれ」

と、隆介は愛子の肩を軽く叩いた。

「はい……」

愛子は目尻にたまっていた涙をそっと拭うと、居間の方へと戻ろうとして足を止めた。

「奥様……」

早苗が立っていた。

「ここだったの。あなた、お電話が、N大学の中山さん」

「ああ、そうか」

隆介は、急いで居間へと戻る。愛子もその後について行ったが、背中にずっと焼けつくような早苗の視線を感じていたのは、神経のせいだったのだろうか……。


「あらあら」

と、真子は苦笑して、「由紀ちゃん！　みんなまだ食べてないのよ」

由紀子が、卵焼きに手を出して、さっさと頰ばっていたのである。

「いいさ。子供はそう我慢してられやせん」

と、隆介は笑って言った。「さあ、みんな食べてくれ。少し厄を落とす必要があるかもしれんしな」

「――これと、まだ一つありますよ」

と、愛子がお寿司の器をテーブルに置く。

「置ききれないわ」

と、真子が目を丸くして、「あなた、持って来ておあげなさいよ」

「ああ」

梶原が愛子を抑えて、台所へ行った。

「お皿、足りますか?」

と、愛子が小皿を数える。

「一枚足りない?」

「らしいな」

と、圭介が肯く。「何でもいいよ。別に揃ってなくても」

「そうね。あ、そうそう、おしょう油もなかった! 何してるのかしら、私」

と、愛子は少し頰を赤くした。

「どこにあるか、分るか?」

と、隆介が訊く。「早苗、行ってやれ」

早苗は席を立とうとしなかった。

「——おい、早苗」

「私も知りません。和代さんは何でも色んな所へしまってしまうんですもの、置き場所がいつも変って」

と、早苗が言った。

「私、捜すわ」

郁子が立ち上る。もちろん、もう普段着に替えていた。

「いいんです。捜せますわ」

と、愛子が言った。

「早苗、お前が一番良く分ってるだろう。一緒に捜してやれ」

隆介が少し苛立って言った。

「だったら、あなたが行って捜してあげたら？　江口さんだってその方が嬉しいでしょう」

早苗の言葉で、一瞬テーブルの周囲が静かになった。

梶原が、寿司の器を抱えて戻って来て、

「最後が一番豪華だぞ！　残りものに福がある、って奴だ」

と、明るく言ったが……。

その場の雰囲気に気付いて、

「どうしたんです？」

と、ふしぎそうに言った。

「何でもないんです」

と、愛子が行きかけると、

「小皿は、流しに向って左手の扉のついた棚の下から二段め。おしょう油はお米のケースの隣、プラスチックの棚の中」

——誰もが、しばらく口をきかなかった。

その言葉は、あまりにはっきりと語られて、聞き間違いや空耳の可能性の全くないものだった。

「——よく知ってるのね、由紀ちゃん！」

と、愛子が微笑(ほほえ)んで、「言われた所を捜してくるわね」

と台所へ小走りに。

「——由紀子。どうして知ってるんだ、お前が？」

由紀子は黙って、注いでもらったジュースを飲んでいる。

愛子がすぐに戻って来た。

「当り！　ちゃんとありました」

右手に小皿、左手にしょう油のペットボトルを持っている。

「驚いた。由紀ちゃんは超能力があるのかな？」

と、圭介が言った。

「よっぽどお腹が空いていて、覗いたのよね。由紀ちゃん」

と、真子が言った。「だめよ、よそのお家であちこち勝手に開けたりしては」

由紀子は、しかし自分が何を言ったかも忘れたように、早速小皿にお寿司を取っていた。

「——さあ、食べよう」

隆介の言葉で、みんながホッとしたように食べ始めた。

むろん、葬式の後なのだから、と言えばそれまでだが、テーブルを囲むみんなの表情は、今ひとつ晴れず、話も切れ切れのまま宙に浮いていて、どこかかみ合わないものがあった。

隆介、早苗、圭介、郁子。そして梶原と真子、江口愛了。——靖江もまた、それぞれに自分なりの不安を抱えて、それに気付かないように振舞っていた。

ただ、由紀子一人が、無心にお寿司を食べていたが……。

電話が鳴って、

「私が出る」

郁子は、席を立った。

カタカタとサンダルの音が人恋坂に響いた。

それは郁子の心そのもののように弾んでいた。

「やあ」

と、相沢則行が手を上げる。

「学校の帰り？」

と、郁子は少し息を弾ませている。

「クラブをさぼった」

と、則行は笑顔で、「何だ、元気そうじゃないか。良かった」

「心配して来てくれたの？」

「ああ。だって、学校を休んでるって言うしさ」

「叔父さんが亡くなったのよ」

「そうか……。じゃ、今日が葬式？」

「ええ。このところ、続いてるからね。家の中は重苦しいわ」

と、郁子は言った。「ね、上って行かない？」

「まさか。こんなときに上れないよ」

「じゃあ……。少し歩こう」

と、郁子は言った。「坂を下りないで、上って行きましょ」

「どっちでもいいよ」

と、則行は肩をすくめた。

「遠回りだけど、バスで帰ればいいわ」

郁子は、則行の腕を取った。

二人は坂を上り、藤沢家の前を通って広い通りの方へと出て行った。

郁子は、ちょっと足を止めて家の方を振り向いた。

「——どうかしたのか」

「何でもない」

と、郁子は首を振って、「ね、シェークを一杯飲みたいな」

「そんぐらいの金ならある」

「じゃ、おごって」

郁子は、ごく普通の男の子と女の子のようにしながら、甘えていられることが嬉しかった。

坂を上りながら、郁子はずっと感じ続けていたのだ。自分の部屋の窓辺に立つ人——裕美子がじっと自分たちを見つめているのを。しかし、郁了は則行の肩に顔を押し付けるようにして、ついに窓を見なかった……。

「——甘いな」

と、自分もバニラシェークなど頼んで、則行は顔をしかめた。

「だから言ったじゃない」

と、郁子は笑った。

――二人はハンバーガーショップの二階で席についていた。空いた時間なので、飲み物だけでもいやな顔はされない。

「飲めなかったら、やめたら？　コーラでも買って来てあげる」

と、郁子が言うと、則行はパッと表情を変えて、

「いや、旨い」

「何だ。甘いもんも好きなの？」

「初めて、旨いと思った」

「虫歯がふえるかもね」

「ああ。でも――何だか、思いっ切り甘いものが欲しい気分だったのかな、もしかすると」

郁子は自分のストロベリーシェークを少しストローでかき回して、

「私もそうかもしれない。子供のころに戻って、甘いものに浸って……。幸せだったころのことを思い出す……」

「うん……」

二人は少し黙っていたが、則行がやがてちょっと笑って、

「俺たち、いくつだ？」

「本当だ」

二人は一緒に笑った。そして、

「――何かあったのね」

と、郁子は訊いた。

「話したくない」

と、則行は首を振って、「今はもっと楽しい話をしよう」

「ええ……」

郁子はチラッと他のテーブルを見回した。

二人の方へ顔を向けている客はなかった。郁子は、則行の手にそっと自分の手を重ねた。

「また……二人で出かけたいわ」

「うん。――今度も弁当付きかな」

「何人分でも」

と、郁子は言って、則行の手を握りしめながら、ふっと窓の外へ目をやった。

「そろそろ帰らないと……。すぐ戻るって言って来ちゃったから」

郁子はそう言って、手の甲にパタッと何か滴が落ちたのを感じて目を向けた。「――あら」

「何だ……。鼻血なんて、出したことないのに」

と、則行が急いでハンカチを出し、鼻に当てた。

「大丈夫？　上を向いて。――鼻の両脇を押えるといいのよ」

「こんな甘いもの、たまに飲んだせいかな」

「待って。何か――タオルみたいなものがあれば」

「じきに止るさ」

だが、鼻に当てていたハンカチは、見る見る血に染って行った。「――畜生、ひどいな」

郁子は、店の人に頼んで、タオルを一枚借りて来た。

「私――何も持って来なかった……」

「ね、これ……」

と、タオルを差し出そうとして青ざめた。

テーブルの上に血だまりができている。則行は口に流れ込もうとする血を必死に吐き出していた。

他の客たちも心配そうに見つめている。

「横になって！　仰向けに――」

則行は首を振って、

「上向くと……喉に入るんだ……」

と、切れ切れに言った。

郁子はタオルを当てたが、それもたちまち血に染って行く。

郁子は身震いした。――やめて！　やめて！

郁子は、床に膝《ひざ》をつくと、顔を伏せ、

「お姉ちゃん……。お願い、もうやめて！」

と、押し殺した声で言った。「この人が何したの！　お願い、やめて！」

――目の前に誰かが立っていた。

顔を上げると、裕美子が見下ろしている。白い衣装が血に染って、青白い顔で、じっと郁子を見ている。

「――お姉ちゃん」

「思い出すのよ。あのとき、あなたが何を誓ったか。あなたの母親が、どんな目に遭ったか」

「憶《おぼ》えてる、忘れやしないわ」

「それなら、してくれるわね。私の願ってることを」

「お姉ちゃん……」

「郁子。――あなたは私の子なのよ」

「分ってる……。分ってるから……。お願いよ、この人にひどいことをしないで」

「ひどいこと？」

裕美子が微笑《ほほえ》んだ。「こんなことが？　私が何をされたか……。まあいいでしょう。あなたには分らない。誰にもね。——私は決して忘れない。郁子。分ってるわね」

「分ってる……」

郁子は顔を伏せた。「分ってるから……。お姉ちゃん——」

「——おい」

肩に手がかかった。ハッと顔を上げると、

「もう止った。——大丈夫だよ」

と、則行が血で汚れた顔で肯いて見せた。

「——止った？　良かった」

郁子は立ち上りながら少しふらついて、「心配だった……」

「お前こそ、何してたんだ？　お祈りでもしててくれたのか。ブツブツ言ってたもんな」

「そんなものよ」

と、郁子は言った。「さ、洗面所で顔を洗って来て。ひどい有様よ」

「ああ。店の人にも——」

「私がお礼を言うから。ね、則行は顔の汚れを落として来て」

「うん……。ああ、気持悪いよ。口の中が……」

と言いながら、則行は二階のトイレに入って行った。

郁子は、テーブルの上に広がったままの血だまりを見下ろして、ゾッとした。

郁子が迷っていることを、裕美子はちゃんと承知しているのだ。

靖江の髪が一夜で真白になっているのを見たとき、郁子は自分のしたことに愕然とした。いや、むろんやったのは裕美子だとしても、郁子はそれに手を貸していたのだから。

しかし、あの叔母をそこまで恐ろしい目に遭わせてどうなるというのだろう。――郁子は、このままでいいのかと……。裕美子の仕返しが、どこまで行くものなのかと、恐ろしい思いでいたのである。

裕美子はそれを察していた。もしここで郁子がためらうようなことがあれば、則行が――。次のときには、鼻血は止らないだろう。いや、もっとひどいことになっているかもしれない。

――郁子は、覚悟を決めなければならなかった。

「やっと、さっぱりした」

と、則行が戻って来た。

「私、お店の人と話してくる」

郁子が謝りに行くと、責任者の女性が快く、

「誰だって具合の悪いことはあるんだから」

と言ってくれた。

郁子は、重苦しさから少し救われた気がした。

則行をバス停まで送ると、すぐにバスが来て、

「何だかひどいことになっちゃったな」

と、少し照れた様子。

「ううん。でも、気を付けて。服に血がついてるわ」

「うん。あんまりのぼせないようにするよ」

則行がバスに乗って、席を捜すよりも窓から郁子へ手を振ってくれる。そばの女性客が仏頂面をしてそれを眺めている。

バスはすぐに遠ざかり、郁子は手がまだ少し血で汚れていることに、やっと気付いた。

戻ろうとすると、

「——江口さん」

愛子が少し離れた所に立っていたのだ。

「遅いから見に来たの」

「ごめんなさい」

「今の子、彼氏？」

一緒に家へと歩きながら、「すてきな子だ、なかなか」

「まあ、そんなもんかな」

と、両手を背中で組む。

手の汚れを見せたくなかった。

「もう、みんな食べ終った?」

と、郁子が訊く。

「郁子さんの分、少し取ってあるわ。先生のご指示で」

「そうお腹空いてるわけじゃないけど」

「みんなそうね。——そうパクパク食べる状況でもないし、でも、その割にきれいに食べ尽くしちゃってる」

と、愛子は笑って言った。

郁子は、ふと愛子の笑い方に心の和むものを感じた。——本来なら、母の気持を考えれば到底好きにはなれない相手である。

「愛子さん、大変ね。和代さんがいなくなって、雑用がふえたでしょ」

愛子はちょっとびっくりしたように、

「そんなことは……。どうでもいいの。どうせ、自分の時間はないと思ってるから」

「よくやれるなあ、そんなに」

「郁子さん……」

愛子は、何か心に秘めたものを打ち明けようとするように、じっと郁子を見つめたが、気が変ったのか、「ありがとう」

とだけ言った。

そして、家が見えて来た辺りで、中から梶原たちが出て来たのを見て、

「もうお帰り？」

と、声をかけた。

「明日、学校ですし」

と、真子が由紀子の手を引いて、「あなた車をここへ持って来て」

「うん。じゃ、待ってろ」

梶原が小走りに行ってしまう。——もう黄昏どきになっていた。

「もう眠そうね」

と、愛子は、トロンとした目で欠伸をしている由紀子の頭を軽く撫でた。

「子供はどこででも眠れるものね」

と、真子は言った。「どうぞ、いらして。すぐ主人が車を回してくるわ」

「ええ、それじゃ」

愛子が会釈して、家の方へ入って行く。

郁子は、由紀子がじっとこっちを見ているのに気付いて微笑んだが、向うはそんなことを望んでいるわけではないようだった。

「郁子さん、お母様もお疲れのようね。お気を付けて」

と、真子が言った。

「ええ。ありがとうございます」

郁子は礼を言って、「じゃ、さよなら由紀子ちゃん」

由紀子は、どこか人を冷ややかに眺めているようで——気のせいかもしれなかったが——郁子はあまりいい気持がしなかった。

「由紀ちゃん。さようなら、は？」

と、真子が娘をつつく。

「あ、いいんですよ。じゃ、失礼します」

と、郁子が会釈して玄関へと歩いて行くと、由紀子が何か小声で歌を歌い出した。

郁子は振り向いて、真子がなぜか青ざめた顔で、

「やめなさい、由紀ちゃん！」

と叱りつけるのを見た。

別に、子供が歌ったって、叱るほどのことでもないようだが。

車が来た。

「さ、乗るのよ！」

真子はあわてた様子で娘を後部席へ乗せると、自分は助手席へ乗り込んだ。

梶原は、玄関の前にたたずんでいる郁子に気付くと、なぜかこわばった表情で会釈した。

何とか笑顔を装ってはいたが、あまり目を合せていたくなかったのは確かだ。

何があったのだろう？　梶原が変ったということは確かだ。

車が走り去り、玄関を入りながら、郁子は今、由紀子が口ずさんでいた歌を口の中でくり返してみた。

ああ。——フォスターの〈草競馬〉だわ、あの子が歌ってたの。

「郁子、どこへ行ってたんだ？」

と、圭介が玄関へ出て来て、呆(あき)れたように言った……。

6　岐　路

「――以上の点から見て、日本的経営のマイナス点に目をつぶってやっていく、これまでのやり方は、日本企業にとってもいい結果を生まない、と言わざるを得ません」

藤沢隆介の声は、たとえマイクがなくても充分にこの七百人収容のホールに響き渡っただろう。しかし、もちろんマイクの使い方にかけては隆介はプロである。

「欧米企業は、短期的発想で経営方針を変えますから、今、日本的経営を評価しているからといって、それが明日引っくり返らないとは限らないのです。以上、大雑把に――」

ちょっと言葉が途切れた。「大雑把ではありますが、私の見解を申し述べました」

時間はピタリ。一分の余りもない。

拍手が起る。――むろん、「お義理」という面もないではない。しかし、隆介は聴衆の手応えを正確に計測するのにも慣れている。

隆介は、自分の言いたいことは言いながら、聞く立場の人間を認めてやることを決して忘れない。それが、隆介の講演に人気の集まる理由なのである。

人は、「自分が間違っていた」と認めたくないと同時に、「間違っていたと認める自分は偉い」と思うことも好きなのだ。

舞台の袖で待っていた江口愛子は、隆介が戻ってくると、

「お疲れさまでした」

と、おしぼりを渡す。

「ああ、ありがとう。——マイク、調子はどうだった？」

「ちょうど良かったと思います」

廊下へ出ると、

「先生、ありがとうございました」

と、主催者の担当の男が礼を言いにくる。「どうぞ、あちらでお休み下さい。社長も待っておりますので」

「いや、せっかくですが」

と、隆介が愛子を見る。

「次の予定が、先方の都合で早まりまして。申しわけありませんが、これで失礼いたします」

と、愛子が言うと、

「あ——。そ、そうですか！　でも、社長が……。あの、ちょっとお待ち下さい！」

担当の男があわてて駆けて行く。

「やれやれ」

隆介は笑って、「あの社長の相手をするんじゃ、休んだことにならん」

社長という人種は、いつも周囲が気をつかってくれるので、自分の方で気をつかうことに慣れていない。招いておいて自慢話ばかり聞かせるような社長は少しも珍しくない。

そういうときは、愛子もちゃんと心得ていて、「次の予定が」と言うことにしているのである。

「――先生」

と、愛子は言った。「誰かご存知の方がいらしたんですか、お客の中に」

「どうしてだ?」

「終りのところで、ちょっと言葉が途切れました」

「君は鋭いな」

と、隆介が苦笑した。「圭介がいた」

「え?」

「終り近くに入って来たのがいたんで、誰だろうと思ったんだ。そしたら圭介だった」

「そうですか。じゃ――たぶんロビーでお待ちですね」

「用があるから来たんだろう。あいつの方から用があるってときは、大体ろくなことがない」

「でも、今は早百合ちゃんもいらっしゃることですし」

「ああ……。君、ちょっと行って見て来てくれんか」

「はい。それじゃ、下のティールームででも？」

「そうしよう」

愛子は足早にロビーへと出て行った。

聴衆はほとんど帰った後で、圭介がソファに座っているのがすぐ目に入った。

「――やあ」

「どうなさったんですか？」

と、愛子は訊いた。

「親父、気が付いたんだな。大したもんだ。――すぐ出てくる？」

「ええ。先生に急ぎのご用ですか」

当然のことだ。特に急ぎのでなければ、夜、家で話せばいいことである。

「ちょっとね。時間、あるかな？」

「三十分ほどでしたら。下のティールームにいらして下さい」

「分った。そうするよ」

と、圭介は立ち上った。「――ここで一時間しゃべって、いくら取ってるんだい？」

「百万円です」

「一時間百万か」

ヒュッと口笛を鳴らし、「パートのおばさんが一時間七百円とかいってるのが別世界だな」

「でも、先生はきちんと準備なさるし、緊張もされてお疲れになるんですよ」

「ああ、分ってる。——じゃ、待ってるよ」

愛子は、やや複雑な表情で圭介の後ろ姿を見送っていた。

「どうした?」

と、隆介がやってくる。

「あ、先生。すみません。——もう、いいんですか」

「どこかへ飲みに行こう、なんて言い出すから、『またいずれ』と言っといた。あそこはだめだな。調子に乗りすぎると先は見えている」

「圭介さんはティールームで」

二人はホールを出て、エレベーターの方へ歩いて行った。

「何か言ってたか」

と、エレベーターの中で、隆介は言った。

「いえ……。でも、お金の話ではないでしょうか」

「そうか……」

「お友だちの会社を手伝っているとおっしゃっていますけど、大丈夫でしょうか」

「あいつは、何でも中途半端なんだ。人は悪くないから、あくどい稼ぎはできん。といって、分を心得て、地道に働くのも苦手だ」

「甘えてらっしゃるんです」

と、愛子は、少しきつい口調で言って、「すみません。——それを言えば私だって」

「それとこれは別だ。愛子」

「はい」

「少し、君のマンションで休みたい。構わんか」

愛子は隆介を見つめて、

「いつでも。お好きなときに」

「ベッドに男が寝てる、なんてことはないか？」

「私、お年寄りにしかもてませんの」

隆介は、楽しそうに笑った。エレベーターが一階に着く。

「——君、車の所で待っていてくれ」

「はい」

隆介は、圭介の待つティールームへと歩いて行った。

背中に、老いのかげが差している。足どりもスタイルも若々しいが、やはり六十七という年齢は、隠しようがなかった。

愛子は、鞄を持ち直すとビルの出口へと向った。

「──もしもし。──ええ、今そっちへ向ってるんですが、車が渋滞に巻き込まれてまして……」

愛子は、声のした方を振り返って、笑いそうになってしまった。

ロビーの隅で、携帯電話を使っているのである。三十代半ばくらいの、いかにも人当りの良さそうな男だった。

車が渋滞に巻き込まれて、か──。

ビルのロビーで、渋滞もないものだ。ああいう言いわけがスラスラ出てくるのは、感心したことじゃない。まあ、人それぞれ事情はあって、愛子の知ったことではないが。

ビルを出ようとしたとき、今度は愛子の鞄の中で携帯電話が鳴り出した。あわててロビーの椅子にかけ、電話を取り出す。

「はい、江口です。──もしもし?」

向うは黙っている。誰だろう?

「もしもし?」

とくり返して、切ろうとした。

「父を返して」

と、声がした。

「――え？」

「父を返して」

「どなた？」

「私――裕美子です」

女の声。若い女だが、少し遠い声だった。

「裕美子さん……？」

「父はあなたのものじゃないわ。返して」

「あの――」

電話は切れた。

裕美子。――裕美子だって？

「そんなことって……」

パタリと電話をたたむ。――いたずらか。それとも――。

「――ああ、山口です。――ええ、どうもすみません」

さっきの男が、愛子の近くの椅子にかけて、また別の所へ電話している。

愛子は、立とうとした。

「――今日、これから急にニューヨークへ発つことになりまして。――ええ、今、成田なんですよ。本当に申しわけありません。今日お返しにあがれると思ってたんですが」

愛子は呆れてしまった。つい、耳をそばだててしまう。

「――いえ、いつかご紹介した、藤沢君が。――ええ、そうです。藤沢隆介の息子なんですよ。彼がきちんと保証しますんで。――ええ、ご心配は全くありません」

愛子は、自分にかかって来た電話のことも一瞬忘れていた。

「――ニューヨークから戻りましたら、すぐ飛んで行きますから。――よろしくお願いします！――はい、どうも」

山口といったその男は、さらに別の所へ電話をかけようとしていた……。

「――先生」

愛子は、ベッドで眠り込んでしまった隆介を、軽く揺さぶった。「先生。――起きて下さい」

「うん？」

隆介はハッとした様子で、「どうした？」

「いえ、何も。大丈夫です」

と、急いでなだめて、「ただ、お宅へ帰られた方が、と思って」

「そうか……」

隆介は、上体を起こした。「君の部屋だったな」

カーテンを引いた寝室は暗いが、まだ夕方の六時。少し明るさが残っている時刻だった。

「俺は……」

隆介は、ワイシャツとズボンのままの自分に気付いて、「そうか。――途中で眠っちまったのか。すまん」

「やめて下さい」

愛子は、裸身にシーツを巻きつけて、「充分楽しかったのに」

「そうか……。それならいい」

隆介も、愛子の気のつかい方に同調することにした。「今夜は、ここで何か食べて帰ろう」

「お帰りになった方が」

と、愛子は言った。「お宅で食事をとられて下さい」

隆介は、愛子の手を握った。

「――その方がいいかな」

「そうして下さい。奥様に電話なさって」

「分った。そうしよう」

と、隆介は肯いた。

「シャワーを浴びて来ます」

愛子はベッドを出て、バスルームへと入って行った。

ザッとシャワーを浴びて、バスローブをはおって出てくると、隆介が上着を着ている。

「奥様は？」

「ああ。今から帰ると言ったら、待ってると言ってた」

「良かったわ。――あ、ネクタイが曲ってます」

愛子は、手早くネクタイをしめ直して、「車でお送りします。五分で支度できますから」

「タクシーで帰るよ」

「送らせて下さい」

愛子には、隆介と話したいこともあったのである。

――自分の車に隆介を乗せることは、愛子にとって愉しみだった。自分が運転席にいて、隆介は助手席。いつも、「先生と秘書」という間柄でいるときと違って、二人が対等の関係でいられるような気がするのである。

もちろん、それが自分の立場を少しも変えるものでないことぐらい、愛子も承知していたが。

「――いつもより、スピードを出さないんだな」

と、隆介が言った。

「夕暮どきは危いんです。視界が狭くなって」

と、愛子は言った。「グレーの服の人が横断歩道を渡っていると、下のアスファルトの色に溶け込んで、一瞬見えなくなることがあります。いつでも、急ブレーキを踏んで間に合うスピードにしておかないと」

「なるほど」

と、隆介は感心したように言った。「君らしい観察力だ」

赤信号で車を停めると、

「先生。――圭介さんは何とおっしゃったんですか？」

と、愛子は訊いた。「私の訊くことではないかもしれませんが」

「いや、そんなことはない。いや、君にも知っておいてもらった方がいい。――商売の話だが、金を貸せというのとは違ってたよ」

と、隆介は笑って言った。

「それでは……」

「出版の仕事を手がけたい、と言うんだ。発行と発売が別ということは珍しくない。発売はどこか大手の出版社に委託する。――ま、その口ききを頼みたいというのと、俺の講演をまとめて本にしたい、と言うんだ」

後ろの車のクラクションが鳴って、愛子は急いでアクセルを踏んだ。

「――な、愛子」

と、しばらくして、隆介は言った。「君に力を貸してほしい。今でさえ君が忙しいことはよく分ってる。しかし、この仕事を頼める人間は他にいないんだ。やってくれるか」

愛子はじっと前方を見据えたまま、答えなかった。

隆介はやや不安げに愛子の横顔を見て、

「ま、君には相当無理を言っている。どうしても、とは言えないが……。俺の方の仕事で、少し手を抜いてくれてもいい。給料もそれなりにふやそう」

と、思い付きを並べて、「――俺は心配なんだ。このところ、身の周りで、どんどん先立つ者が続く。俺も、遠くはないかもしれん」

愛子は黙って唇をかんだ。隆介は続けて、

「俺がいなくなったら、後はどうなる？　早苗は生活力などない。郁子はまだ高校生だ。柳田が元気だったら、色々頼んでおけたが、先に死んじまった……。結局、圭介しかいない。その圭介が、三十七になるのに、何をやりたいのかさっぱり分らんと来ては、頭が痛いのも分るだろ？」

隆介はため息をついて、「今度の話が、うまくやれるかどうか分らん。しかし、ともかくやらせてみたいんだ。うまく軌道に乗れば、あいつもそれなりにやっていくだろう。

――俺の力でできることは、してやりたい」

隆介は、愛子の方へ目をやって、びっくりした。愛子の頰を、涙が伝い落ちていたからだ。

「おい、どうしたんだ？　大丈夫か？」

愛子の涙を見たのは初めてで、隆介はあわてた。

愛子は車を道の端に寄せて停めると、

「大丈夫です。――すみません」

と、ハンカチを出して涙を拭った。

「いや……。すまん。俺が無茶ばかり言って――」

「そんなことじゃないんです」

と、首を振り、「私は――言われなくてもお手伝いする気でした。だからって、先生の仕事も、決して手は抜きません。ただ……先生が、今にも亡くなられそうなことをおっしゃるんで、悲しくなって……」

「すまん。――すまなかった」

隆介が、愛子の肩を抱く。愛子はそのまま隆介の胸に顔を埋めた。

「愛子……。お前はすてきだ」

と、隆介は言った。

嬉しそうな声だった。

――愛子は、隆介の腕の中でじっと目を閉じていた。言ったことは嘘ではない。しかし、泣いてしまった理由はそれだけではなかったのだ。

圭介の話がでたらめだということ――少なくとも、父に隠している部分がいくらもあって、おそらくそれの方が差し迫った問題に違いないということを、愛子はあのロビーで聞いた、山口という男の言葉で知っている。

隆介が、息子の言葉を信じ、素直に喜んでいるのを見て、哀れだったから泣いたのだ。

そして圭介に対して怒りを覚えた。

しかし、今こうして喜んでいる隆介に、自分の考えていることを、そのままぶつけることはできなかった。愛子は、圭介たちが何を考えているのか、何を狙っているのか、今どんな状況なのか、ちゃんと調べ出してやろうと決心していた。

「――もう大丈夫です。すみません」

愛子は体を離すと、「お宅でお待ちですね、奥様が」

と、微笑んで車を出した。

そして、少し走らせた所で、

「――先生。裕美子さんって、亡くなったお嬢様でしたね」

と訊いた。

「ああ、どうしてだ？」

「いえ……。亡くなって、どれくらいたつんですか」

「七年だ。――俺がちょうど六十のときだった。裕美子のことがどうかしたのか」

「何でもありません。ふっと思い付いただけで」

と、愛子は言って、「明日は何時にお迎えに上りましょうか」

と、話題を変えたのだった。

7　追う影

〈秋のN展〉

ポスターの紅葉色が、いかにも美術の秋の気配だった。

ゆうべは台風が通り過ぎて、古い家はあちこちがミシ、ミシときしんで、神経質な早苗はよく眠れなかったのだが、今日は乾いた晴天。空気も洗い流されて澄んでいる。

早苗は午後から出かけて、この美術展にやって来た。——格別に絵が好きというわけではない。昔からの友だちがN展に出品し、入選してここに出ているというので、見に来たのである。

お付合いというもので、またそういうことでもないと、なかなか外出する気になれないのも事実だった。

秋になって、涼しい日がふえる度、弱っていた早苗の体も徐々に回復して、こうして出歩けるところまで来た。健康のありがたさが身にしみる。

今日は、その友だちが、早苗が来るというので待っていてくれることになっていた。

入口を入ると、〈出展者案内〉という机があった。ロビーで、という約束だったし、時間は五分ほど過ぎただけ。ここにいてくれるはずだが。

見当らないので、少し待とうと思ったが、座る椅子がない。ずっと立っているのも疲れそうで、

「――あの、すみません」

と、机の所へ行って、「ここに入選したお友だちと待ち合せているんですが」

と言ってみた。

「はい、お名前は？――入選した方と、そちら様の」

「あ……。私は藤沢早苗です。友人は岡本。岡本信子です」

「お待ち下さい」

若い女性だったが、対応はていねいで気持良く、早苗など、それだけでずいぶん疲れがいやされる気がした。

「――あ、岡本さん。ご伝言がありました。今、他のお客をご案内しているので、喫茶室で待っていてくれ、とのことです」

「まあ、そうですか！　うかがって良かったわ」

「大勢いらっしゃるんですよ、ここで待ち合せて、お会いになれずじまい、という方」

と、係の女性は微笑んだ。

「そうですか。その喫茶って……」

「その右手の階段を下りられると、すぐですわ」

「どうもありがとう」

「いいえ」

正直、ここまで来るのに少しくたびれていたから、ホッとした。

段差の小さい階段をのんびり下りて、明るい場所だった。意外に広い喫茶室へ入る。

中庭らしいスペースに面した、明るい場所だった。三分の二ほど席が埋っているが、どこに座っても、捜すのに手間どるというほどでもない。

「――ミルクティーを」

と、早苗はオーダーして一息つくと、全面ガラスの向うに、日射し(ひざ)を一杯に浴びた中庭が広がっているのを、まぶしげに眺めた。

緑が鮮やかで、まるで新緑の季節かと思うほどだ。空気が澄んでいるのと、台風の雨で緑が洗われたせいだろう。

ミルクティーに砂糖を少し多めに入れて一口飲むと、思いがけずその熱さが早苗の一番の好みの温度で、この上なくおいしい。そう高級な紅茶を使っているわけではないだろうが、場所や気分でこうもおいしく感じることもあるのだ。

出かけて来て良かったと……。心から良かったと思った。

同時に、いささかの皮肉を自分へ向けて、こんなことで幸せになるのは、年齢(とし)をとったという証拠か、とも思ったりしたのである。

年齢……。そう。何といっても、六十なのだ。これからはただ衰えていくばかりの日々。そう思うと、こうして出歩く元気がある内に出かけておきたいという気もする。

「いらっしゃいませ」

というウエイトレスの声に、早苗は友人が来たのかと振り返った。——そうではなかった。やはり知り合いを待たせていたらしい。

「あら、わざわざどうも」

「いいえ、楽しみにして来たのよ」

大方、今日一日、同じような挨拶(あいさつ)がこの喫茶室の中ではくり返されるのだろう。

早苗はまた緑のまぶしい表へと目を向けた。

少しして——足音が早苗のテーブルのそばを通って行った。新しいお客か。早苗は振り向こうともしなかった。

どこか奇妙な足音だ。ふとそう思った。

一定のリズムではない、足音の間(ま)が、短く、長く、短く、長く、とくり返し、その間にトン、トンという柔らかい音が入る。

顔を向けたとき、その人はもう後ろ姿で早苗の視界から外れるところだった。軽く足を引きずり、杖(つえ)を突いた女性である。チラッと見たところで、それ以上は分らなかった。

足音の間が均等でないこと、杖の先のゴムが床に当る音が、あの柔らかい音になっていたこと。――とりあえずそれが分って、早苗は納得した。

その女性は早苗の真後ろに座ったらしい。椅子を引いてかける音がした。

早苗は、ゆっくりとミルクティーを飲みながら、友人の送ってくれたチラシをバッグから出して眺めたりした。――他に予定があるわけでなし、のんびりしていよう、と思った。

その内――妙なことが気になり出した。

後ろに座った、足の悪い女性の所へウエイトレスが一向に注文を訊きに行かないのだ。ウエイトレスは、なかなか感じのいい女の子だった。たぶん、他の客に気を取られていて、その女性客に気付かなかったのだろう。

しかし、早苗がわざわざウエイトレスを呼んで、後ろの女性のことを教えてやるのもお節介が過ぎると言われそうな気がした。

早苗はそういうことが気になるたちである。自分が忘れられているのなら、そうでもない。他人がいくら呼んでも一向に気付いてもらえず苛立ってくるのを見ると、まるでそれが自分のせいででもあるかのように居ても立ってもいられない気分にさせられてしまうのだ。

その内、チラシを眺めていても落ちつかなくなって来て、ウエイトレスを呼ぼうかと思った。そこへ、友人が入って来たのである。

「ごめん！　ちょっと、同じ先生についてる年上の方に捕まっちゃってね」

と、息を弾ませながらやって来る。

岡本信子は、同じ六十代の初めだが、髪も赤く染め、服装も活動的で若々しい。早苗など、いつもそのエネルギーが羨しいと思っていた。

「いいのよ、ちっとも」

と、早苗は言った。「気持のいい日だし、引張り出してくれてありがたいわ」

「そう。あなたは、そうでもしないと出て来ないものね。――あ、私、いいわ」

と岡本信子は、水を持って来たウェイトレスに言った。「あなた、もう飲んだんでしょ？」

「ええ。いただいたわ」

「じゃ、絵の方へ行きましょうか」

「そうね」

と、早苗はバッグを手に立ち上った。「あ、いいのよ」

信子が伝票を取ろうとしたので、あわてて押える。

「でも、来ていただいて――」

「何言ってるの。それに、このミルクティーとてもおいしかったわ」

ウエイトレスが微笑んで、

「ありがとうございます」

と礼を言った。

「あ、そちらの方、注文がまだのようよ」

と、早苗は付け加えた。

「は？」

「ほら、後ろの席の——」

と、振り返って、早苗は言葉を切った。

後ろのテーブルには、誰もいなかったのだ。椅子もきちんと入れたままになっていた。

早苗は、喫茶室の中を見回した。——杖をついた女性客の姿は、どこにもなかった。

〈坂道〉

その絵はそう題がつけられていた。

夕日が坂道に射している。坂を下っていく一人の人物。——年寄りか若者か、男か女かすらもはっきりしない黒い輪郭。

その人物から、長い影が伸びて坂道を下っている。影は坂の傾斜に合せて歪（ゆが）み、身をよじった蛇のようにも見えた。

「——気に入った？」

と、信子がやって来て訊く。

「あ、ごめんなさい。つい、立ち止っちゃって」

「近ごろ珍しい絵ね」

と、信子はその〈坂道〉という絵を眺めて、

「う ー ん……。そういい絵とも思えないけど。何だか全体がアンバランスよね」

そう。——確かにそうだ。

早苗は、この絵を見て何となく不安を覚えたのだが、それは信子の言うように、構図にしても色の使い方にしても、どこかアンバランスなものを感じていたからだろうと分った。

「うちのそばの坂道がこんな風だからね。それで気になったんでしょ」

と、早苗は言って、「ごめんなさい。あなたのは？」

「こっち、こっち」

と、先に立って行きながら、「自信なかったんだけど、割合とみんな賞めて下さるの」

ついて行きながら、もう一度早苗は振り向いて〈坂道〉という絵を見た。——そうか。

あのねじれた影が、まるで坂を流れ落ちていく血の帯のように見えたのだ。

でも、もちろんあれはただの影で、人恋坂とは何の関係もない。

早苗は気を取り直して、信子の後について行った。

——岡本信子の絵を眺め、そして賞めた後に、早苗は一人、他の絵をブラブラと見て回った。

正直、絵のことはよく分らないので、賞めるにしてもどう賞めたものやら困ってしまうのだが、黙って見て歩くだけなら気が楽である。信子は、また別の友だちと待ち合せているということで、絵の前でそのまま別れた。

「あなたも絵、やれば？」

と、いつも信子はすすめてくれるが、今さら何かを学ぼうという元気もない。

確かに、語学とかスポーツと比べれば、絵をかくというのはマイペースでできるから楽かもしれないが、若いころ、少しでも絵筆を執ったことのある人はともかく、そうでもなければ、なかなか踏ん切りのつくものではない。

私は、こうやって見て歩いてるぐらいがいいんだわ……。展示の間を歩きながら、早苗はそんなことを考えていた。

コト、コト。——靴の音に挟まれて聞こえてくる鈍い音。あれは……。もしかして、さっきの？

——こういう一般公募の展示会は作品数が多いので、壁面だけではとても間に合わない。臨時にパネルを立てて、そこにもズラッと絵が並んでいる。そのパネルは、足下が空いていて、向う側を行く人の足先が覗いているのだが——。

今、そこをゆっくりと歩いて行くのは、片足を引きずり、杖をついていく女性。さっきティールームで見かけた人だろう。

やはり、ちゃんといたのだ。——そう思って早苗はホッとした。

さっきティールームでいつしか姿を消してしまっているのを見て、一瞬ゾッとしたのだったが、自分がぼんやりしている内に出てしまっていたのだろう。

早苗は安堵した。

パネルの端を回って、反対側へ出ると、ちょうどその女性は向う端を回って消えるところで、入れ違いということになった。

別にどうでもいい……。格別知り合いというわけではないのだから。

それとも——向うはこっちを知っていて、わざとそばを歩いているのだろうか？

そんなことはない。偶然だ。

坂道の絵。あの影。そして杖をつく女性。

まさか。——まさか、そんなことがあるわけはない。

ずっと昔。ずっとずっと昔に、早苗は知っていたことがある、片足をいつも少し引きずって歩いている女性を。

友人なんかではない。いや、むしろ「敵」だったかもしれない。敵……。

早苗は争ったことがなかった。もともと争いは好きでない。恨んでも、それを相手にぶつけたりはしなかった。

早苗は足を止めた。

絵を見ていたわけではない。――その絵は奇妙な四角と三角の取り合せの絵だったが

――ちょうどパネルを挟んで向う側に、その女性は立ち止っていたのだ。

靴先と、杖だけが目に入る。どうしてじっと立ち止って動かないのだろう？

まるで私と向い合って互いに見つめ合ってでもいるかのよう。

そう考えると、パネルを通して向うの視線が早苗の体にまで届いて来そうな気さえする。

早苗はしばらくその場から動かなかった。向うが先に歩みを進めてくれるのを待ってい

たのである。

しかし――その女性は早苗が動くのを待っているように、ただじっとたたずんでいた。

そんなことが……。そんなことがあるわけはない！

そう。きっと今見ている絵が気に入って、眺めているのよ。そうに決ってる。

早苗はその場から動かなかった。――きっと向うが動き出す。そしたら動こう。

待った。――まるで果てない時間がたったと思えるほど長い間、待った。

しかし、その女は動かなかった。杖も足も、そこに根が生えたように、動かずにいる。

誰なの？　あなたは誰？

早苗は心臓の打つ音が耳について、それがやがてすべての音を隠してしまうのを聞いて

いた。

何をしてるの！　早く歩いて行って！

——限界だった。

早苗は我知らず駆け出していた。見てやろう。反対側へ回って、誰なのか見てやるのだ！

精一杯走ってみたが、そう速くは無理である。喘ぎながら、早苗はパネルの端を回った。

そこには——誰もいなかった。

「嘘よ……」

ちゃんと立っていたのだ。このパネルの前に。足を悪くして、杖までついて。どうしてそんなに速く走れるだろう？

早苗は、ハアハアと息を切らしつつ、歩いて行った。

今、その前には誰もいない。そばに他の客でもいれば、訊いてみることもできるが、今は誰一人いない。

あの女は、いつ、どこへ行ったのだろう？

早苗は、しばらく動悸が治まらずに、立ち尽くしていた。

何人かの女ばかりのグループがにぎやかにやって来て、早苗は先へ進まないわけにいかなくなった。

もっと先に、あの女が待っているのではないかと心配だったが、それはなかった。いつしか外へ出ていて、光の溢れる中へ体をさらすと、大分動悸の方も鎮かになった。

周囲を見回しても、怪しげな人影はない。

「――しっかりして」

と、呟く。

私は何もしたわけじゃない。そうでしょ？

私は……。あのとき、坂道は濡れていた。

雨だったのだ。雨のせいだった。

早苗は強く首を振ると、歩き出した。今は早く家へ帰り着きたかった。

あんなによく晴れていたのに、ふと日がかげって、早苗はゾクッとした……。

「――何だ、お母さん」

玄関を入ると、郁子が立っていた。「私も今帰って来たところ」

「早いのね、今日は」

「テストの前で、クラブがないから」

郁子はまだ制服姿で、鞄を手に階段を上りかけ、「お父さん、いるよ」

「愛子さんも一緒」

早苗も気付いていた。女ものの靴があることも。

「ええ」

早苗は、肯いて上った。

「——奥様。お帰りなさい」

愛子が出て来る。

「愛子さん、主人もいるの？」

「はい。もう失礼するところでした。仕事の打ち合せをしていました」

愛子はそう言って、「何か夕食のお支度して帰りましょうか」

「必要ないわ」

と、早苗は即座に言った。「自分でやります」

「はい。じゃ、先生にご挨拶してから帰ります」

愛子が居間へ入り、「——奥様のお帰りです」

「そうか。じゃ、君、頼むよ。明日までにやれるか」

「何とか」

と、愛子は書類を詰めた鞄を手に、「じゃ、明日は午前十時に伺います」

「ご苦労さん」

と、隆介は言った。

早苗は、愛子が帰って行くのを送って、玄関をきちんとロックした。

居間へ入ると、夫が新聞を広げている。

「ただいま。N展に行ってたの」

「そうか。また誰かのが偽物だって騒ぎにでもなればいいけど。——早苗」

「すぐ夕ご飯の支度をするわ」

と、行きかける早苗へ、

「江口君に作ってもらっておけばいいじゃないか。せっかく言ってくれてるんだ」

「私、やります」

「疲れてると思ったから——」

「少し動いた方がいいんです。そう病人扱いしないで下さい」

つい、苛立つような口調になった。

隆介は顔を上げて、

「何を苛々してるんだ」

「ちっとも」

早苗も、何とか笑顔を作った。「簡単なものでいいですか」

「ああ。さっぱりしたものが食べたい。外じゃ、フランス料理だの懐石だのだ。この年齢じゃもたれる」

「そうおっしゃればいいのに」

「接待する方が食べたいのさ。まさか湯豆腐でいいとも言えんだろ」

と、隆介は笑って、「ああ、それから、圭介から電話があった。遅くなるそうだ」

「そうですか」

早苗は、着替えようと居間を出て、廊下を歩いて行き、玄関の前を通りかかって、

「――あら」

かがみ込んで拾うと、クシャクシャになったチケット。――今日のN展の入場券である。上るときに落としたんだわ。

早苗は、二階へ上った。今、圭介と沙織たちが一階の部屋を使っている。和代がいなくなって、部屋が空いたのである。

早苗は、着替えると、バッグの中身を出して、鏡台に置いた。

その手が止る。――小さく折りたたんだチケット。

おかしいわ……。広げてみると、確かにN展の入場券である。日付は今日。

屑(くず)カゴから、ついさっき捨てた券を拾い出してみる。――やはり今日の日付の入場券だった。

なぜ、二枚あるんだろう？

早苗は、鏡台の前に座った。――夏の疲れで寝込んでから、自分でも老け込んだと思う。白髪もふえて、むろん出かけるときは黒く染めて行くが……。

このところ続いた「親しい人の死」も、早苗にとっては重苦しくのしかかる出来事だっ

た。

老けてしまった。夫も、もちろん若くはない。けれども、少なくとも忙しく動き回っていることが、夫を支えている。

そして——早苗は認めなくなかったが——常に夫の傍に女の影が添っていたことが、夫の行動力を生み出していたこと。それは否定できない。

江口愛子にしても、単なる秘書でないことは初めから気付いていた。

ただ——これまでの女たちと違うのは、秘書として、毎日隆介と行動を共にしていること。そして、和代がいなくなったせいで、家へ入り込んで来るようになったことである。

それはそれで、早苗も助かっている。だからこそ余計に苛立ちが早苗を捉えていたのである。

もういいわ、考えたところで仕方ない。

早苗は二枚の入場券を屑カゴへ入れると、寝室を出て——、

「江口さんが?」

と、思わず呟いた。

さっき、帰って来たときには落ちていなかった。ということは……。あの後、江口愛子が帰って行くときに落としたのだ。

そうだとすると——彼女もN展に行っていたのか?

「あなた」

と、居間を覗くと、夫はソファで眠り込んでいた。

早苗はあえて起こさなかった。

台所へ行き、夕食の支度をしながら、早苗は、どうしてこんな簡単なことに気付かなかったのだろう、と自分に腹を立てていた。

江口愛子が仕組んだことなのだ。わざと片足を引きずって歩き、杖をついて――。早苗に古い悪夢を思い出させようというのか。

「誰が……」

と、早苗は呟いていた。「誰が負けるもんですか」

「――お義母さん」

と呼ばれて、びっくりして振り向く。

「沙織さん――。いつ帰ったの？」

「お手伝いします。何か買物して来ますか？」

「いいのよ。早百合ちゃんは？」

「今眠ったところですから。あ、私が……」

早苗は、水仕事を沙織に任せて、

「圭介、ゆうべも遅かったのね」

と言った。

「ええ。でも、お義父様のご本を出すんだって、張り切ってるんです」

沙織は微笑んでいた。

「そう。うまく行くといいわね」

と、早苗は言った。

新しい「主婦」の加わった暮しに、早苗はやっと慣れつつあった。

もっとも、このところ沙織は圭介の仕事を手伝うので毎日出ている。早百合は元同業だった友人が預かってくれているそうで、早苗はそういう職業の女同士、互いに助け合う姿に感心し、自分の偏見を恥じることがあった。

公平な目で見れば、確かに沙織は控え目で、常に圭介を立て、自分は目立たないようにしている、古風な「嫁」だ。

早苗のように、多少子供のような部分の残っている人間の常で、一旦信頼してしまうと、今度は頼り切ってしまうことになりがちだった。早苗は自戒していた。

それでも、沙織が要領良く食事の支度をするのを見ながら、自分が言い出すのを止められなかった。

「沙織さん。——江口さんのことなんだけど……。あの人、私が死んだら、主人と結婚するつもりかしら。どう思う?」

8　背信

「ね、郁子」

山内みどりの話し方は、その声だけで雑談と分るものだった。――もっとも、みどりはクラスの中ではよく勉強する方であり、「雑談」以外のことを話しかけてくることも少なくないことは、みどりの名誉のためにも言っておかなくてはならない。

「うん？」

郁子の方も、みどりから話しかけられてホッとしていた。いつの間にかぼんやりとして、授業から全く気持が離れていたからだ。

「相沢先生、急に白髪がふえたね。そう思わない？」

「そう？――言われてみればそうかな」

と、郁子は小声で応じた。「でも、病気してたんだから。そのせいじゃない、きっと？」

「それにしたってさ……。普通じゃないよ、あの老け込み方」

と、みどりは言って、自分で肯（うなず）いている。

そう。――みどりから言われるまでもない。郁子の方がとっくにそのことには気付いている。

何といっても則行の父親である。他の教師よりもずっと目が行くことになるのは当然だった。

髪が白くなった、というのなら、郁子は叔母、柳田靖江の、一夜で真白になった髪を見ているから、相沢を見てもそうびっくりしない。むしろ、カサカサに乾いた感じの肌、青筋や額の、引きつれたようなしわの方が痛々しく感じられた。

則行も、父と家族の間に一種ぎくしゃくしたものがあることは認めていたが、その内容については語ってくれないので、郁子もどう考えていいのか分らなかった。

「——この部分は仮定法になってるんだね。だから、ここからここまでを主語だという風に考えると分りやすい……」

黒板を滑る白墨がキーッと耳ざわりな音をたて、生徒たちが一斉に、

「いやだ！」

と、悲鳴を上げた。

「すまん、すまん」

と、相沢は笑った。「俺のせいじゃない。この白墨を恨め」

郁子は、相沢が笑うのを、久しぶりに見たという気がした。それほど、このところ相沢はふさぎ込んでいた、ということでもある。

ふと、相沢は黒板から離れて生徒たちの方を向くと、

「――俺も、体を悪くして、ずいぶん迷惑をかけた」

と、言い出した。「授業も遅れたし、その遅れを取り戻すだけの元気が出ない。正直、俺も年齢だ」

教室の中に当惑した空気が広がった。先生、どうしちゃったの？――みんなそう言いたげな顔を見合せている。

「これはまだ、他のクラスでは言っていないが、俺は学校を辞める」

エーッという声にならない声が広がった。

「ウソ！」

という、おなじみの反応も、もちろんあった。

「本当だ。たぶん――この学期で終りということになる。学年末まで、とも思ったが、体の方が言うことを聞いてくれん。このクラスには特に色々思い出があるが、ま、後のことは学校の方で考えてくれる」

教室は静かになっていた。――めったにないことである。

「誰か泣いてくれないのか？」

と、相沢がおどけて言ったので、あちこちから、

「先生、図々しい！」

「高いですよ！」

相沢は笑って、

「俺の方が泣かんようにしないとな。中年になると、涙もろくなる。お前たちも、その内分る。——さ、続きだ」

と、黒板へ向くと、教室のドアを誰かがノックした。

「何だ？」

相沢が手を止めて、「どうぞ」

と、声をかけると、ドアが開いて、事務室の女の子が当惑した顔を覗(のぞ)かせた。

「先生……。お客様が」

「今、授業中だ。あと……十分ほどで終るから、って待ってもらってくれ」

「そう申し上げたんですけど——」

と言いかける事務の子をわきへ押しのけて、入って来た女性は、

「お邪魔して」

と、生徒たちの方へ頭を下げた。

郁子は見知っていた。自殺した、倉橋充江の母親だ。

「倉橋幸子(ゆきこ)と申します。充江の母です」

その言葉は、相沢の方へ向けられていた。

「ああ……。どうも、その節は」

と、相沢が会釈して、「少しお待ちいただけませんか。じきに終りますので……」

「すぐすみます」

と、倉橋幸子は言った。「娘の机からこんな物が出て来まして」

と、バッグに手を入れた。

「奥さん。ここではどうも……」

と、相沢が歩み寄った。

「手紙です」

その手は、郁子の目にも分るほど震えていた。「憶えていらっしゃるでしょう？　ご自分が書かれたんですから」

手紙を、相沢は受け取らなかった。受け取れなかったのかもしれない。

郁子は、どうして考えつかなかったのかと――分っても良かったのだ！　充江が愛していたのは、相沢だった……。

「奥さん……」

相沢はうなだれた。「私は――」

「先生」

倉橋幸子は真直ぐ背筋を伸すと、「あの子を愛したことは恨みません。でも、どうしてあの子を裏切ったんですか！　あの子は先生を待ち続けていたのに。恨みの遺書一つ残さずに死んだのに！」

張りつめた言葉、厳しい声だった。

「申しわけありません！」

相沢は深々と頭を下げた。

――教室の中は、みんな息もしていないかと思えるほどに静かだった。

相沢が顔を上げ、

「私は――」

と言いかけたとき、倉橋幸子がバッグから小さな尖(とが)った包丁をつかみ出した。

「いけない！」

郁子が叫んで立ち上る。その声の余韻が、相沢の呻(うめ)き声と重なった。

包丁は、ほとんど刃の部分一杯、相沢の腹に呑(の)み込まれていた。相沢がよろけて、教壇に寄りかかる。

「先生……」

倉橋幸子が、青ざめた顔で、眉(まゆ)をくっきりとつり上げて、「充江が待っています」と言った。

「私は……私は……」

相沢がそうくり返すと、床へ崩れた。血が上着をどんどんどす黒く染めつつあった。

郁子は駆け出した。廊下へ飛び出すと、

「誰か！──誰か来て！」

と、叫びながら事務室へと走って行った……。

三階までは、古くてのんびりしたエレベーターよりも階段を上った方が、ずっと早かった。

それでも、以前の沙織なら、エレベーターを使っていただろう。いつも疲れが影のように一緒だった。

しかし、今の沙織は階段を一気に三階まで駆け上っても、軽く息を弾ませるくらいのものでしかなかった。いつの間にそんな体力がついたものやら、沙織自身もよく知らない。

格別運動や健康法を試したわけではない。──たぶん、圭介との結婚で精神的に安定したこと、早百合を産むのに体に気を付け栄養をとったこと。そして今は何より、子供を育てていること自体、大変な運動なのだ。

こんなに自分を若く感じたことは、二十代だって、なかったような気がする。

「──ただいま」

少しきしんだ音をたてるドアを開けて、「遅くなっちゃった」

と言うと、ちょうど圭介は電話に手をかけているところだった。

「あ、電話するの？　どうぞ。——ちゃんとイラスト、もらって来たわよ」

しっかり脇に抱えていた大判の封筒を机の上に置く。

「ありがとう。——いいんだ。これからかけるんじゃない。今、切ったところだ」

圭介は、電話から手を離し、「ご苦労さん。悪いな、外を歩き回らせて。疲れるだろ」

「ちっとも！　本当よ。楽しいの。だって、ホステスしてたころは、仕事で出かけるなんてこと、なかったんですもの。青空の下を歩いてるのが仕事だなんて、本当にすてきよ」

沙織の言葉を聞いていた圭介は、

「そうか」

と、微笑みながら肯いた。「それなら良かった」

「ええ。——今日は少し早く帰ってもいいかしら？　早百合のオムツカバーを買って帰りたいの。三十分くらい早く出られれば充分なのよ」

「ああ、いいよ、もちろん」

圭介は、立ち上ると、薄汚れた窓の方へ立って行って外を眺めた。

この狭い、古い事務所を借りたのは、ついこの一週間ほどのことだ。前に入っていた人は夜逃げ同然で出て行ってしまったそうで、机や戸棚が、中に雑多な書類を一杯詰め込んだまま残っていた。

沙織はまず戸棚と机の中身を全部捨てることから始めて、ここを掃除しなくてはならなかったが、おかげで机も椅子も、そのまま使えて安上りだった。新しく買って入れたのはソファが一つ。——忙しくなったら、上で仮眠できる。

しかし、隆介の講演集一つ出すといっても、全く経験のない圭介たちにとって、仕事は煩雑を極めた。

机や空だった戸棚は、たちまち種々の資料で埋ってしまった。今も、机の上はあまり空間がない。

「どうかしたの？」

と、沙織は訊いた。

圭介はどこか放心したような表情で外を見ていた。そしてゆっくり振り向くと、

「何でもない。——寝不足でボーッとしてるのさ」

「体をこわすわ。今日はもう帰ったら？」

「そうはいかない。権利関係をクリアしとかなきゃいけないものが、まだ二、三件残ってる」

圭介は、軽く息をついて、「——な、ちょっと出てくる。じき、戻るから」

「ええ、いいわよ」

と、沙織は笑顔で言った。

圭介は上着に腕を通しながら、

「金を稼ぐってのは、大変だな」

と言った。

「でも、仕事があるだけでも感謝しなくちゃ」

沙織は、ポットでお茶をいれながら、「仕事もなくて、途方にくれてる人も沢山いるわ」

「そうだな」

「印刷物のファイルを整理しておくわ。一度やっておかないと、と思ってたの」

「ああ。助かるよ」

圭介はドアを開けて、出て行きかけたが、

「──沙織」

と、振り向く。

「え?」

「よくやってくれてる。ありがとう」

「何よ、突然」

と、照れて笑う。「やっぱり疲れてるのよ」

「そうかもしれないな」

圭介は肯いて、出て行った。

沙織は、ちょっと気になったが、ともかく今は早百合のことで頭の中の八割方は占められている。

「さあ、今夜は何を作ろうかな」

夕食のことまで、つい考えている沙織だった。

妙なもので、ホステスをしていたころと比べても、今はひどく忙しい。家のことをして、早百合がいて、圭介がいる。そうして慣れない仕事までしている。

それでも、疲れはずっと少ない。動けば動くほど元気になり、楽になっていくようでさえある。

自分にこれほど「生きていく力」があったことに、驚かないわけにはいかなかった。

圭介が座っていた椅子に腰をおろし、仕事に熱中すると、たちまち二十分、三十分はたってしまう。

ドアの外に足音がして、キーッとドアがきしんだ。顔を上げないまま、

「もう戻ったの？　早かったのね」

と言うと、

「何だ。――驚いたな」

と男の声がした。「沙織か」

「まあ。――水原さん？」

ホステスのころ、よく店に来た客である。

「藤沢と結婚したんだっけ。ああ、思い出した。ママが言ってた」

水原は、何を本業にしているかよく分らない男である。世の中が不況になっても、なぜかいつも金を持っている。世の中には、こういう得体の知れない金持という人間がいるのだ。

見たところ実直なサラリーマンという外見なので、却って気味が悪い。五十がらみだろうが、年齢のよく分らない男である。

「――藤沢は？」

と、水原はコートを脱いでソファの上に放り出した。

「外出してますけど……。何か、主人にご用ですか」

と、沙織が訊くと、水原はちょっと笑って、

「そうか。――知らないんだね、奥さんは」

ソファに寛ぐと、「逃げたか」

「逃げた？」

「さっき電話をしたんだ。そしたら、『待ってるから来てくれ』ってことだった」

「主人がですか？　じゃあ……。じき戻ると思いますけど」

「いや、しばらくは戻らんだろう」

水原はタバコを取り出して火を点けた。「——灰皿はないのか」

「喫わないんです。子供が産まれて、二人ともやめました」

「子供か……。そいつはおめでとう」

水原は煙を天井へと吐き出した。

「あの……主人にご用って……」

「決ってるじゃないか。金だ」

「お金を……」

「山口って男がいた。知ってるか?」

「ええ」

「姿をくらました。方々に借金してな。うちの分は、藤沢君が返済してくれることになっていた」

「知りませんでした」

「そうだろう。それに、個人的にも貸してある。この事務所の費用だって、どうせ借金だ」

と見回し、「ひどい所だな」

と、顔をしかめた。

「あの……私には分らないんです」

「うん」

水原は立ち上ると、窓辺に行って、タバコを窓枠のサッシでもみ消した。そして振り向くと、

「利息分だけでも今日もらう約束だ。さっきの電話じゃ、奴も分ってたはずだ」

「でも——聞いていません」

沙織は、圭介の様子がおかしかったことを思い出した。なぜ黙って行ってしまったのだろう？

「そう言われても、こっちも商売だ。差し押えることも、訴えることもできる」

「水原さん——」

「なあ、沙織」

と、水原はなれなれしく沙織の肩に手をかけた。「俺はお前を気に入ってた。知ってるだろ？　藤沢も知ってるさ。だから、お前を置いてったんだ」

「何のことですか」

「返済を待つ代りに、新しく担保を入れるってことさ。言いにくかったんだろ、お前にゃ。それとも、何も言わなくても分ってくれる、と思ってたんじゃないのか。そういう男だ。いつでも誰かに救われる。それに慣れちまった」

水原は淡々と言った。「やさしい亭主だろ。しかしな、やさしい奴ってのは、時には一

番残酷なことも平気でやるのさ」

沙織は、ここを出て行くときの圭介の表情を思い出した。——直感が、水原の言ったことが正しいと教えた。

「どうする？」

と、水原は窓によりかかって沙織を眺めている。

沙織は一旦目を伏せていたが、やがて水原を見上げて、

「ブラインドを下ろして」

と言った。


「——圭介」

と、母の声がした。「圭介」

こんな所で？　空耳だ。きっとそうだ。

目の前の座席に、母が座った。

「何、返事もしないで」

「——母さん」

圭介は呆気にとられて、「どうしたのさ、こんな所で」

「あんたは？」

　黒ずんだ木の内装がいかにも古い喫茶店。——圭介は、もう一時間もここに座って、すっかり冷めたコーヒーを飲んで——いや、見ているだけだった。

「あんたの会社がどこなのか、訊こうと思って入口から覗いたら、あんたが見えたのよ」

　早苗は、ホッとした様子で、水を持って来たウエイトレスに、「ミルクティーを」と、頼んだ。

「母さん……。僕の会社だなんて。訊いたって分るわけないだろ」

「でも、あんたを見付けたわ」

　と、圭介は笑った。

　早苗の言う通りだ。

「僕に用事で？」

「もちろん。家だと、お父さんの耳に入るかもしれないから。あんたも聞かれたくないでしょ？」

　圭介は当惑して、

「何の話？」

「お金で困ってるんだろ」

　早苗は静かに言った。「借金がかさんで、お父さんにも言えなくて」

圭介はじっと母親を見つめた。——何分間だったか。ともかくミルクティーが来てしまった。

「——どうして知ってるの」

と、圭介は言った。

「父親の目はごまかせても、母親は騙(だま)されないわ」

と、早苗は首を振って、「嘘(うそ)をつくときの子供の表情はいくつになっても同じ。あんたのことなら、私が一番よく知ってるのよ」

圭介はため息をつくと、

「山口の奴が、消えちまったんだ。おかげでこっちはとんだ迷惑だよ。——何とか今度の父さんの本を出して、払おうと思ってるんだけど——。それまで待ってもらうのが大変なんだ」

「いつの話なの？　半年先？　三か月先？　作ってもいない本のお金を、先にくれとは言えないでしょ」

圭介は気が重そうに、

「母さんがどうしてそんなことを気にするのさ」

と言った。「お金を貸してくれるわけじゃないだろ。金のことは父さんでなきゃ」

早苗が、バッグから封筒を取り出し、圭介の前に置いた。

「──何、これ？」

「中を見て」

圭介はテーブルに封筒の中身を出した。

──預金通帳と、印鑑。

「これは私の預金なの。父さんには使っても分らないわ」

「母さん……」

圭介が、金額を見て目をみはった。──三千万以上ある。

「実家の方で、山を持っていた叔父さんが亡くなって、私にも分けてもらったの。もう何十年も放っておいたから、その金額になってたわ」

「母さん！　ありがとう」

圭介は頰を紅潮させた。

「その代り、やってほしいことがあるの」

と、早苗が言った。

「何だい？」

「江口愛子さんのことよ。──あの人は私を殺そうとしてる」

「何だって？」

「本当よ。私を守って。ね、圭介。どういう方法でもいいから。あの人を──あの人に私を殺させないで」

「母さん――」

「私の子供は、あんただけなのよ。圭介。分るわね」

早苗が圭介の手を固くつかんだ。それは圭介がびっくりするほどの力だった。

「母さん……。待って。詳しいことは後で聞くからさ。今――ちょっと事務所へ戻らなきゃならないんだ。またすぐ来るから、ね。ここにいて！」

圭介は、通帳と印鑑をつかむと、喫茶店を飛び出した。

走って、走って……。ビルの階段も駆け上った。汗がにじみ、心臓が破裂しそうな気がしたが、構わなかった。

事務所のドアを、突き破りそうな勢いで開ける。

――自分の鼓動と激しい息づかいだけが聞こえた。

ブラインドが下りた薄暗い事務所のソファで、沙織がゆっくりと起き上った。

「――もう少し遅く帰れば良かったのに」

と、沙織は言った。「せめて、私が服を着るぐらいの時間」

圭介の手から、通帳と印鑑が落ちた。

「十日間、待つって」

と、沙織は言った。「私は十日分の利息ってことね」

「沙織！」

圭介が駆け寄って、全裸の沙織を抱きしめた。

「――ね、ドアを閉めて」

と、沙織が言った。「人に見られるわ」

圭介は泣き出していた。

9　破局

　圭介がもう一度母と会って、それから事務所に戻ったのは一時間ほど後のことだった。

「――もういいの？」

　沙織は机に向っていた。仕事をしていたのだ。

「ああ……」

　圭介はドアの所に突っ立っていた。

「お義母さん、お話はすんだの？」

「うん」

「それならいいけど。――私は大丈夫よ」

　圭介は、ドアを閉めると、

「帰ろう」

と言った。「もう夕方だ。帰ろう」

「ええ」

　沙織は、ホッと息をついて、「ちょうどきりがついたわ。――お義母さんのお金を、使ってもいいの？　本当に」

「ああ」

「良かったわね」

「うん」

圭介は、沙織のそばへ寄って、肩を抱いた。「どうして僕を殴るかどうか、しないんだ」

「私は――」

と言いかけて、「鶴だって、自分の羽を犠牲にして恩返ししたわ。私も恩返ししただけだもの」

「ありがとう」

圭介は、沙織の額に唇をつけた。「さあ、二人で早百合を迎えに行こう」

沙織は微笑んで立ち上った。

二人が事務所を出ようとしたとき、電話が鳴った。沙織がすぐに駆け寄って、

「――はい。――あ、今日は。――ええ、お待ち下さい」

夫を見て、「江口さんよ」

圭介は、少し考えてから受話器を受け取った。

「――もしもし」

「圭介さん？　今からホテルSへ来て下さい」

「今から？　いや——もう今日は帰るところなんだ」

と、圭介は言った。「今夜、電話してくれないか」

「今度の本のことで、先生が大手のK社へ口をきいて下さったんです。そこの出版担当の方が会って下さるって。こんな機会、ありませんよ」

「そう……。待ってくれ」

沙織もそばに来て、話を聞いていた。

「——行ってらっしゃいよ。いい機会じゃないの」

「しかし……」

「私は大丈夫」

沙織が肯（うなず）いて見せる。

「——じゃ、すぐ行く」

と、圭介は答えた。「——ラウンジで？　分った。三十分あれば……」

圭介は電話を切ると、

「二、三分早く出ちまうんだった」

と言って、笑った。

坂は長く、暗かった。

どうして歩く気になったのか、郁子にもよく分らなかった。——本当なら、とてもそんな元気など残っていなかったのに。

——学校は大騒ぎだった。

相沢は、救急車で病院へ運ばれて行って、その後どうなったのか、分らない。

だが——たぶん助からないだろうと言われていたのを、郁子は耳にしている。

一体いくつの「死」が続いたことだろう？

もう沢山！　もう充分だ。

相沢が、充江を裏切ったことは確かだ。充江の母親の恨みも、よく分る。けれども……。

相沢も悩んでいたはずだ。家族を持ち、仕事を持ち、どうしても充江の下へ駆けつけることができなかったのだろう。充江の死から、相沢が突然老け込んだのを見ていた郁子は、相沢を責めるのに、ついためらってしまうのだった。

やっと坂を上り切ろうとして、人影に気付いてギクリとした。

「——則行？」

目を疑った。「何してるの？　先生が病院に——」

「うん」

則行は、重苦しい表情でやって来ると、「死んだよ、親父（おやじ）」

と言った。

「――そう」

何を言えばいいのだろう。何を言ったところで、慰められはしないだろう。

「ふざけてるよな、全く！」

と、則行はわきを向いて言った。「生徒とあんなことしといてさ、まだ先生やってたんだぜ。父親って顔してたんだぜ」

「則行……」

「みっともないっちゃないよ。みんな、目が合わないようにして行っちまうんだ、近所の人だって。そりゃそうだよな。言いようがないもんな」

と、則行は唇を歪めて笑った。「教室で刺されて死ぬなんて……。もうちょっと何とかなんなかったのか。せめて、生徒が車にはねられそうになるのを助けて、自分が代りに死んだ、とかさ。それだったら、同情してくれるかもしれないけど。――恨みたくたって、恨めないじゃないか。あの母親のしたこと……。俺がもし、娘とか妹とか、あんなことになったら、きっと相手の男、殺してるもんな。郁子。――ごめんな」

郁子は青ざめて、立っていた。

「何を謝ってるの？」

と、かすれた声で訊く。

「あの子、お前の友だちだったんだろ？」

「うん」

「俺は……。もうたぶん会えない」

郁子は無言だった。則行は首を振って、

「家族だけで葬式やって、お袋の田舎へ行くから。――だから、一度だけ会っておきたくてさ」

「そう……」

「良かったよ、会えて」

則行の顔はかげっていたが、目には光が見えた。「じゃあ……」

則行がクルッと背を向けて、小走りに去って行く。

会えない。――もう、これきりで。

抑え切れないものがふき上げて来た。

「則行！　待って！」

郁子は叫んだ。則行が足を止め、振り向く。

郁子は駆け出した。ただ真直ぐに、則行へ向って。見えない力が郁子を引き寄せているかのようだった。

何も言う必要はなかった。ただひたすらに恋する相手の胸にぶつかり、顔を埋めた。

「離れたくない……。こんなのってないよ！　こんな別れ方なんか……」

自分でも、何が言いたいのかよく分らなかった。ただ、分っているのは、今彼を離したら、もう二度と会えないだろうということ。――それだけだった。

「郁子――」

「一緒に歩こう。ね？　どこへでもいいから、ともかく一緒に歩こう」

「――分った」

と、則行は肯いて、郁子の肩へ手を回した。「行こう」

歩き出しながら、ふと郁子は空を見上げて、

「雨が降るかもしれない」

と、呟いたのだった。

「――ここか？」

ドアをノックする前に、圭介はちょっとためらった。

江口愛子と待ち合せたラウンジへ行ってみたら、ホテルのこの客室へ来てくれとメッセージがあったのである。

しかし、出版社の人間と仕事の話をするのに、どうしてホテルの部屋を取るんだ？　圭介は何となくいやな予感がしていた。

ノックをくり返す必要はなかった。

「はい」

と、すぐに返事があって、ドアが開いた。

「どうぞ」

愛子が微笑んで言った。

「──何か内緒の話でもあるのかい？」

と、広いスペースのある部屋へ入って、中を見回しながら圭介は言った。

「ご心配なく。誘惑しようっていうんじゃありませんから」

「そうは思わないさ」

と、圭介は笑ってから、ふと思い付いて、

「親父が来るのか？　そうなんだな」

愛子は少し間を置いて、

「ええ。先生もみえます」

「そうか。──だけど、僕と話をするのに、ここでってのも妙じゃないか」

「誤解なさらないで。この部屋を取ったのは、人に聞かれたくない話になると思ったからです」

「どういう意味だ？」

圭介はソファの一つに身を沈めると、「出版社って話は嘘だな」

「ええ。その点はお詫びします。でも、どうしても、今日でなきゃならなかったんです」

「どうして？」

「圭介さんの方がよくお分りでは？」

と、愛子は言った。

圭介はちょっと苛立った。——せっかく沙織を一人で帰して、やって来たというのに。

「遠回しな言い方はやめてくれ。何が言いたいんだ」

と、不機嫌を露わにすると、

「水原という男をご存知ですね」

その一言で、圭介には分った。愛子は、圭介が金に困っていたことを調べ出したのだ。

「——ご存知ですね」

と、愛子がくり返す。

「君も分ってるんだろう。僕が金を借りていることは」

「ええ。——山口という共同経営者が逃げた。その点は同情します。でも、先生を騙すなんて、とんでもないことですわ」

愛子の口調は厳しさを増した。「先生は、あなたが本当に本を出す仕事に熱中しておられると信じておいでです。だからこそ、出版社に頭を下げてまで、まとめることになっていた講演集を、あなた方へ任せるようにしてもらったんです。でも——」

愛子は、テーブルの上の果物の皿を、指で触れながら、

「その権利を担保にして、水原からお金を借りたんですね。出版社の人が知ったら、どう思います？　いずれ知れることですよ」

「他に手がなかったんだ。山口が消えちまって、しかも僕は沙織とのことで親父（おやじ）といざこざを起こしたくなかった」

「後回しにすれば、いざこざがもっと大きくなる。分らないんですか、そんなことが」

こいつは何もかも知っている。しかし、圭介としては、母から金を出してもらったとは言えない。父が知ったらどう思うか。

「江口君。君は家族でも何でもないんだ。余計なことに口を出さないでくれないか」

と、圭介は言った。「金のことなら、都合がつけられたんだ」

「都合が？　どこのお金ですか」

「君の知ったことじゃないだろう」

「高利のお金に手を出せば、それこそ破滅ですよ」

「そんな金じゃない」

「じゃ、どこから出たお金ですか」

「言えない」

——愛子は深々と息をついて、

「先生は下で待っておられます。私がお電話するまで待っておられるんです。今、上って来ていただきますわ」

と言うと、足早に電話の方へ歩み寄った。

「待ってくれ！」

圭介は立ち上ると、受話器を取り上げようとした愛子の手を押えた。

「圭介さん――」

「本は出す！　いいか、ちゃんと出すんだ！　親父が僕を見直すような、きちんとした仕事をして見せる。――信じてくれ。だから今は何も言わないでくれ」

「むだです」

と、愛子は冷ややかに言った。「手を離して下さい」

「たかが愛人のくせに、何だ！」

と、圭介はカッとなって怒鳴った。「親父を言うなりに操って、どうしようっていうんだ！」

「圭介さん。私が愛人でもどうでも」

と、愛子はいっそうきっぱりと、「あなたのしていることが少しでも変りますか？　私はありのままを先生に申し上げるだけです。判断なさるのは先生ですから」

愛子が受話器を上げる。

「待て。――待ってくれ。沙織が――あいつが可哀そうだ。一生懸命手伝ってくれてるんだ。そうだろう？　親父が知ったら、また僕らは出て行かなきゃならないかもしれない。君も女なら分るだろう。子供もいるんだ。な、本当に金は返せるんだ。あと何日か待ってくれれば分る！」

圭介は、愛子の手をつかんで離さなかった。

「先生にそうおっしゃれば？」

愛子は、圭介を突きのけた。そして、ボタンを押して、

「――交換ですか？――地下のバーをお願いします」

と言った。

沙織……。

圭介は、水原に抱かれても夫を守ろうとした沙織のことを考えた。――そうだ。沙織のあの気持を無にできるか。

果物の皿の下に、ナプキンで刃を包んだ果物ナイフが置かれている。

圭介はそれをつかんでいた。

「――バーですか？　藤沢先生を呼んで下さい。――はい、そうです」

圭介は、

「電話を切れ！」

と、怒鳴った。

愛子は振り返った。


トイレに立っていた隆介は、戻って来てコードレスホンを手渡された。

「ありがとう。——ああ、藤沢だ。——江口君か？——もしもし」

「お出になりませんか？」

と、ウエイターが気にして言った。

「うむ……。もしもし。——やあ、すまん、手洗いに立っていてね」

と、隆介は言った。「圭介は？」

少し間があって、

「こちらにおいでです」

「そうか。今から行くよ」

と、隆介が言うと、

「いえ——。それには及びません」

「何だって？」

隆介は眉をひそめて、「どういう意味だね」

「圭介さんのご説明で、よく分りました。ご心配かけて申しわけありません」

しょうか」

と、愛子は言った。「先生、恐縮ですが、この後のTV局、私がいなくてもよろしいで

「私の調査が不充分で。すみませんでした」

「ほう。――そうか。それならいいが」

「ああ。別に構わんが」

「局までお送りします。実は、圭介さんが急いで帰られたいそうなので、TV局の後、ご自宅までお送りしようと思って」

「すまんね、それは。タクシーで帰せばいい」

「いえ、大した手間じゃありませんから。先生、玄関へ出て待っていて下さいますか。私、圭介さんと一緒に、車を駐車場から出して玄関へつけます」

「分った」

電話を切って、隆介はちょっと首をかしげた。――愛子があれほど調べていたというのに。いやに簡単に納得したものだ。

もちろん、隆介としては息子がしっかり仕事をしていると分れば嬉しいので、あえて疑ってかかるつもりもないのだが。

支払いをして、バーを出ると、隆介はロビーへ上るエスカレーターの方へと歩いて行った。

「藤沢様」

と、バーのマネージャーが呼び止めて、「お電話が入っております」

「ああ」

何だ?――愛子だろうか?

バーの入口のカウンターで電話を取ると、

「――あなた?」

「早苗か。よく分ったな」

と、隆介は言った。

「捜してもらったの。ね、急いで帰って来て」

早苗の声は不安げだった。

「どうしたんだ?」

「靖江さんが……」

と、早苗は言いかけてためらった。

「靖江? 靖江がどうしたんだ」

夫を亡くしてから、閉じこもりがちでいることは知っていて、気にしていたが、何といっても忙しくて訪ねて行くこともできなかった。

「今、うちへみえてるの。でも……。ともかく電話じゃ話せない。説明できないの。お願い、すぐ帰って来て」

早苗の言い方はただごとではなかった。

「分った」

隆介は、そう答えて切ると、エスカレーターへと駆け出していた。

郁子は荒く息をしていた。

胸の動悸（どうき）は、いつやむとも知れない。――こんな疲れと緊張は、初めて知るものだった。

それでも、郁子は自分と肌を触れ合っている則行の鼓動を聞き、同時に彼の中に固まって出て来ようとしない言葉をも聞き取れるように感じていた。

女だから？　男よりも、その時間を過ぎてしまうと冷静になれるのだろうか。

則行は自分を責めている。父のしたことに憤り、父を許せないと思った自分が、同じことをしてしまった。――その気持が、則行を沈黙させているのだった。

少し、気を楽にさせてあげなくては。――なぜか、保護者のような気分になって、郁子は言った。

「運動しないで息が切れたのって、初めて」

則行はちょっと面食らい、それから笑った。

「本当だな」

「則行は少し運動したね。ご苦労様」

冷たい布団も、今は暑いほどに感じられる。

「郁子――」

「謝っちゃだめよ」

と、郁子は指を彼の唇に当てた。「謝ったら、悪いことしたことになる」

「うん」

と、則行は肯いた。

「必要だったの。私たちには。――ね？」

「そうだな」

郁子は、則行に身をすり寄せて行った。

「――汗、かいたね」

「ああ。そりゃそうさ」

「私はあんまり……。則行の方が純情なのかな」

と、郁子は笑った。

二人の唇が出会って、しばし話が途切れた。

――二人で歩く内、駅前の商店街を抜け、駅へ出てしまうのがいやだという、ただそれだけの理由で、入ったことのないわき道へさまよい込んだ。

そして通りがかったのだ。今どき、とびっくりするような、普通の家くらいの広さしかない〈旅荘〉――。

「休憩」という文字が何を意味するか、もちろん郁子も知っていた。ただ、こうする場所を捜していたわけでもなく、予期していたのでもない。

それでいて、二人は顔を見合せて同時にお互いが同じものを見ていたと知ると、そのまま中へ入っていた。見えない手に押されているように、ためらわず――後で気が付いたように、払うのはどっちか、という現実的な問題も含めて――何も考えずに入っていたのである。

「郁子……」

と、則行が郁子の柔らかい髪をなでる。

「私……良かったと思ってる」

と、郁子は言った。「もし――則行がどうしても遠くへ行かなきゃならないとしても、このことがあれば、堪えられるかもしれない」

「離れたくないよ」

「私だって……。でも、私たち、一人で生きてるわけじゃないんだし。お互い、家族を捨てるわけにもいかないでしょ」

「そうだな……」

「私たち、まだ大人じゃないんだもの。――ね、やけになったりしないで。私も約束するから、則行も約束して」

　自分でも、意外だった。もっともっと我を失い、突っ走るかと思ったのに、こうして結ばれてみると、却(かえ)ってしっかりと自分を手の中に取り戻したという気がするのだ。

「ああ、分った。――手紙ぐらい書けるしな」

「電話もできる」

「うん」

　則行は、父の死から立ち直っていた。それが何より郁子には嬉しかった。

「――もう、行きましょ」

と、郁子は体を起こして、初めて明りを点(つ)けたままだったことに気付いてポッと赤くなった。「いやだ。やっぱりあがってたんだな」

　手を伸して、下着を取る。

　二人とも、服を着るときは妙に気恥ずかしくて、背中を向け合いながらだった。

「――良かったよ。気にしてたんだ」

「何が？」

「この前みたいにさ、何でもないときでもあんなに鼻血出したろ。今度なんか、止まんなかったらどうしよう、って」

郁子がハッとした。

忘れていた！——そう。則行と一緒にいる間、郁子は裕美子のことを、全く忘れていた。

なぜ、裕美子は黙っていたのだろう？　あれほど、郁子が男に近付くことをいやがっていたのに、どうして則行に抱かれるのを見逃していたのだろう。

何か……。何か起っている。きっとそうだ！

「則行！　私、急いで帰らないと」

郁子は手早く服を着た。

「ああ。でも、送っていくよ」

「いえ、いいの。一人で帰る。——ごめんね」

郁子は、制服を着て鞄をつかんだ。

「何かあったのか？」

「もしかするとね。——また電話する。則行——」

素早く唇を触れ合って、郁子は部屋を飛び出した。

「——じきに着きます」

車を運転している江口愛子が言った。

「すまんな」

と、隆介は言った。「一体何ごとなんだ」

意味もなく謝っているのである。苛立ちがついそういう言葉になって出るのだ。

圭介も、後部座席に父親と並んで座っている。無言だった。

「──圭介、何か知らないのか」

「知らないよ。でも、靖江叔母さん、あの髪が真白になったとき、びっくりしたからな。よっぽど参ったんだよ」

「そうだな。気丈な奴だが……」

靖江たちには息子がいるが、アメリカに行ったきり、戻って来ない。もう十数年になるか。

向うで仕事を持ち、結婚もして家族がいるのだが、帰国して来たことがなく、父親の葬儀にも来なかった。

靖江は、見かけが元気で威勢がいいだけに、実際には脆いものを持っているのかもしれない。

キッと急ブレーキをかけて車が停った。

「すみません」

と、愛子が息をついた。「信号が赤なのを見落としそうになって」

「ああ。──君、大丈夫か？」

「何がですか？」

「顔色が良くないぞ」

「少し風邪気味なんです。大したことはありません」

と、愛子は言って、信号が変るとアクセルを踏んだ。

「そうか。大事にしてくれ。俺たちが降りたら、もう帰るといい」

「でも、私も心配です」

愛子は車をわき道へと入れた。――門の前に車を寄せて停ると、

「どうぞ、いらして下さい。私、車の向きを変えます」

と言った。

「分った。圭介、行くぞ」

「うん……。ああ、それじゃ――。行こうか」

父と息子は、車を出て玄関へと急いだ。

愛子は、一人車に残ると大きく息をついた。――このまま車で近くの病院へ行こうか。

しかし、今となっては車を運転して行き着けるかどうか、自信がなかった。まだ頭ははっきりしている。いや、そのつもりでいるだけだろうか？

藤沢家の中で何ごとが起っているのか、愛子にもむろん気になったが、それを見届けることはとても無理だと悟っていた。

ともかく——車の向きを変えよう。

できるだけハンドルを切り、一杯に寄せておいてバックへギアを切り換える。

大丈夫、いつもやっていることよ。落ちついて。まだ、充分にしっかりしているわ。

ガクン、と後輪がどこかへ乗り上げて、激しい痛みが愛子を襲った。——無理だったのだろうか。でも、ここまで来たのだ。もう一度。——もう一度やってみよう……。

そのとき、窓の外に、誰かの顔が覗いた。

——郁子だ。

気を取り直して、愛子は窓を下ろした。

「どうかしたの？」

と、郁子が言った。

「大丈夫。ちょっと勘が狂っただけです」

と、愛子は微笑(ほほえ)んで見せて、「それより、お宅で何かあったようです」

「うちで？」

「先生と圭介さんを今送って来たんですけど……。早く行ってみて下さい」

「分ったわ」

郁子は、家の中へと駆け込んで行く。

愛子は、エンストを起こしてしまった車をもう一度動かそうとした。

どうしたの？　手が……エンジンキーに届かない。右手が上らないのだ。

そんな！　痛みは大したことないのに。どうして？——暗い。車の中も、外も、暗い。

夜だといっても、街灯の明りがあるのに。どうしてこんなに暗いんだろう？

明りを……。明りを点ければ、大丈夫。

愛子の手は、車内灯のスイッチを求めて、虚しくさまよった。ずっとずっと先の方まで手を伸しているのに——。どうして届かないの？

どうして……。

10　告白

「お母さん」

と、玄関を上りながら、郁子は呼んだ。「――どこ？　お父さん？」

家の中は静かだった。――郁子が呼びかけても、答えはない。

誰もいない？　そんなわけはない。江口愛子が父と兄を送って来たと言っているのだから。

鞄を玄関の上り口に置いて、郁子は居間や台所を覗いたが、どこも空っぽだった。

みんなが消えてしまった？――一瞬、そんな考えに捉えられてゾッとしたが、台所の窓の向う側がボーッと明るくなっているのを見て、分った。

離れだ。――裕美子がずっと寝ていた離れに行っているのだ。

郁子は渡り廊下へと急いだ。

裕美子が死んでから、離れはずっと閉められたままになっている。閉めてあるというより、どうしていいか分らないままに、手を付けずに来てしまった、と言う方が適当だろう。

圭介と沙織が一緒にここで暮すことになったとき、離れを使っては、という話も出たのだが、やはりそれはみんな気が重かったとみえて、立ち消えになってしまった。

郁子が渡り廊下へ出たとき、囁(ささや)くように音をたてて、雨が降り始めた。

お姉ちゃん……。雨だよ。

郁子は裕美子へ呼びかけるように、チラッと夜空を見上げてから、廊下を渡り、離れの戸を開けた。

——当然、そこにはみんながいた。しかし、戸を開けて入って行く郁子の方を振り向く者は一人もいなかったのである。

誰もがベッドの方を見つめていた。裕美子のベッドを。

「——どうしようもなかったのよ」

と言ったのは、柳田靖江だった。「あなたの恨みは良く分る。でも、分ってあげてちょうだい。あなたは死んでしまって、残った人たちのためを、まず第一に考えるしかなかったの」

郁子が進み出ようとすると、隆介が気付いて止めた。

「行くな」

「お父さん。でも——」

「ここへ来て、突然独り言を言い始めたんだ。——まるで裕美子が生きていて、そこに寝てる、とでも言うようにな」

と、隆介は言った。「――靖江。もういい。一緒に家へ帰ろう。連れて行ってやる」

靖江はベッドの傍に座っていた。そして隆介の方を向くと、

「だめ。何もかも話してしまわなくては。裕美子ちゃんが可哀そうでしょう。いつまでもここで死んだまま、成仏できないなんて」

「もう裕美子はいない！　お前だって知っているじゃないか」

「何を言ってるの。――ここにいるじゃない。可哀そうに、喉を切られて。何てむごいことを……。しかも、私たちはそれを隠そうとしてきたんだわ」

早苗が、郁子の腕を取った。

「郁子。あなたは出ていて。さあ」

「お母さん」

郁子は静かに言った。「私、知ってるよ。お姉ちゃんが殺されたことも、私がお姉ちゃんの子だってことも」

早苗が青ざめて、郁子から手を離すと、その場に座り込んだ。

「裕美子が話したのか。――そうだな。いつまでも隠しておけというのは無理だったかもしれん」

と、隆介は厳しい表情で言った。

圭介は少し離れて、こわばった表情で、何も言わなかった。そして沙織は、早百合を抱

いて隅に座っていた。

もちろん圭介から話は聞いていただろう。しかし、七午前に何が起ったのか、詳しいことは知らないのだ。

郁子は、靖江の方へ近付いていくと、

「叔母さん」

と言って、膝をついた。

靖江はふしぎそうに顔を上げて、

「あら、裕美子ちゃん。いつの間にそっちへ行ったの？」

「靖江さん！　この子は郁子よ」

と、早苗が叫ぶように言った。

――もう叔母は長くないのだ。

郁子には分った。だから裕美子の姿が見えているのだ。

靖江の白髪は、以前よりさらに乾き、枯れた干し草のように抜け落ちてしまいそうに見えた。顔も更に老け、弱々しい眼にはもう光が見えない。

「裕美子ちゃん……。私を許して。そう言ってくれないと、私は死ねない……」

靖江は床に手をつくと、郁子の前に額をこすりつけんばかりにして、

「私を許すと言って……。私を許すと……」

と、呻くように言った。

郁子は知った。――今こそ靖江は口を開くだろうと。

「叔母さん」

靖江の前に膝をつくと、郁子は細い肩をつかんで言った。「許してあげるわ」

靖江の顔に、パッと喜びの色が広がった。

「ありがとう！――ありがとう」

と、両手を合せて拝まんばかり。

「ただし――」

と、郁子は言った。「話してくれたら。――郁子の父親は誰なの？」

「やめなさい」

と、隆介が顔を真赤にして、「郁子、お前は――」

「知らなかったのよ」

と、靖江は首を振った。

「知らなかったのね、じゃ、今は知ってる。そうなのね」

靖江は喘ぐように息をした。苦しげに胸を押える。

「言って！」

と、郁子は鋭く問いつめた。

「郁子、やめて」

と、早苗は言った。「お願いよ。そんなことを聞いて……」

「そっくりだった」

と、靖江が言った。「そっくりだったの」

目は遠くを見ている。

「私はよく憶えてる。郁子ちゃんが産まれたばっかりの赤ん坊だったときを。何てふびんな子、と思っても、赤ん坊は無邪気に笑ってた……。忘れられなかったの。そのときの赤ん坊の顔が。――その顔に出会った。そっくりな赤ん坊に……。私は、郁子ちゃんがまた産れて来たような気がしたの。あんまりよく似ていたから……。圭介さんの赤ちゃんが……」

――長い沈黙があった。

沙織が、青ざめ、体を震わせて赤ん坊をしっかりと抱き直した。

「あなた……。まさか……」

圭介は、妻の方を見た。――その瞬間に、妻は真相を知ったのだった。

「自分の妹を……。なぜそんなことが――」

沙織の声は上ずって震えていた。

「大学の健康診断で……。俺の血液型を、裕美子が面白がって訊いて来た。雑誌の〈血液型による占い〉というやつを読んでたんだ。——『おかしいよ』と、裕美子は言った。『私と兄妹なのに、そんなことあるはずない』と……」

圭介は、父親を見ると、「俺は憶えてた。裕美子が産まれたとき、お袋が一年近くも家を離れて、俺は会いにも行かせてもらえなかった。お袋は赤ん坊の裕美子を抱いて、いきなり戻って来たんだ。——血液型のことを聞いて、間違いないと分った。裕美子は、親父が他の女に産ませた子だと……」

圭介は、空のベッドへ目を向けた。

「裕美子は可愛かった。——その次の日、家へ帰って来て、あいつがベッドで寝ているのを見た。昨日までただの『妹』だったのに、そのとき裕美子が『女』に見えたんだ。——気が付いたときは手をかけていて、もうやめることができなかった……」

圭介は、沙織の方へ歩み寄ろうとして、向うがサッと身をひくのを見て青ざめた。「沙織！　しかし、俺は裕美子を殺しちゃいないぞ。本当だ。殺したのは俺じゃない」

「何て人なの……」

と沙織は叫ぶと、「来ないで！」

と、離れを飛び出して行った。

「待ってくれ！　沙織！」

圭介が後を追う。

「——裕美子ちゃん」

靖江が、床へ倒れ込むと、裕美子の名を二度呼んで、ぐったりとうずくまった。

「——靖江！」

隆介がかがみ込み、早苗が呆然と立ちすくむ。

郁子は、圭介の後から離れを出て駆けて行った。


夫が追ってくる。

沙織は、ほとんど何も考えなかった。今はただ、夫から逃げ出したかったのだ。

玄関から、サンダルを引っかけて外へ飛び出すと、雨に包まれて立ちすくんだ。抱かれている早百合が激しく泣きだした。

「沙織！」

圭介が出てくる。——沙織は、後ずさった。

「近付かないで！」

と、早百合を抱きしめて、「こっちへ来ないで！」

「分った。——な、分ったから、早百合がずぶ濡れになる。中へ入ってくれ」

圭介がほとんど無意識に前に出た。沙織は門の外へ出てしまっていた。

雨が全身を濡らし、目に入って、方向感覚を狂わせた。サンダルが脱げかかり、よろけると、短い声を上げた。

転ぶ。——とっさに赤ん坊を抱え込んだ。

だが、もう沙織は坂に足を踏み出していたのだ。横転すると、ズルズルと濡れた斜面を滑り落ちて、赤ん坊を腕の中に入れておくのに必死だった。それが沙織が転り落ちるのに弾みをつけたのだ。

勢いがつくと、止められなかった。

沙織の体は、左右へねじれながら、方々を強打して、坂の下へと転り落ちて行った。

——止った。やっと止った。

赤ん坊は腕の中にいた。手も足も、しびれて感覚がないのに、しっかりと赤ん坊だけは抱きしめていた。

大粒の雨が肩を打つ。起き上ろうとして、呻いた。胸も背中も、砕けたと思える痛み。

そして、赤ん坊を抱き直そうとして……。早百合の首はがくっと大きく後ろへのけぞった。

「——嘘でしょう。そんな……。早百合。早百合！」

赤ん坊はぐったりとして、もう泣いていなかった。

こんなことが……。あんまりだ！

「目を覚まして！　お願いよ、早百合！」

自分の苦痛を忘れて、上体を起こすと、必死で赤ん坊を揺さぶる。しかし、むだなことでしかなかった。

神様！　こんなことが——。

そのとき、沙織は、誰かが立っているのを見た。

雨の中、白い衣をまとったその女は、なぜか濡れることもなく、そこに立って沙織を見ていた。

「あなたは……誰？」

と、沙織は言った。

「あなたは……誰ですか」

裕美子は訊いた。

痛みも、雨の冷たさも、どうでも良かった。腕の中の我が子が、もう息もせず、動きもしないことの前には、自分のことなど、どうでも良かった……。

その女は、片足を少し引きずっていた。そして、裕美子の前にやって来ると、やさしい眼差しで見下ろし、

「その子を助けたい？」

と訊いた。

「この子を……。もちろんです！　助けることができるなら——」

「助けてあげられるかもしれないわ」

と、女は言った。「でも、赤ん坊が受けた傷を、あなたが全部負わなければならない」

「構いません」

と、裕美子は言った。

「死ぬかもしれない。助かったとしても、一生歩くこともできない体になるでしょう」

「郁子が生きのびられるなら……。私はどうなってもいいんです」

裕美子は迷わずに言った。

「——そう」

女は肯いて、「それならば……」

女が身をかがめ、裕美子は雨にかすんだ視界の中で、白い姿が近付いて、その腕の中に抱かれるのを感じた。すると、突然、裕美子の身はどこか遠い空間へ投げ出されたように感じられ、そのまま意識は消えて行った。

郁子は、人恋坂を駆け下りた。

雨が叩きつけるように降ってくる。——郁子が下りて来たとき、そこには沙織が倒れていて、白装束の裕美子が赤ん坊を抱き上げるところだった。

「沙織さん、死んだの？」

と、郁子は言った。

「この子の代りにね」

と、裕美子は言った。

「じゃあ……早百合ちゃんは助かるの？」

裕美子は、その赤ん坊の顔を覗(のぞ)き込んで、

「あなたにそっくり」

と言った。

「お姉ちゃん……。これで何もかも分った？」

と、郁子は言った。「お兄さんは──」

「郁子。でも、こうして罪もない人を死なせてしまったわ」

と、裕美子が哀(かな)しげな表情になった。「お兄さんが私を殺したとしても──もう、仕返しは必要ない」

「お姉ちゃん……」

「私が何もしなくても、みんな自分の中の罪の意識からは逃げられないのよ。──お母さんもね」

「お母さんが何をしたの？」

「──お姉ちゃん」

と、郁子は言った。

「私の本当のお母さんを、この坂に突き落とした。――いえ、そのつもりだったのかどうかはともかく、お母さんもそのことが忘れられずにいるのよ。――一生ね」

「お母さん……わざとそんなこと、する人じゃないよ」

「たぶんね」

と、裕美子は肯いて、「私がずっとこの坂を好きだったのも、きっとお母さんがここで死んだからなのね。――でも、お母さんは誰にも仕返ししようとはしなかった」

裕美子は、微笑んで、

「憎むより、愛することが何十倍もすばらしい。――郁子」

「うん……」

「さあ、受け取って」

郁子は、裕美子の手から早百合を受け取った。

抱きかかえて、頰を当てると、やがて温かさが伝わって来る。

「お姉ちゃん……」

「郁子。――幸せになって」

裕美子の表情は今、穏やかになっていた。昔、あのベッドで学校から帰る郁子を迎えてくれたときの、あの笑顔だった。

「どこに行くの？」

「私も抱かれに。——お母さんの腕の中に」

裕美子の向うに、片足を少し引きずりながらやってくる女性がいた。

いつか、この坂ですれ違った人だ、と郁子は思った。

「お母さん！」

裕美子が両手をさしのべると、その女性が両手を広げる。

郁子は、裕美子の姿がその女性の姿に重なって、雨の中に消えていくのを、じっと見つめていた。

そして、不意に腕の中で早百合が身動きしたと思うと、まるで爆発するような勢いで泣き出したのである……。

坂を上ってくると、雨も小降りになり、やがて止もうとしていた。

「郁子——」

坂の上で、圭介が立ちすくんでいた。

「早百合ちゃんを早く——。風邪ひくよ」

「うん」

圭介は、泣いている早百合を受け取ると、「——沙織は？」

と訊いた。

「救急車を呼ぼう。——むだだと思うけど」

圭介が呻き声を上げて、早百合を抱きかかえ、家の中へと駆け込んで行った。

郁子は、濡れた髪をかき上げて、家へ入ろうとしたが——。

「則行！　どうしたの？」

と、少し離れて立っている人影を見て、びっくりする。

「お前の後、追って来たのさ。心配で」

と、やって来ると、「そしたら、雨になって帰るに帰れず」

「あ、そうか。傘、貸してあげる——って言っても、もう止んだね」

と、空を見上げる。

「おい」

「うん？」

「その車の中……」

「車？　ああ、江口さんのだ」

「運転席の女……死んでるぜ」

と、則行は言った。

「——どうして？」

郁子は呆然としている。

「さあ……。血が座席に」

郁子は、思わず則行の手をつかむと、停っている車の方へと近寄って行った……。

人恋坂、後日——

郁子は、坂を上って来た。

もう寒い季節になっていたが、今日は風もない日射しの暖い日で、人恋坂を上ってくると、少し暑いくらいだ。

「やあ」

玄関の所に、梶原が立っていた。

「あら。——今日は」

と、鞄を別の手に持ちかえて、「何してるの?」

「先生の帰りを待ってるのさ」

と、梶原は言った。「さっきお電話があったんでね」

「そう」

「今日は早いね」

「来週、期末テストだからね」

と、郁子は言った。「奥さん、どうなんですか」

「ああ……」

梶原は目をそらすと、「大したことはない。――ま、神経をちょっとね」

ちょっと、どころじゃないことは、郁子も聞いている。梶原が外へ出て来ているのを見て、見当はついた。

「一緒なのね、奥さんも」

「うん……。由紀子を連れてね。珍しく一緒に出かけたいって言うもんだから」

郁子も、父と母の話を小耳に挟んでいる。梶原が真子を病院へ入れたがって、その紹介を父へ頼んで来ているのである。

――郁子は家へ入った。

「今日は」

由紀子が、ちょうど居間から顔を出したので声をかけたが、何も言わずに引っ込んでしまう。

肩をすくめて、郁子は二階へ上って行った。

「あ、郁子」

と、早苗が二階の廊下に出て来て、「ちょっと買物に行くの。早百合ちゃん、見ててくれる？」

「今、どこに？」

「眠ってるわ、あんたのベッドで」

と言って、早苗は笑った。

「もう！　よだれでベタベタにされる」

と、郁子は口を尖らした。

「あんたも昔はそうだったのよ。じゃ、お願いね」

早苗は階段を下りて行った。

――自分の部屋へ入ると、ベッドで早百合はよく眠っていた。郁子のベッドでは、よく寝るのである。

コートを脱いで、息をつく。

――江口愛子は、圭介に刺されて死んだのだった。果物ナイフで、そう深い傷ではないというので、愛子は自分で傷口をタオルで押え、隆介の前では何でもないように振舞って見せたのである。

愛子は、隆介を悲しませたくなかったのだ。これで圭介も父親を騙すことをやめる、と期待したのかもしれない。

しかし、自分で思っていた以上に傷は深く、出血がひどくて、家の前で意識を失った。

そして、誰も見付けないまま出血死していたのだ……。

父のショックも大きかったが、圭介は沙織と愛子の二人を自分が殺したも同然だということに打ちのめされた。——自首して、今は裁きを待つ身である。

隆介は、愛子を失って、いっそう老けたが、仕事を忙しくして自分を鞭打っている。

早苗の方は、むしろ圭介が戻るまで早百合の面倒をみなければならないというので、少し若返った様子。もちろん、郁子も母が無理しないように注意して手伝ってはいた。

——悲劇の相次いだ辛い季節の後、今は穏やかな冬を迎えつつある。

「私が下へ行って戻るまで、おとなしく寝てるのよ」

と、郁子は早百合へ言って出て行こうとしたが——。

まるでそれが聞こえたように、早百合がギャーッと泣き出してしまった……。

やれやれ。

早百合を抱いて一階へ下りると、郁子は急いでおしめを取り換えた。

正に「現金な」と言いたいほど、ケロリとしてニコニコ笑い出すので、郁子も笑うしかない。

早百合を抱いて、

「何か飲もうか。ジュースかな?」

と、台所へ入って行くと、流しの前で、梶原真子が振り向いた。

「あ、今日は」

と、郁子は言って、真子がやせて青白いことにびっくりした。「何か洗い物ですか?

やりますよ、置いといてくれたら」

「いえ、落ちないんです」

　と、真子は言った。

「え？」

「落ちないんです。血の汚れですから」

　郁子は、真子のスーツに、本当に赤い点が飛んでいるのを見た。

「それは――」

　と言いかけて気付いた。

　冷たい床に、由紀子が血だらけになって倒れている。動く気配もない。

「これは私の子じゃないんです」

　と、真子は言った。「見かけは由紀子ですけどね、本当は悪魔のような女なんです」

　郁子は早百合をしっかり抱いて、後ずさった。

「――安永和代なんです、本当は」

　と、娘の死体を見下ろして、「和代がね、この子にのり移ったんですよ、私が殺したときに」

　郁子は耳を疑って、

「殺したとき？」

「あの女はね、うちの人をずっとゆすってたんです。お金を絞り取って、ぜいたくをしてたんですから、殺されても仕方ないんです」

「どうして和代さんが梶原さんをゆするんですか」

「見たからですよ。主人が、裕美子さんを殺すのを」

郁子は立ちすくんだ。

「梶原さんが、なぜ？」

「——お金を盗ったんです。困ってたんですよ、あの人。で、札入れを見付けて、中のお札をポケットに入れてね。裕美子さんに挨拶して帰ろうとしたとき、お金がポケットから落ちて……。あわてたんで、分ってしまったんですよ。それで——一旦帰りかけた後、裕美子さんが眠っている所へ戻って行って、殺したんです」

真子は淡々と言った。「でも、逃げようとすると、和代が帰って来たんです。——見られて、それをしゃべらないように、お金を払い続けなきゃならなかったんです」

真子は、流しの包丁を手に取った。

郁子はパッと身を翻して、台所から飛び出すと、二階へと駆け上った。

自分の部屋へ飛び込み、息をつく。——早百合に、もしものことがあったら大変だ。

どうしよう？　今の話は本当だろうか。

梶原がお金を盗ったと知っていれば、姉は自分を殺したのが梶原だと察しただろう。きっと、梶原の方が、気付かれたと思い込んだだけなのだ。

しかし、今は真子のことだ。父がもうじき帰る。母も買物といってもすぐその辺だろう。一一〇番して、間に合うだろうか？

迷っているとき、外で叫び声が上った。

ハッとして窓から見下ろすと、真子が梶原に向ってあの包丁をかざして飛びかかるところだった。

窓を開けたものの、郁子は見ているしかなかった。

「助けてくれ！」

梶原が、郁子に気付いて、「助けてくれ――」

と、くり返した。

が、窓に気を取られたことが、刃物を避けるのを遅らせてしまった。

腹を刺された梶原は、悲鳴と共に、郁子の見下ろす人恋坂を転り落ちた。

真子が、その夫に重なるように身を投げかける。梶原は、坂に響き渡る絶叫と共にもがいた。

真子は、喘ぎながら包丁を手に立ち上った――返り血を浴びた姿で。

やがて梶原は動かなくなる。――真子は包丁を捨てると、急にさっぱりした表情になり、窓辺の郁子の方を見て、ていねいに頭を下げた。

会釈を返した郁子は、真子がゆっくりと坂を下りて行くのを見送っていた。
梶原から流れ出した血の帯が、冬の日射しの下で、人恋坂を静かに彩っていった。

解説

ひとつの赤川次郎論――「抒事」、そして「小説の歓び」

瀬名秀明

いきなり個人的な好みの話になるが、私は赤川次郎が一九九八年に岩波書店から出版した『本は楽しい　僕の自伝的読書ノート』が大好きである。赤川次郎はすでに四〇〇冊を超える著作を出しているが、自身のことを語った本は極めて少ない。だがそのごくわずかな本がいずれも素敵な魅力に満ちているのだから嬉しくなる。この『本は楽しい』は岩波ブックレットの一冊として出版されたエッセイ『三毛猫ホームズの青春ノート』（一九八四）全編に加え、自分の父親や子供のことなどを語り下ろしたパート「五〇歳の出発」、さらに鶴見俊輔との対談を収録したものだ（＊註1）。ここでは赤川次郎の半生が簡潔に、だが実直に語られている。

　決して肩に力の入った本ではない。だからこそこの本は、読む側に素朴な爽快感と充実感を与えてくれる。マンガやヨーロッパ文学に傾倒した少年・青年時代の話。シャーロック・ホームズを読んで小説を書こうと思い立ち、ミステリーや中世の騎士物語を書いた想い出。恋も知らずに趣味で恋愛小説を書き、後に本当の恋愛を経験するようになったとき、それがあまりにも小説の通りでびっくりした——といったくだりには、思わず笑いながら頷いてしまった。子供の頃から読書に浸っていた人たちにとって、これはとてもよくわかる共通の感覚なのではないだろうか。

そして、そういった回想録の中に織り込まれる誠実さゆえの苦言や提言には、読みながら何度も身の引き締まる思いがした。例えば科学者の表現力が不足してきているという指摘。また文章を書く人間には「抒事」が必要だという発言。赤川次郎はダッシュ（——）やリーダ（……）を多用する文体で知られるが、一方では「……」というだけの一セリフを書かないという記述には目を開かされた。シナリオライターの原稿にはこのような記述が多いが、〈どういう沈黙なのか、驚きなのか、言葉で説明するのが小説だろう〉というのである。この発言には心底痺れた。改めて赤川次郎という作家が大好きになった。

いまでもこの『本は楽しい』は私にとってかけがえのない大切な本だ。本書『怪談人恋坂』の解説を書くために、私はこれを含めて十数冊の赤川作品を読み直したのだが、その作業を通じてしみじみと思ったことがある。赤川次郎こそは「小説の歓び」そのものだということだ。

中学から高校前半にかけて、私は本当に赤川次郎をよく読んだ。大ファンだった、といっていい。最初に入ったのはソノラマ文庫から出ていた『死者の学園祭』『赤いこうもり傘』『幻の四重奏』あたりからだが（特に『赤いこうもり傘』は屈指の傑作である！）、すぐに大人向けの作品にも手を伸ばし、『マリオネットの罠』や『黒い森の記憶』などのサスペンス長編に夢中になった。『三毛猫ホームズの推理』の豪快な密室トリックに心底驚き、ひねりの効いたサラリーマンものも子供ながら面白く読んだ。

赤川次郎作品が初めて角川文庫から出たときのことはいまも記憶している。角川文庫（緑・総合）の作家番号は四九七、その作品番号一番は『セーラー服と機関銃』である。私は薬師丸ひろ子が表紙を飾ったこの文庫を初版の発売日に買っている。当時の角川文庫はエンターテインメント総合文庫として破竹の勢いだったが、そのラインナップに赤川次郎がついに入ったことを書店で確認したとき、私はなぜか熱い昂揚を覚えた。赤川次郎がついに稀代のエンターテイナーとして世の中に認められた——いま考えてみると単なる一読者の感慨にしてはいかにも大袈裟で放漫だが、実際そう思いながら『セーラー服と機関銃』を握りしめ、レジに向かったことが忘れられない。

赤川次郎の快進撃はその後も続き、続々と傑作が文庫化されていった。そのお祭り騒ぎのような出版状況に、読者として参加するのは楽しかった。光文社カッパ・ノベルスで出て大人気を博していた『三毛猫ホームズ』シリーズの文庫化が、角川文庫から始まったことも私は覚えている。その時期まだ光文社は文庫を持っていなかったのだ！　角川文庫は二作目の『追跡』を飛ばして次にいきなり三作目の『怪談』を文庫化。そしてついに光文社文庫がスタートし、赤川次郎はここに『殺人はそよ風のように』を書き下ろし出版（オビは金色だった）、そして光文社側はなんと二作目の『追跡』から文庫化を敢行した！　我ながらよく覚えているものだと呆れるが、つまりは当時の私がこれだけ赤川作品にのめり込んでいたという証拠なのである。また当時は角川書店の新書レーベルであったカドカワノベルズも元気で、赤川次郎のホラー系の新作（『夜』『魔女たちのたそがれ』など）がいつ出るかと毎月の刊行日を楽しみにしていたものだ。

一〇代後半になってから、正直なところ赤川作品を積極的に追うことはなくなったが、それでも現在まで折りに触れて新刊や既刊を手に取り、その度に赤川次郎の巧さに唸っている。例えば『ふたり』である。あるいはショートショート集『踊る男』である。ホラー長編『忘れな草』である。もちろんこれだけではない。本稿ではいくつもの赤川作品のタイトルをこれから挙げることになるだろう。

エンターテインメントを読むにはある時期に基礎体力をつけておくことも必要だが、赤川次郎という作家は、確実に日本の小説界に於いてそういった導き役、教師の役割をここ二〇年ほど果たしてきたと思う。とにかく小説を読むという行為の楽しさを無条件で伝えた功績は大きい。ストーリーを追いながらはらはらどきどきし、登場人物たちに感情移入してゆくことの快感。好きな作家の本を次から次へと手に取ってゆく連鎖の楽しみ。そして読んでも読んでも尽きることがないという読書の海の愉悦。そういった「小説の歓び」

を、おそらく三〇代以下の日本人は赤川次郎によって無意識のうちに教えられてきたのである。しかも赤川は量産を続けながら自己模倣ばかりに逃げることなく、定期的に作家活動の節目となるような力作、傑作を発表し続けてきた。このチャレンジングな姿勢もまた「小説の歓び」である。赤川次郎で育った読者は、その後いったん赤川作品から離れる傾向があるように思う。だが私のように何度も機会を見つけて赤川作品に還ってくる読者が確実に存在するのは、そういったチャレンジングな作品に再び「小説の歓び」を見出すからだ。

そして本書『怪談人恋坂』もまた、そういった赤川のチャレンジ精神が発揮された、近年の節目といえるような印象深いゴースト・ストーリーである。ここにもやはり小説の歓びが溢れているのだ。

＊

赤川次郎の作品には、よく幽霊が登場する。

多くの読者は、おそらく真っ先に『ふたり』（一九八九）を思い浮かべることだろう。大林宣彦監督による映画も絶品だった。この他にも劇団四季によってミュージカル化されたファンタジー『夢から醒めた夢』（一九八六）や、やはり大林監督によって映画化された『午前0時の忘れもの』(一九九四、映画化名『あした』)など多数ある。

なかでも『ふたり』は現時点で赤川次郎の最高傑作だといっていい。物語はしっかり者の姉・千津子が不慮の事故で死んでしまうところから始まる。妹の実加が残されるが、千津子は幽霊となって現れ、常に実加の側にいて実加を励まし続ける。ピアノの発表会。友人の危機。クラス対抗駅伝大会。文化祭のミュージカル。精神的に幼かった実加は自分で判断し、そして恋を経験するようになる。実加は年を重ねてゆくが、幽霊の千津子は一七歳のままだ。やがて年齢的には姉と妹が逆転する運命にある。先に紹介した『本は楽しい』の中で赤川は、ヘルマン・ヘッセの作品『知と愛』を引き合いに出しながら次のように語っている。

〈一人の人間の二面性みたいなものを姉妹にあらわしている部分もあって、(中略)結局は一つの人格です。成長するということはそういうことなんです。『ふたり』の場合は、分け合っていた姉が死んだことによって妹がその役まで引き受けなければいけなくなるわけです〉

赤川の幽霊もののエッセンスがテンポよい文体に詰め込まれ、何度読んでも飽きさせない。だがこの作品の最大の特徴は、後半で父親の不倫を扱っていることにある。生々しい展開となり、純粋なファンタジーを求める読者はもしかすると拒絶感を抱くかもしれない。だがこの部分にこそ赤川の特質が端的に顕(あらわ)れているのだ。赤川は少年時代にあまり父親と接する機会がなかったためか、初期の作品では父親の役を書きこなせなかったという。ところが自分の子供が育つにつれて、作中にも次第に父親の視点が加わってきたと語っている。

〈とくに『ふたり』とか、あのへんから子どもの人生に親の人生がどうかかわってくるかということがでてきます。ふつう、青春小説では、親はできあがった人間として出てきて、ものわかりがいいか悪いかぐらいの分類をされてしまうんですけれども、そうじゃなくて、親も成長しているんです。主人公が高校生だと、親は四十代くらいですから、それこそ迷いもあるし、まちがったこともするし、親も悩んでいるということを子どもが知る。それが子どもの成長過程のひとつにあるべきだと思うんです〉

さて、本書『怪談人恋坂』である。本書を『ふたり』の次に置いてみると、その特徴がよくわかるだろう。幽霊の役割と大人の視点の描き方に於いて、本書は『ふたり』の発展形としてとらえることができる。

本書『怪談人恋坂』は「角川書店創立五〇周年特別書き下ろし作品」としてハードカバーで一九九五年一〇月に刊行され、一九九七年九月にはカドカワ・エンタテインメントで再刊された。特別書き下ろしということで、おそらく赤川次郎本人も出版社側もかなりの気合いを入れてこの作品に臨んだものと思われる。カドカワ・エンタテインメント版の初版オビには次のような作者の言葉が記されていた。

〈古風なタイトルである。あえてこう付けたのは、「ホラー小説」でなく、あくまで「怪談噺」を書きたかったからだ。「累ヶ淵」や「牡丹燈籠」などのすぐれた怪談は、本来「人情噺」の一種として生み出された。そこでは「怖さ」は人間の哀しさと、「悪」は人間の弱さと結びついている。

もちろん円朝や南北の名作に及ぶべくもないが、恨む者、恨まれる者、それぞれの運命に、読者が「自分だってこうしたかもしれない」と感じてくれることが、著者の一番の願いである〉

この物語の主人公は藤沢郁子である。郁子の家は「人恋坂」と呼ばれる坂の上にあった。ある日、九歳の郁子が帰宅すると、一六歳年齢の離れた姉・裕美子が死去していた。だが周囲の大人の様子がおかしい。何かを隠しているようだ。夜になり、郁子は棺の中を覗こうとして、死んだはずの姉から重大な事実を告げられる。姉は一五歳のとき自室で何者かにレイプされ、そのとき生まれた子供が郁子だというのだ……。郁子はやがて成長して高校生になり、自分の父を探そうと考え始める。また姉の幽霊は、藤沢家に関係のある大人たちの前に次々と現れ、自分を死に追いやった者は誰かを探ろうとしていた。また大人たちの思惑も時の流れと共に複雑に絡み合い、やがて殺人が起こる……。

テンポよく物語が駆け抜けていった『ふたり』とは対照的に、本書では実に密やかに、静かにすべてが進行する。まるで登場人物ひとりひとりの息づかいまで忠実に書き留めるかのような筆致である。ダッシュ（——）やリーダ（……）が相対的に文章の中で重みを持ち、絶妙の「間」が表現されている。

先に掲げた著者の言葉でもわかるように、本書執筆時に赤川が念頭に置いていたのは日本の古典落語のようだ。赤川はデビュー直後の一九七九年あたりから三遊亭圓生のレコード全集を購入して聞き込んだという。

〈小説は語るもの。

これがぼくの考えであり、当然のことながら、「間」の問題は無視できない。小説の中で「——」とか「……」を多用するのは、「間」を何とか文章で表現したいという気持ちのあらわれである。

こんなことを考えるようになったのは、圓生の残した多くのレコードに触れてからで、それだけ、圓生の「間の取り方」が強烈な印象を与えた、ということでもあるだろう〉

（『新版　圓生古典落語2』解説）

序盤の葬儀のところで、裕美子の棺が坂道を転がり落ちるシーンは実に印象的だ。映像がくっきりと浮かんでくる。「間」を重視した手法の成果だろう。他にも本書には随所にはっとするような優れた描写がちりばめられている。

実験的な試みも盛り込まれている。途中、〈破〉の章の「8　人恋坂の場」でいきなり戯曲のような記述形式になるが、これも赤川の周到な計算によるものだろう。この場面を直截的に描くと凄惨に過ぎ、だがまったく触れないのでは幽霊である裕美子の哀しみや思いの強さ、激しさが伝わらない。そこで読者に一歩退いた視点を与えるために、日常と非日常の境目の表現形式として有効な戯曲形式が採用されたのだと思う。シナリオと小説の違いにこだわる赤川ならではの鮮やかな演出である（＊註2）。

だがそうした手法的なチャレンジは措いて、本書でもっとも注目すべきなのは、先にも述べたように幽霊の役割と大人の視点の描き方に他ならない。『ふたり』の場合、一部に実加の母親の視点が挿入されるものの、ほぼ全般にわたって記述は実加に寄っており、読者は実加に感情移入するよう計算されていた。ところが『怪談人恋坂』では、主人公の郁子が出ずっぱりというわけではない。父親の藤沢隆介や叔母の靖江など大人の視点に立った描写も多く、それが全体的に読者の視点を大人の側へ上げる効果をもたらしている。

細かい話だと思われるかもしれないが、この視点の位置の変化は読後感にも大きな影響を及ぼしている。例えば『ふたり』の場合、父親の不倫はあくまで主人公である実加の心象を通して語られている。しかし本書の場合、父である隆介の不倫現場は直截的に描写されており、そのシーン内で郁子の感情が入り込むことはない。『ふたり』に関して〈子どもの人生に親の人生がどうかかわってくるか〉という赤川自身の言葉を先に引用したが、その意味で本書はより大人の成長について、あるいは大人の葛藤について、ページが割かれるようになっているのだ。

そして主人公である郁子が直面するのはもはや父親の不倫だけではない。取り返しのつかない、自分ではどうすることもできない「殺人」という冷酷な事実が待ち構えている。幽霊の役割にも大きな違いが認められる。『ふたり』の千津子は不慮の事故で命を落としたが、本書の裕美子は殺されている。それが幽霊になってからの生者たちとの関わりに決定的な変化を与えているのだ。物語を牽引（けんいん）する規律はもはや高校生の郁子の手中にはなく、大人の力学がそれを掌握しているわけだ。

だが、最後にこの物語を救うのは大人ではない。『ふたり』では姉の千津子と妹の実加が精神的に一体化することで大団円を迎えた。本書の終末は決してハッピーエンドではないが、やはり幽霊である裕美子が物語を救う。幽霊と主人公の関係性がここに象徴される。今回は姉妹関係ではなく母子関係なのである。ここで描かれる救いに、『ふたり』から本書へ至る赤川次郎の深化を見ることもできるだろう。

さて、ここまで来たところで、もうひとつだけ考察しておくべき点がある。赤川作品における幽霊というモチーフの意味だ。幽霊というモチーフは、赤川次郎の作家的特質をもっとも端的に表していると思う。だが、なぜ幽霊なのか。

鶴見俊輔は『ふたり』の文庫解説で、〈赤川次郎の小説を買って読みはじめ、一〇ページくらい読んで、これはまだ読んだことがないとわかると、うれしい〉と書き始めている。そしてその著作を再読、三読してきた経験を引きながら、ひとりの作家を読むという行為はリズムに乗ることだと語り、次のように続けている。

〈この人がつくりだすリズムにのるということにおいては、おなじ本を何度も読むのはそれほど困ることではない。

完全な絵空事。肉体的重さのない主人公たちがくりひろげるスピーディな劇の展開。そのめざす終点は、私が実人生でめざしている目標といくらか交錯しているところでもある。そうでなくては、この人のどの著作も読むという習慣はできない〉

これは赤川次郎の小説の一面を見事に衝いていると思う。まさに私は中学時代、リズムに乗りながら赤川作品を読んでいたものだ。しかし「完全な絵空事」「肉体的重さのない主人公」といったくだりはどうだろうか。これはときとして赤川作品の悪い面として挙げられる特徴である。もちろん赤川は『ひまつぶしの殺人』（一九七八）や『盗みは人のためならず』（一九八〇）などに代表されるようにシチュエーション・コメディの手法が得意な作家であるから、この指摘を悪いほうにばかり解釈するのは間違っているだろう。鶴見もむしろ長所として指摘し、純粋に知的な娯楽としてのミステリーが提供されていることを賞賛しているのである。だが私たちはここでいま一度考えてみる必要もある。本当に赤川の作品は「完全な絵空事」なのか。赤川の登場人物は「肉体的重さ」がないのか。

そうではない。赤川がデビュー以来ずっと「死」を取り上げてきた作家であることは、多くの読者が知っているはずだ。赤川次郎ほど「死」に取り憑かれた作家は稀であるといい切ってよいだろう。量産型のベストセラー作家は他にもいるが、彼らに比べると赤川は実に死を大事に扱う。

死に対するこの執着は、赤川の読書歴にその遠因のひとつが求められるように思う。赤川は青年期にドイツの作家トオマス・マンやステファン・ツヴァイクに耽溺(たんでき)している。先に掲げた『本は楽しい』の中で、次のように書いているのが興味深い。〈(トオマス・マンの)若いころの作品に濃く漂っている「死への憧れ」は、やがて克服されて行きます。その強さが、マンとツヴァイクの文学を分けたのでしょう。でも、学生時代の僕は、専らマンの暗い面に心をひかれていました〉

だがそれだけでなく、「死」とは必ず人間が経験する現象である。両親やきょうだいの死。友人の死。そして自分の死。どんな人間でも死を避けて生活することはできない。多様化した現代にあって、唯一「死」こそが私たちの共通体験なのである。赤川は高校生を主人公に据えることが多いが、ちょうどその年頃になると私たちは親戚(しんせき)や友人などから死去する者が自然に現れ始め、死に直面することが増えてくる。日常の中にぽんと非日常が入り込んでくる瞬間だ。私たちは誰でもそういった経験を積み重ねて生きている。

だからこそ、「死」を描き続ける赤川次郎は、絵空事の衣を身に纏(まと)いながらも常に私たちの根っこに繋(つな)がっているのだ。エンターテインメント作家・赤川次郎の特質は、絵空事と共有感という二面性が見事に共存・融合していることにある。劇団四季の関係者に聞いたところによると、ある海外の演劇人がミュージカル『夢から醒めた夢』を観て、子供向けの内容であるにもかかわらず死が取り上げられていることに酷く驚いたのだそうだ。だが逆にいえば、死という繊細なテーマを扱っているからこそ、赤川の作品は切実なものとして日本人の心に響いているのである。そして私たちは、死が日常と非日常の境目であることを知っている。子供でもそれは充分に感じ、理解できることなのだ。

なお、本書に続いて赤川は、同じく角川書店から『幽霊の径』（二〇〇〇）を刊行している。こちらに登場する幽霊はひとりではなく、またその怨念も本書よりさらに激しくなり、しばしば凄惨な場面が登場する。全体の視点はさらに大人の側へとシフトしており、主人公の令子の役割も生者と死者の間を彷徨うような半分「あちらの世界の住人」となる。『夢から醒めた夢』→『ふたり』→『怪談人恋坂』→『幽霊の径』と並べてみると、次第に幽霊が容赦なく恐ろしいものへと移行しているような気がするのはなぜだろう。主人公自身があちらのものになろうとしているのはなぜなのだろう。今後の赤川次郎の方向性に目が離せない。本書を読まれた方は、ぜひ『幽霊の径』も手に取っていただきたい。

*

本書『怪談人恋坂』はシリーズものではない。単発の長編である。三毛猫ホームズや大貫警部ものなど多くのシリーズ作品が世に出ているだけに、赤川次郎はシリーズキャラクターの作家であると思われがちなのではないかと思う。正直にいえば私自身、近年はそう思いこんでいた。

ところが本稿を執筆するために参考として郷原宏『赤川次郎公式ガイドブック』（三笠書房・王様文庫刊）を捲っていたところ、興味深い指摘を発見した。二〇〇〇年一一月までに刊行された四一二冊の赤川作品を分類すると、長編二五一、連作短編集一一四、普通の短編集三三、ショートショート集四、エッセイ集その他一〇となるのだが、このうち長編の内訳を見ると、単発もの一六二（六五％）、シリーズもの八九（三五％）と単発もののほうが多かったというのである（逆に連作短編集の内訳はシリーズものが七一％を占めている）。この結果は多くの日本人にとって意外なのではないだろうか（＊註3）。

赤川は各出版社の要請に応じて数多くのシリーズキャラクターを創造している。それらは安定した売上を誇り、またシリーズのさらなる続投を願う読者も多いことだろう。もちろん赤川は杉原爽香シリーズのように野心的な試みもおこなっている。だが前掲書『本は楽しい』の中で次のように語っていることにも注目したい。

〈自分でも仕事を減らしたい、減らしたいと五、六年前から言っているんですが、なかなかそうならないんです。「三毛猫ホームズ」とかああいうシリーズものを中心に書いていったほうが楽なんですが、自分ではそれがいやなんです。そういうものだけをやっていくのは、書いていて耐えられない。そういうところから離れたところで書きたいものを書きたいですね。だからちっとも仕事が減らない〉

これは作家・赤川次郎の抒事のあらわれだろう。また同書では、最近の若い読者が「おもしろくないものはだめ」「わからないものはつまらない」と思いがちなことを憂慮している。赤川はいう。〈自分が受け取る、その器を大きくするのは、自分の責任なんです。（中略）自分がものすごく大きな器を持っていれば、どんなに注いでくれても全部自分の手元に残っていく。感受性の器を大きくするのは自分の責任においてやらないと。それをしないで、わからないものはつまらないと思ってしまっては、本当にもったいない。いまあなたたちの年代で感受性を広くしておかないと、これからたくさんのものがきたときに、それを受け止められなくなってしまう、といっているのです〉

これも作家・赤川次郎の抒事のひとつであろう。学生や若い読者にこういったことをはっきりと伝えられる作家を、私は尊敬する。これらの言葉がある限り、私たち読者は次の赤川作品を待ち焦がれることができる。次の傑作を期待することができる。

売れっ子になると、本読みを自称する人たちはどうしてもベストセラー作家に対して冷たくなる。興味を失う。自分が応援しなくても人気を持続させてゆくだろう、と納得して、どこか距離を置いてしまう。だが赤川次郎だけは、いつまでも目が離せない気がするのである。コンスタントに佳作を生み出しながら、しかしまたいつか、あっと驚くような超弩級の名作を生み出してくれそうな気がするのである。残念ながら、流行作家は後世に名が残らないことが多い。その作家の死と共に忘れ去られ、書店から姿を消し、古書店でも見向きもされなくなる、そんなケースは数え切れないほどある。だが赤川次郎は後世に残ると私は思う。すべての作品ではないにしろ、確実に何作かは一〇〇年後も読み継がれてゆくと思う。

現在、赤川次郎は小説誌「KADOKAWAミステリ」で長編「百年の迷宮」を連載中である。一六歳の社長令嬢である綾が、父の死後にスイスの寄宿学校へ留学するところから始まる物語だが、気になるのはタイトルの脇に「第一部」と据えられている点だ。重厚なタイトルといい、作中にはやくも登場する「切り裂きジャック」の名前といい、もしかするとこれは二一世紀の赤川次郎を代表する巨編になるかもしれない。

赤川次郎が持つ「抒事」、そして「小説の歓び」――。ひとりの読者として、また小説を書く者のひとりとして、感謝と敬愛の念を込めつつ、作家・赤川次郎に心から拍手を送りたい。

【註】

＊1　関連する書籍として、対談集『同時代を語る』（一九八七、岩波書店刊）も貴重な資料である。これは「11のカルチュア対談」と副題がつけられているように、政治学者の篠原一や作家の辻邦生、臨床心理学

者の河合隼雄など錚々たるメンバー一一名と語り合った、実に刺激的な対談集だ（なんと初出誌は「世界」である！）。どちらかというと赤川は全般的にインタビュアー役で、各ゲストに専門分野を教えてもらうという形式になっているのだが、ゲストはゲストで超ベストセラー作家の赤川次郎に興味津々なのである。彼らは一様に『三毛猫ホームズの青春ノート』を読んで対談に臨み、なんとか赤川次郎の人気の秘密を探ろうとする。そこが面白い。『本は楽しい』の副読本としてお薦めする。

＊2　本書『怪談人恋坂』刊行後、赤川は戯曲ばかりを集めた作品集『吸血鬼』（一九九七）を発表しているが、ここでも赤川のアイデアが光っていた。特に冒頭作品「モノクロオム」は素晴らしい。停電のなか進行する家族劇だが、物語に於いて灯りが点いているときは舞台が暗闇の設定になっており、停電になると舞台に灯りが点き、盲目の少女が活き活きと動き出すのである。他の役者は暗くて目が見えないように演技するのだ。なお、赤川次郎の初の商業作品は、TVドラマシリーズ「非情のライセンス」のシナリオ公募当選作品「兇悪の花道」である。こちらは『三毛猫ホームズ映画館』（一九八三、大和書房刊）に収録されている（後に『三毛猫ホームズの映画館』として文庫化されたが、文庫版には未収録なので注意）。

＊3　『赤川次郎公式ガイドブック』には、赤川次郎の年譜、テレビドラマ化・映画化作品完全ガイド、二〇〇〇年一一月現在までの全著作を網羅した赤川次郎著作リストが収録されており、資料として重宝する。また「野性時代」誌一九九三年六月号掲載の「赤川次郎大特集　不思議な天才の伝説」も、詳細な年譜や読者アンケートによる作品人気投票などが参考になる。

（なお、失礼ながら文中では敬称略とさせていただきました）

本書は、一九九七年九月に、小社より刊行された
カドカワ・エンタテインメントを文庫化したものです。

怪談人恋坂

かいだんひとこいざか

赤川次郎

あかがわじろう

角川文庫 12304

平成十四年一月二十五日 初版発行

発行者——角川歴彦

発行所——株式会社角川書店

東京都千代田区富士見二—十三—三

電話 編集部（〇三）三二三八—八五五五

営業部（〇三）三二三八—八五二一

〒一〇二—八一七七

振替〇〇一三〇—九—一九五二〇八

印刷・製本——e—Bookマニュファクチュアリング

装幀者——杉浦康平

あ 6-117 ISBN4-04-187961-2 C0193

角川文庫発刊に際して

角川源義

第二次世界大戦の敗北は、軍事力の敗北であった以上に、私たちの若い文化力の敗退であった。私たちの文化が戦争に対して如何に無力であり、単なるあだ花に過ぎなかったかを、私たちは身を以て体験し痛感した。西洋近代文化の摂取にとって、明治以後八十年の歳月は決して短かすぎたとは言えない。にもかかわらず、近代文化の伝統を確立し、自由な批判と柔軟な良識に富む文化層として自らを形成することに私たちは失敗して来た。そしてこれは、各層への文化の普及滲透を任務とする出版人の責任でもあった。

一九四五年以来、私たちは再び振出しに戻り、第一歩から踏み出すことを余儀なくされた。これは大きな不幸ではあるが、反面、これまでの混沌・未熟・歪曲の中にあった我が国の文化に秩序と確たる基礎を齎らすためには絶好の機会でもある。角川書店は、このような祖国の文化的危機にあたり、微力をも顧みず再建の礎石たるべき抱負と決意とをもって出発したが、ここに創立以来の念願を果すべく角川文庫を発刊する。これまで刊行されたあらゆる全集叢書文庫類の長所と短所とを検討し、古今東西の不朽の典籍を、良心的編集のもとに、廉価に、そして書架にふさわしい美本として、多くのひとびとに提供しようとする。しかし私たちは徒らに百科全書的な知識のジレッタントを作ることを目的とせず、あくまで祖国の文化に秩序と再建への道を示し、この文庫を角川書店の栄ある事業として、今後永久に継続発展せしめ、学芸と教養との殿堂として大成せんことを期したい。多くの読書子の愛情ある忠言と支持とによって、この希望と抱負とを完遂せしめられんことを願う。

一九四九年五月三日

角川文庫ベストセラー

やさしい季節(上)(下)　赤川次郎
トップアイドルへの道を進むゆかりと、実力派の役者を目指す邦子。タイプの違う二人だが、昔からの親友同士だった。芸能界を舞台に描く青春小説。

禁じられた過去　赤川次郎
経営コンサルタント・山上の前にかつての恋人・美沙が現れた。「私の恋人を助けて」。美沙のため奔走する山上に、次々事件が襲いかかる！

MとN探偵局 夜に向って撃て　赤川次郎
女子高生・間近紀子（M）は、硝煙の匂い漂うOLに出会う。一方、「ギャングの親分」野田（N）の愛人が狙われて…。MNコンビ危機一髪!!

三毛猫ホームズの家出　赤川次郎
珍しくホームズを連れて食事に出た、石津と晴美。帰り道、見知らぬ少女にホームズがついていってしまった！　まさか、家出!?

おとなりも名探偵　赤川次郎
〈三毛猫ホームズ〉、〈天使と悪魔〉、〈三姉妹探偵団〉、〈幽霊〉、〈マザコン刑事〉。あのシリーズの名探偵達が一冊に大集合！

キャンパスは深夜営業　赤川次郎
女子大生、知香には恋人も知らない秘密が。そう、彼女は「大泥棒の親分」なのだ！　そんな知香が学部長選挙をめぐる殺人事件に巻きこまれ…。

屋根裏の少女　赤川次郎
中古の一軒家に引っ越した木崎家。だが、そこには先客がいた。夜ごと聞こえるピアノの音。あれは誰？　ファンタジック・サスペンスの傑作長編。